华中人文学术研究文库

2020年度国家社会科学基金项目“博物诗学视野下的现代汉诗文体研究”（项目编号：20BZW134）阶段性研究成果

词与物的互文

INTERTEXTUALITY BETWEEN WORDS AND THINGS

王书婷◎著

華中科技大學出版社
http://www.hustp.com
中国·武汉

作者简介

王书婷　1973年生，文学博士。现任华中科技大学人文学院副教授。主要研究方向：中国现当代文学批评、中国现代汉语诗歌研究。著有《新诗节奏和意象的理论与实践（1917-1937）》等专著。在《文学评论》《中国现代文学研究丛刊》《小说评论》《江汉论坛》等学术期刊上发表论文30余篇，承担有国家社会科学基金项目、华中科技大学自主创新研究基金项目、中国博士后基金特别资助项目等。

内容简介

“词与物的互文”探讨的根本问题是文学与现实、时代的关系问题。它属于“现代文学文体建构”这一总的命题范畴之内，探讨文学如何对应于一百年来的时代发展做出现代性探索和表达的问题。何为现代意义上的“文学”？“文学”是如何对应于“时代”的“现代”，又是如何对应于“科学”作为最重要主题之一的时代背景？现代文学修辞建构与思维模式的关系有哪些新变化？本书在理论辨析和文本批评中对此做出了一一探讨，并提炼出一种“别开生面”的具有跨学科、跨文类性质的“博物诗学”研究视角，选取若干现代汉诗和现代小说文本，从寄物诠性、体物连类、采物凝思、博物志史、格物致实等角度探讨现代性思想文化进程与文学文体特征之间的内在联系与外在表征，对具体文本的文体特点展开既有“量体裁衣”式细读性赏析又“见树木更见森林”的阐释与批评。

总序

自1977年创办文科，华中科技大学人文社会科学的发展已走过了40余个春秋。人文学院作为华中大文科发展的最初载体，其机构设置几经变迁，其间的每一次裂变，都意味着一个新的学科的成长与壮大。2020年，人文学院经历了一次新的裂变，哲学系宣告独立，成立了哲学学院。在今天的人文学院框架内，继续保有的中国语言文学和历史两大学科也因此有了更大的生长空间，迎来了新的发展机遇。

无论人文学院的机构如何变迁，喻家山下的人文薪火都会代代相传。作为我校人文学科学术成果的重要展示平台之一，“华中人文学术研究文库”自2017年开始编辑出版以来，一直新作迭出，迄今已出版学术著作20余部。这些著作聚焦于人文学科的不同领域，既有对理论问题的探讨，也有对经典文本的阐释；既有对生命意义的叩问，也有对精神价值的追寻；既有对人类历史的回望，亦有对现实问题的关切。作者们力求在一个众声喧哗的时代，发出华中大人文学者的独特声音。因此，本文库在展示这些学者的研究成果的同时，也为繁荣华中大学术做出了重要贡献。

一所一流大学，不仅要有一流的科学家，还要有一流的人文学者；不仅要有一流的理科或工科、医科，还要有一流的人文学科。在华中科技大学建设世界一流大学的征程中，人文学者同样肩负着重要的使命。期待在未来的岁月里，人文学院的学者继续秉承华中大“明德厚学，求是创新”的校训，“在正本清源上展现新担当，在守正创新上实现新作为”，推出更多原创性、高水平、标志性的研究成果，在为祖国、为人民立德立言中成就自我、实现价值，为建设具有中国特色、中国风格、中国气派的哲学社会科学，实现中华民族伟大复兴的中国梦做出新的更大贡献！

华中科技大学人文学院院长，教授、博士生导师

2020 年 12 月 6 日

目录

导 言

对现代文学（这里的现代文学是广义性概念，也包括通常所说的当代文学）的代表性作家、经典作品进行深入阐释，肯定是现代文学研究与批评的一个重要方面，相关的研究论著自然也已左右采获、硕果累累。本书采取的视角可能略具新意：一个关于“词与物的互文”的视角。

什么是“词与物的互文”？可以从三个层面来进行阐释。

在宏观层面上，“词与物的互文”探讨的根本问题是文学与现实、时代的关系问题。它属于“现代文学文体建构”这一总的命题范畴，或曰：沿着胡适在一百年前所提出的那个“一时代有一时代之文学”的思路，探讨文学如何应对一百年来的时代发展，在思想、主题、语言、风格、结构、技巧等方面做出现代性探索和表达的问题。而这一视角的跳脱之处在于，它探讨了这一问题的前提：对现代文学这一概念进行他证与自证——何为现代意义上的“文学”？“文学”作为在“分门别类”基础上发展而来的现代科学之大背景下诞生的一门“学科”、一种概念，是如何对应于“时代”的“现代”，又是如何对应于“科学”作为重要主题之一的时代背景的？作为一门学科，它涉及文学与科学之间的复杂共生关系；作为一个概念，它涉及文学本体论的论证。这是本书第一章探讨的内容。它是我们在进行作家和作品解读之前的一个必不可少的基础工作。

如果仅在宏观和理论层面上进行学术梳理，对理解具体的现代文学作家、作品虽然有所裨益，却仍有王国维在《人间词话》中所说的“隔”之不足，毕竟在作品的所指、能指和读者接受之间，需要一个更能聚焦问题、直面文本的阐释路径。因此本书进一步探讨了现代文学、现代汉语诗歌的文体理论重构问题。这第二个层面上的“词与物的互文”可以理解为现代文学修辞建构与思维模式的关系问题。这里需要指出的是：本书所采用的“文体”概念，并不是常见的西方文论中把叙事学和文体学相提并论的那种狭义的文体概念，那样的文体概念往往剔除了叙事结构层面上的问题而聚焦于语言技巧形式问题。本书所采用的文体概念是一个将二者结合起来的概念，它包含语言、文学、文化三个层面，即涉及修辞手法（结构语言学）、审美风格演化（文学史意义上的历时文体学）、文化经验（文化背景）①乃至对时代社会经验的一种总体把握与映照方式。本书的第二、三、四章就是从这种文体学意义上探讨了现代文学、现代汉语诗歌的本体论、创作论和接受论。

“词与物的互文”的第三个层面则是一个更为具体和深入的视角——现代文学文体建构与博物文化之间的关系问题。它沿着前两个层面的宏观视角和理论耙梳顺势前行而另辟幽径，将对现代文学作家作品的解读聚焦到一个既具有跨学科、跨文类的开拓性意义却同时能够进行可持续性学理化思辨的学术切入点。本书开拓性地探讨了“博物何以诗学”这一命题：我们通常所说的博物文化涵盖了四个向度——中国传统的名物学、西方博物学、博物馆学与博物画学，这四个向度分别从传统溯源、现代性、历史观、艺术特质等不同角度建构了一种关于博物的科学逻辑和艺术规律。中国文学无论古今皆由方块字构成，始终离不开对“音”与“物”之间各种关系的提炼，对物象的提取、对物理的剖析、对现实的认知、对物我关系的审视与超越。因此，沿着古人“以味论诗”“韵味说”等古典文论的线索，探讨现代文学由“味物”进而“味道”的内在本质，这既可以解释何以现代汉诗在发展进程中一再挣脱外在有形的束缚却

---

① 这里关于“文体”概念的几个层面参照了陶东风对“文体”意义的界定：“语言学的视野、心理学的视野以及文化学的视野”是探讨“文体”问题的“三驾马车”。参见陶东风：《文体演变及其文化意味》，昆明：云南人民出版社 1994 年版，第 14 页。

仍可以拥有“诗意”“诗体”的关键问题，也可以从更开阔的视野和更具体的切入视角来探讨一部分现代小说的文体问题。毕竟，在创作意识方面，对物我关系的全新认知，离不开对文学与科学之间关系的进一步探讨。现代科学思潮的影响如相对论、进化论、天体物理、信息科学等等，都化入了现代文学创作的思路源泉，成了文思构建的基础和动力；而与博物文化相关的文学、艺术、社会学、人类学、民俗学等相关领域的发展进程，也触发了现代汉诗、现代文学的文体探索，一步步开启读者全新的阅读体验。本书第五至十章将上述理论探讨落实到大量的文本分析，在全新的时代背景下探讨“神游物表”之音义关系，以及寄物诠性、体物连类、采物凝思、博物志史、格物致实等，并探讨与博物文化相关的、现代性的思想文化进程与文学文体特征之间紧密的深层联系与外在表征；对现代汉诗和现代小说经典作家、文本的文体特点展开既有“量体裁衣”式细读性文本分析，同时又“见树木更见森林”的开阔学术视野的阅读、阐释与批评。

这是一种尝试和努力，它其实来自一种特别朴素和恳切的意愿：让我们再一次看清楚文学的来处、可能的去处，以及它与人类文明共同面临的当下处境，从而更真切地领略文学的价值和意义，以及文学带给我们的希望和勇气。在21世纪20年代这样一个具有里程碑意义的时间节点——它以一种令人猝不及防的方式宣告：地球已经正式进入后人类主义的时代。人类能发出的“词”、做出的各种“浮出地表”的文学与表达，再也不能轻忽“物”之重力，轻忽我们触手可及的现实、时代和我们投身其中、浩渺无极的宇宙。

第一章

现代文学的自我认同：他证与自证

这三十年来，有一个名词在国内几乎做到了无上的尊严地位……那名词就是“科学”。

——胡适①

一切纯粹理性之哲学，其所有最大(或为唯一)之效用，仅为消极的；盖哲学非用为扩大理性之工具，而仅为制限纯粹理性之训练，且其功效不在发现真理，仅有防免误谬之寻常劳绩耳。

——康德②

---

① 胡适：《胡适学术文集·哲学与文化》，北京：中华书局2001年版，第161页。

② 【德】康德：《纯粹理性批判》，蓝公武译，北京：商务印书馆1997年版，第548页。

第一节 文学与科学：百年共生

1932年，徐悲鸿曾经在《画苑》中说："科学之天才在于精确，艺术之天才亦然。艺术中韵趣，一若科学中之推论，宣真理之微妙，但不精确，则情感浮泛，彼此无从沟通。"①在艺术大师眼中，艺术与科学虽然是两回事情，但是一门艺术建立的基础，却离不开科学——所谓不知其"正"，也就谈不上知其"变化"。这段话是针对美术而言的，但是回顾百年中国文学与科学之间的渊源，也恰可以用这段话做一个注解：在推论的"精确"与"韵趣"的微妙之间，在"正"与"变化"之间，20世纪的中国文学在古典文学、传统文化与西方文化和近现代科学交互纠缠的大背景中一路走来，走出一番云水相生的曼妙图景，也催生出几许困惑、几片迷雾。

20世纪初，中国文学所面临的最迫切的问题，是"正名"。如何在现代文化和科学的背景下，将传统载道话语模式的文学观，转化为现代的文学观念以及现代的文学体制，这是一个急需严肃以对和正面回答的问题。

事实上，如何让文学成为文学，这是一个已经延续数千年的话题。文学诞生的上古之初，文学的概念等同于有文字记载的一切文献。到了魏晋时期，从曹丕的"诗赋欲丽"和陆机的"诗缘情而绮靡"开始，文学的独立地位和价值才逐渐得到肯定，强调文学自身注重情感以及美感等特质。但贯穿整个古代文学史的文学概念，始终是和"道""气"联系在一起的，诗言志、文以载道的道统观念从未离开过文学。在传统文化背景下，儒家的经世致用思想始终灌注着中国文学的发展命脉。自隋而始的科举文化、教育体系延续了一千多年，尤其是宋代科举制度改革，以进士科为重，明代科举更是只有进士一科，注定了"文人"与"儒生"、文学与功用之间的不解之缘。概言之，从文史哲混沌不分到文史哲纠缠难分，这是中国古典文学的宿命。但不可否认的是，也正因为这样的历史文化背景，文学本身和文学创作者、研究者的地位得到了相应的肯定，文学成就之高与文学传统的延绵不断，都使中国古典文学足以自傲于世界文学

---

① 转引自王泽庆：《徐悲鸿论艺术与科学》，载《美术》2003年第2期。

之林。

现代文学却从一开始就面临着“失神”与“失形”的危机。传统文化理念在西方科技理性大潮的冲击下节节败退，现代汉语取代了文言，作为重要意识形态之一的文学也紧随之处于一种尴尬的境地。清光绪三十一年(1905年)谕令“所有岁科考试、乡试、会试一律停止”，科举制度被废除，更加速了与之息息相关的文学发生翻天覆地的变化。取代科举制度的现代教育体系，其核心目的就在于增加教育的“科学”“技术”色彩，尤其是引进来自西方的“声光电化”等自然科学内容。“科学”一词本身就有“分门别类之知识”之含义，在科学理性大潮影响下的教育体制改革首当其冲的变化就是分门别类，建立了人文科学、社会科学与自然科学等学科体系。如近现代中国最早的国立最高学府京师大学堂，开设课程除了经学、理学、文学之外，在中国第一次设立了数学、商学、医学、工学、矿学、政治学等25门课程，而这种分门别类的教育方式成为全国新式学堂的表率。具体到“文学”的问题上，直接的结果就是：中国语言文学这一学科的初步自立，促成了文学的独立价值再一次被明确提出。这是一次由形式到观念的转变。[①]

由于历史局限，虽然文学的独立价值被提到了观念层面上，但是在具体历史实践中我们看到的更多是形式上的变化。比如姚永朴在总结桐城派散文理论的基础上结合京师大学堂《奏定大学堂章程》中国文学门所订文学研究法的规定，阐述了文学可分为敦本务实、有德有实有学、明道经世、胸趣心静等若干种类，就说明了当时的文学观念尚拘泥于传统母体之中裹足不前。形式的变化不可谓不重要，从这种分门别类之文学学科的建立，已经可以看得出现代文学形式、文学史框架、文学学制的雏形。文学观念的进一步清晰，还有待历史的进一步推移，这个推移的过程与其说它直到今天也没有结束，毋宁说它永没有结束的一天。

也正是因为这种形式先于观念的历史局限，文学作为狭义上的文学这一观念始终显得虚弱无力。于是我们看到了这样一个有趣的现象：在文学努力挣脱传统文化母体的束缚，力图获得一种现代意义上的新生这样一个过程中，科学或多或少地代替了传统的“道”和“气”，成为文学新的赋形根据和精神凭依。于是现代文学史上，在很长一个时期，都可以看到一片草长莺飞的文学与科学“共生”的热闹景象。

---

① 陈独秀：《学术独立》，载《新青年》1918年第5卷第1号。

自五四始,伴随着"科学""民主"两面大旗的飘扬,科学作为一种内在的核心力量,无形中成为一种新的文学评价标准。胡适曾在1923年这样说道:"这三十年来,有一个名词在国内几乎做到了无上的尊严地位……那名词就是'科学'。"①这个时期的"科学"包含着两层含义:一是指自然科学;二是指科学理性思维逻辑方式和科学精神。而后者,则成为一种对人文社会科学包括文学的"现代性"进行衡量的参照系。胡适在1917年的《文学改良刍议》中提出"历史的进化的文学观",认为"一时代有一时代之文学",提倡白话文学,确乎是受到了达尔文生物进化论的启发。陈独秀也在《文学革命论》中表达了相同的意见,他认为历史上多次的文学复古运动"其伎俩惟在仿古欺人,直无一字有存在之价值。虽著作等身,与其时之社会文明进化无丝毫关系"②。文学不要复古而要创新,而且这创新应与"时代文明进化"息息相关,这是文学革命的中心意旨。文学革命运动的爆发,直接促生了文学的诸多变化:文学语言的白话化、文学题材的生活化与时代化、文学创作模式的类型化、文学思想的概念化、文学研究的逻辑化等等。

文学语言的白话化或者说现代汉语化,是从言文一致、讲究现代汉语语法开始的,也就是说要顺应语言的社会规律和自然规律。这种语言变革的初始时期难免会造成语言的呆板、平白、散文化和缺乏文学性,如胡适早期的白话诗,被人讥笑为只有白话的一面,而忽略了诗的一面。但随着时间的流逝,随着对现代汉语语言学的深入探勘,现代汉语特有的文学之美被不断地发掘、突破,不断地带给我们新的惊喜。对一种新的语言的认识和把握的过程,本身也是一种对新的文学的认识和把握的过程。比如新诗整个的艺术探索过程,几乎可以说是对现代汉语的认知、探索过程:如何让古典诗词的格律转化为现代诗歌的节奏?如何在口语和文学语言之间寻求一种微妙的平衡?如何把现代汉语最诗性化、最富有文学张力的一面挖掘、表现出来?这都要求对现代汉语"先知其正",先有一种科学和理性的语言学认识,然后才谈得上文学性的、感性的运用和变化的技巧。小说方面也是一样,比如鲁迅对文学语言张力的刻意追求,张爱玲对文学修辞、意境的苦心营造,沈从文、老舍别具特色的文学语言风格等等。对文学语言的锐意改革,提醒和促进了人们对文

---

① 胡适:《胡适学术文集·哲学与文化》,北京:中华书局2001年版,第161页。

② 陈独秀:《文学革命论》,载《新青年》1917年第2卷第6号。

学语言自身的重视。尤其是在 20 世纪 80 年代中后期出现的“语言学转向”思潮的冲击下,不管是文学创作者还是文学研究者都有意识地把目光投掷到“文学语言”这一特殊的话语层面上来,进一步审视文学与语言之间的关系,开辟出新的文学语言境界和新的文学研究思路。

对科学理性的推重同时带来文学题材、文学写作模式的变化。文学语言口语化带来了文学题材的生活化、时代化,而且这些文学主题又在很大程度上与科技对社会生活的影响密切相关,也必然导致一些写作模式、文学理念的变化。1918 年,傅斯年说:

> 西方学者有言,“科学盛而文学衰”,此所谓文学者,古典文学也。人之精力有限,既用其精力于科学,又焉能分神于古典?故科学盛而文学衰者,势也。今后文学既非古典主义,则不但不与科学作反比例,且可与科学作同一方向之消长焉。写实表象诸派,每利用科学之理,以造其文学,故其精神上之价值有非古典文学所能望其肩背者。方今科学输入中国,违反科学之文学,势不能容,利用科学之文学,理必孳育。此则天演公理,非人力所能逆从者矣。[①]

古典主义的文学变为写实表象的文学,并且“每利用科学之理,以造其文学”,这里面概括指出了在科学理性思潮的影响下,文学题材、文学内容、文学形式等多种文学因素的变化趋势。譬如小说界革命掀起的科学小说、社会小说、政治小说等小说浪潮,都是把小说与社会生活实际、科学启蒙思想紧紧地结合在一起的。正像梁启超在《论小说与群治之关系》中指出的那样:“欲新一国之民,不可不先新一国之小说……何以故?小说有不可思议之力支配人道故。”[②]20 世纪 20 年代兴起的“问题小说”,是“提出一个问题,借小说来研究,以求人解决的”小说。这本身就有用科学理性眼光看社会人生,把复杂的社会人生问题概念化、逻辑化的趋向,至于在写作过程中形成一个相对固定的模式也是在所难免的。受到西方弗洛伊德精神分析学说的影响,20 世纪 30 年代的海派文学如穆时英、施蛰存的作品,运用精神分析法来表现现代都市喧哗的背景下躁动迷惘的众生百态,为现代文学提供了新的切入点。同样是在 20 世纪 30 年代后出现的、流行于左翼作家群的社会剖析派小说,更是明确地想把科学的社会理论与作家的创作实践相结合,注重理性分析,以图对

① 傅斯年:《文学革命申议》,载《新青年》1918 年第 4 卷第 1 号。

② 梁启超:《论小说与群治之关系》,载《新小说》1902 年第 1 卷第 1 期。

社会现实的本质有所揭示。这些文学变化的出现都围绕着一个中心——文学应该具备某种含蕴了科技理性精神的实际"功用",或是在某种实际"功用"的启发下创作或研究文学。而所有这些变化集合在一起,几乎就成了文学"现代化"的一个阶段性(显然不可能是终极的)标志。

至于科学对具体的文学创作主体和文学文本的影响,更是无处不在、俯拾即是,不过情形也就微妙复杂得多。现代文学史上许多作家和诗人都有着科学背景,例如:郁达夫、徐志摩都曾拿过经济学硕士学位;周作人学习过土木工程学;胡适学习过农科;冰心学习过医学;郑伯奇学习过心理学;丁西林在英国伯明翰大学专攻物理学与数学,并获得理学硕士学位,等等。总的来说,这种良好的科学文化素养和开阔的视野,对文学创作、文学研究起着不可忽视的积极作用。鲁迅弃医从文,用画过医学解剖图的眼光来揣摩"狂人"的心理特征,塑造"狂人"的"病态"形象,在文学与医学之间搭建了一座奇妙的桥梁,从而也成就了文学作品本身的深度和力度。同样有过学医经历的郭沫若,他的代表作《女神》被闻一多认为是"富有科学的成分","诗中所运用之科学知识"和"那讴歌……更当发源于一种内在的科学精神"①。即便是没有明确的科学背景,我们仍能从许多文学作品中读出科学潜在的影子,比如卞之琳诗歌中经常出现的科学意象,以及各种复杂的时空相对观念,等等。这些闪烁着科学理性光彩的部分和诗人对诗歌语言、诗歌节奏精雕细刻的追求巧妙地结合在一起,铸造出一种独特的"冷抒情""智性"诗歌风格。

科学在文学研究方面的影响就更为深刻,通常这个过程被称为文学研究科学化,或者被直接称为文学科学化。中国传统的文学批评大多是印象式的评点,即便如《文心雕龙》这样的专题文学理论著作,也更多地采用一种譬喻、象征式的言说方式,而缺乏具体的方法论、形式论的深入探讨。五四时期,由于对科技理性的崇拜,科学成了文学评价的最高标准,茅盾就曾经以"自然主义"来取代现实主义,认为它是"经过自然科学洗礼的最值得提倡的写作态度和方法"②。到了 20 世纪 80 年代以后,文学批评和文学研究更多的是引进西方的现代人文科学方法论,比如弗洛伊德精神分析法、现象学、解释学、结构主义等等,而心理学、人类学、符号学等相关的人文社会科学成果也都渗透进文学研究之中。譬如英美

---

① 闻一多:《女神之时代精神》,载《创造周报》1923 年 6 月 3 日。

② 茅盾:《自然主义与中国现代小说》,载《小说月报》1922 年第 7 期。

“新批评”派主张以文本为封闭的研究对象，利用各种“技术工具”进行分析，来寻求文学文本中所蕴含的普遍永恒的文学价值，本身就是一种深受科学影响的产物。所有这些都在一定程度上弥补了传统文学研究的不足。

然而，文学毕竟不是科学。不管是文学创作还是文学批评，过度地强调其“科学性”“科学化”势必导致文学之文学性缺失的负面效应。譬如盛行于左翼文坛的“社会剖析派小说”，就因其文学审美价值的欠缺而不能产生更大的影响。文学批评领域内，对文学与科学之间关系的论争更是从未停止过。不可否认，科学给文学带来的不全都是积极的影响，负面的影响也是不容忽视的：大到科学从整个意识形态领域对文学产生一种逼迫，使文学在某个时期、某种程度上沦为科学或政治的工具，使“艺术”变成“技术”的附庸；小到在具体的文学研究方法上过度强调其技术化、精确性、量化的一面，而忽略了文学作为审美艺术的整体性价值。不管从自然科学、社会科学如心理学、哲学等任何一个角度来切入文学研究，最终都必须考虑文学本身的特性，以及文学与其他学科本来就存在的交叉性——文学始终是文学，不是任何一种自然科学或其他社会科学，或某种方法论所能够解释得完全、包含得尽的。文学与科学之间，在过去的一个世纪中，由于特定的历史原因如此亲密地结合在一起，形成一幅云水相生的阔长画卷，但是无论怎样，云就是云，水就是水，二者之间有可以转化的共同成分，不代表云要离开天空，水要挣脱大地。

所幸的是，今天的时代是一个全球化的、多元文化共存的时代。世纪之交的文学与科学之间的关系，与 20 世纪之初已经有很大的不同。文学与科学之间已经可以有一种相对平等的对话，而不是一方对另一方毫无商量余地的逼压。这也是我们今天讨论这个话题的意义所在，回顾是为了前瞻，总结是为了设想：文学与科学，这二者之间究竟可以走多近，又能相伴相依走多远？

—— 第二节 ——
现代文学的自我认同：林中树

一门学科不能不对自己的合法性加以终极考问。否则就会像一个人缺乏自我认同意识,不管其活到什么年龄,也不过是他者设定的某种角色,而不能算严格意义上的成人;无论他做了多少事,这角色多么光鲜,都谈不上自我实现,甚至可能是背离自身。

人的自我认同不是一次性完成而是伴随一生,因为人总是不断地遗忘自己。同理,一个学科的历史,也是这个学科的自我认同史,因为认同危机总是不断到来,因而需要不断地自我反省,在这种过程中不断地接近本来,回归自己。

不妨取样一个特定时期的若干学术片段,来谈谈现代中国文学的自我认同思潮。这里的"现代文学"包括了通常所说的"当代文学"。

一

正如人的出生并不由自己决定一样,中国现代文学的产生很大程度上是一种被动的事件:它既不由中国古代文学自然演进而来,也不是外来文学突然"东渐"的结果,而主要为文学之外的因素所诱发。

不管史家将现代文学的诞生定于何时,有一点似无太多的争论:中国现代文学是中华民族"救亡图存"的产物,是"启蒙主义"的产物。没有鸦片战争而来的危机,就不可能有此后的实业革命、政治革命、文化革命,就不可能有反对文言文、提倡白话文和反对旧文学、提倡新文学的文学革命。梁启超以"小说界革命"抬高小说的地位,目的在启蒙。以他为代表的"文界革命"反对"传世之文",提倡"觉世之文",后人只从这些名称上也能看出现代文学其来所自,姓甚名谁。这种取向不仅是早期"诗界革命"、"戏剧界革命"、"白话运动"或者"五四"文学的取向,而且是一以贯之。此后百年的各种文学变迁,似乎面目各异,实则未离其初,不脱其窠臼:就其主流而言,中国现代文学附属于中国的政治革命、民族解放、文化运动。

参与并作用中国历史,一向被主流学界视作骄傲。这种心理让人们乐于惯性运动。就像劳碌之人很难想到追问"我是谁"一样,主流文学疏于对这种劳碌以怀疑。偶尔的怀疑从来就有,但未成气候。技术意义上的文学认同也不能说无,比如流行的教科书中的作家或作品论,后边都有一个"艺术特色分析"的尾巴。还比如20世纪50年代到80年代,陆续进行的"形象思维"讨论即有合法性辩护的某种因素,但通常不怀疑文学的角色错位。而且,对很多论者来说,强调"形象思维""以形象感动人",是为了更好地行使文学的工具性角色或者现代化使命,更好地献身。

以主流学界而言，对这种良好感觉以理性怀疑，始于20世纪80年代。其标志性的理论事件应该说是黄子平、陈平原、钱理群三位中青年学者1985年至1986年间发表在《文学评论》《读书》上的论文与对话(以下简称“三人谈”)。

他们把现代和当代的文学“作为不可分割的有机进程”，进行整体质疑，认定这个过程“政治压倒了一切，掩盖了一切，冲淡了一切。文学始终是围绕着这中心环节而展开的，经常服务于它，服从于它，自身的个性并未得到很好的实现”。[①] 于是他们要对这段文学史加以重新诠释。

另寻文学“自身的个性”，这是一个重要的命题，意味着告别此前的角色设定而寻找文学的独立身份地位。这是笔者将“三人谈”看作文学认同学术链上第一个环节的依据。“三人谈”是在当时“文化自觉”背景下的“文学自觉”。然而，这个背景对后者并不只有支援之功而是利弊俱在：利在于借势打开思想通道，弊则在于简单化，在于前者以其强烈的社会磁场将后者裹挟进“文化现代化”系统，而轻忽文学的独特身份地位的学理论证。“三人谈”充分利用了前辈学者无缘有过的“新时期”资源，将20世纪文学置于“现代化进程”的大磁场中，提出并系统地阐发了“20世纪中国文学”概念：

> 一个由古代中国文学向现代中国文学转变、过渡并最终完成的进程，一个中国文学走向并汇入“世界文学”总体格局的进程，一个在东西方文化的大撞击、大交流中从文学方面(与政治、道德等诸多方面一道)形成现代民族意识(包括审美意识)的进程，一个通过语言的艺术来折射并表现古老的中华民族及其灵魂在新旧嬗替的大时代中获得新生并崛起的进程。[②]

很有概括力，它迥异于以往文学史的政治归结，有理由成为现代文学史论上的一块重要界碑。问题在于，其所辩护的是否就是文学“自身的个性”？如果不是，便不能算到位的合法性证明，文学的认同危机仍然存在。后来陆续有人指出，这只是对文学政治革命功能的质疑，是用文学的文化功能代替政治功能，仍然是一种工具化归置。这样的论断也许忽略了“三人谈”的复杂性和多义性，但在质的判断上，却是一语中的。

---

① 黄子平、陈平原、钱理群：《二十世纪中国文学三人谈》，北京：人民文学出版社1988年版，第9页。

② 黄子平、陈平原、钱理群：《二十世纪中国文学三人谈》，北京：人民文学出版社1988年版，第1页。

虽然他们“总感到这一段的文学不太像文学”①,并且常常从审美出发对20世纪文学现象提出质疑,但在本体论上谈什么才“像文学”还有讨论空间。与同时代的学者们一样,他们的学术兴奋点在于对“非现代性”的批评,而不在对“非文学性”的检讨,还不能算自觉的文学认同。他们没能精确处理“文化”与“文学”的区别。这势必带来如下问题:第一,理不清“文化的现代性”与“文学的现代性”的关系而把后者视作前者的部分,这在事实上会忽略文学“自身的个性”。第二,轻忽这个时期非主流文学复杂性的考察。他们正确地看到了“‘为艺术而艺术’的口号始终不过是对现实积极的或消极的一种抗议而不可能是纯艺术的追求”②,但他们不曾对“纯艺术”的缺失现象加以深度探究。

在中国特定的历史时期,文化的自觉是对个性启蒙的高扬,它可以将人带入文学自觉的门槛。文化个性与文学个性属于同一个家族,前者无疑对后者有开路之功。现代文学史上的成功作家,极少不是在个性解放的条件下成为个性作家的,有些则是一身而二任。也正是这个道理,“三人谈”是借着文化自觉向文学自觉的一次重要挺进。

然而文化的这种积极效用是有边际的。因为,即使不考虑文化与文学的冲突关系,文化也不是文学的栖居地,文化不能代替文学回答“我是谁”。正像寻找自我是人的本能一样,此后的现代文学在这种挺进中,越来越感觉到不自在,于是有人不得不离队而去或转身而去,寻找自己的独立身位。世纪之交以来,何从何去,越来越多的作家和文学理论家茫然失据。有的作家干脆告别这一切主义与价值之争,或标榜“零度写作”,或进入本能性的个人体验,或进入躁动的城市角落和被遗忘的乡村部落。而批评家则开始对历史上的边缘作家发生兴趣,或者对主流作家的非主流层面加以留心。另有一些学者,则对曾经为之激动过的“20世纪中国文学”进行反思和学术清理。

“三人谈”在质疑旧模式的时候曾经指出:

> 旧的概念是新的概念的出发点和基础。如果旧的概念、旧的理论模式已经没有多少“生产能力”了,在它的范围内至多补充一些材料,一些细节,很难再有什么新的发现了,那就会要求突破,创建新

---

① 黄子平、陈平原、钱理群:《二十世纪中国文学三人谈》,北京:人民文学出版社1988年版,第37页。

② 黄子平、陈平原、钱理群:《二十世纪中国文学三人谈》,北京:人民文学出版社1988年版,第9页。

的概念、新的模式。[①]

现在轮到人们以同样的思想立场把他们置于被质疑的地位。最系统而有深度的应是吴炫发表于《中国社会科学》(2000 年第 5 期)的《一个非文学性命题——“20 世纪中国文学”观局限分析》。吴炫指出:

> “20 世纪中国文学”用“现代性、共同性和技术性”体现的对文学的把握、描述,主要是从文化、思潮、技术和材料等角度对文学的观照,而难以触及文学“穿越”这些要求、建立独特的“个体化世界”所达到的程度,难以触及文学对文化的我称之为“本体性否定”特性。[②]

因此他认定:

> “20 世纪中国文学”观虽然突破了政治对文学的束缚,但并没有突破文化对文学的束缚。而文化研究虽然不同于政治性研究,文化研究虽然比政治研究视域更为开阔、内涵更为丰富,但根本上说它依然是一种“非文学性”研究。[③]

这就顺理成章给出了一个突破“三人谈”的“文学性”模式。稍后,《中国社会科学》发表了四位学者的笔谈(以下简称“四人笔谈”)就吴论展开讨论。谭桂林等学者肯定了这个运思方向:

> 通过引入“个体性”的史学观念,从文化影响的思路返回到纯粹文学自身的思路上来,这当然是对“20 世纪中国文学”观的一种反驳,是对 20 世纪中国文学史观建构的一次很有深度的思考。[④]

不能说“三人谈”没有注意到文学性,但把审美心理(比如所谓“焦灼”“悲凉”)放在现代化的框架下描述与在文学性的烛照下去考察这个时代的审美特性,还是有区别的。“三人谈”强调“总体性”,不要只见树木不见森林。吴炫响应这一号召,注意到了总体性;不同之处在于,他注意到了历史的森林与文学的森林之不同,他要强调的是后者。他通过大量的古今例证有力地证明,只有在个人独特的心理体验前提下,才能诠释不同作家的审美个性,而“现代性”、“民族性”或“世界性”等概念对寻找文学“自身的个性”无能为力。

---

① 黄子平、陈平原、钱理群:《二十世纪中国文学三人谈》,北京:人民文学出版社 1988 年版,第 27 页。

② 吴炫:《一个非文学性命题——“20 世纪中国文学”观局限分析》,载《中国社会科学》2000 年第 5 期。

③ 吴炫:《一个非文学性命题——“20 世纪中国文学”观局限分析》,载《中国社会科学》2000 年第 5 期。

④ 谭桂林:《原创性的文学与文学史的原创性》,载《中国社会科学》2001 年第 4 期。

“返回到纯粹文学自身”,是现代文学的自我认同,也是现代文学的合法性辩护。不管吴炫对诸问题的分述有着怎样的可商榷处,其眼光无疑达到了文学反省应有的深度,那就是文学“穿越”其他要求,建立独特的“个体化世界”。他从人们对“20 世纪中国文学这一命题的传播和呼应”中,看出“20 世纪中国文学工作者,一直是将文学放在‘从属于什么’的工具性位置上而不自觉”。[①] 这个担心是有根据的,他在试图用文学“自身”的眼光重估一切。应该说,现代文学的自我认同史中,吴炫的论述是一个更重要的环节。它标志着这个论域有了到位的理性自律,不再是自发性回归或经验性诉求。

这种理性反思的可贵之处还在于,吴论及其后来的申论并没为了所谓“纯洁”,将政治、文化之类从文学中剔出。他提醒人们注意:“这不是说文学脱离政治与文化,脱离政治与文化恰恰是受制于政治与文化的逆反性方式。因此‘逆反’不等于‘本体性否定’。”[②]他看到“中国学者常犯的错误,是将‘政治权力’与‘政治生活’等而论之,从而将学术对政治权力的挣脱,推论为不关心政治生活的所谓‘学问’,并以为只有专心于‘学问’才是学术之独立”[③]。他并不否认“文学权利的转让或让渡”,他只是强调在本体论上,文学不可能允许自我外化为非我,从而使原来与自我同一的东西变成异己的东西。

一种理论在雄辩的时候难免对他人构成细节性委屈。“三人谈”更多的是在讲 20 世纪中国文学史的研究模式,未必没有注意到文学的“应然”(什么才像文学)问题,未必就觉得文化问题等于文学问题。但“三人谈”既然有文学本体论之失,那么吴炫补以新的因子,就有其合理性。何况吴论充分尊重先行者,是继起“三人谈”的“接着说”。

二

吴炫的理论结构中有一块基石:“个体性”。他正是在此基础上非议“三人谈”而进行合法性证明的。人们会纳闷:“个体性”何指?它何以可能穿越“三人谈”的文化模式?“个体性”不也是现代启蒙因而是“三人

---

① 吴炫:《一个非文学性命题——“20 世纪中国文学”观局限分析》,载《中国社会科学》2000 年第 5 期。

② 吴炫:《一个非文学性命题——“20 世纪中国文学”观局限分析》,载《中国社会科学》2000 年第 5 期。

③ 吴炫:《论学术穿越政治》,载《文艺理论研究》2001 年第 6 期。

谈”中的一个文化概念吗？没错，但吴炫有一个限定，他讲的个体性是“个体化的艺术世界”。然而这不也是一些老生常谈的字眼吗？个体化的艺术世界与个体性的文化世界不是处于同一层面而且有很大包含关系的术语吗？如果是这样，前者何以能够穿越后者，或进行“本体性否定”？

既然“个体性”是吴论的基石，那么“个体性”何所指谓，便是一个至为重要的理论关键。这一点吴炫很清楚，所以行文十分有耐心。然而，他虽然有上述的精彩之论，虽然用到了“本体论”这样的思辨范畴，但是在立论方式上，却总是用知性逻辑说事，至少迁就了这种思维，这就很难夯实其基脚。

> “文学性”不是看作家是否表现了“人的尊严与权利”，而是看作家如何对这一“共识”产生个体化的理解、体验与表现的，看这种“个体化”是否达到哲学层面上的独一无二。①

这是他对“个体化”最好的界说之一。什么是“哲学层面上的独一无二”？他也有表述，比如：

> “形象—个象—独象”就体现为“文学性”增强的过程，也是对作家要求越来越高的过程。“独象”或“由个体化理解派生的个体化世界”的含义是：真正优秀或经典的作品，不仅是形象生动鲜明或个性风格突出的作品，而且也有作家“自己的”世界观融入，并且由这样的世界观派生出自己的创作方法。②

不失理论见地，但是因为限于知性层面上讨论问题，其他学者也就有理由在同样的层面上对他的“独一无二”说进行进一步探讨。谭桂林如是说：

> 20世纪中国文学史研究中的许多问题，也不是仅仅引进“个体性”的概念就能解释清楚的。如果我们有兴趣翻阅一下目前国内比较通用的文学史著作，就可以看到，“鲜明的个人风格”、“独特的艺术个性”、“独具匠心的艺术构思”等等与个体性大致相似的形容语句在史著中俯拾即是，被非常廉价地馈赠给许多有点个性或者没有个性的作家们。

---

① 吴炫：《一个非文学性命题——“20世纪中国文学”观局限分析》，载《中国社会科学》2000年第5期。

② 吴炫：《一个非文学性命题——“20世纪中国文学”观局限分析》，载《中国社会科学》2000年第5期。

> 个体性其实同民族性、现代性等等概念一样,不过是文学史观建构的一种维度,它们从各个不同的侧面显示出文学与它所处的时代与环境之间的联系。由于这些维度都有赖于某种特定的时间、特定的空间才能显现出来,因而它们都不是纯粹的文学本体性的,都不能成为文学史的恒常不变的维度。[①]

谭论不满意吴论对“个体性”的表述而用“纯粹的文学本体性”“文学史的恒常不变的维度”代替之。他所用上述语词恰恰是本义上“个体性”的另一种表述,并且与吴炫在方向上是一致的。谭论的“恒常不变的维度”和吴论的“独一无二”“个体性”其实是一个指向,他们所要探究的,是文学的最终合法性,因而都是在推进“三人谈”中模糊意识到的“自身的个性”。通过谭桂林的学术接力或补充,“个体性”渐次明朗,可是我们还是不清楚,怎样理解“独一无二”或“恒常不变的维度”? 或者说,怎样在此维度把握文学的“自身的个性”?

也许暂离问题略做纯学理考辨是必要的。

二者都讲到了本体论。其实从他们都强调的“哲学层面”上讲,“个体”与“本体”并无冲突。所谓“本体”或“物自体”(二者常常被交替使用)指的都是非关系性的绝对个体。因而可以说,谭论的“纯粹的文学本体性”就是吴论的“独一无二”的“个体性”。应该强调的是,哲学本体论中的“个体”不同于大众语中的某个单数,它只是表示先验的“唯一”。就像用“individuality”来表示不可分的“个体”那样,它只是表示不可由他者取代的绝对个体。当然,绝对个体一定得现象化地打开自身。于是就有风格或特色等方面的所谓“个性”,即谭论所说的“有限的个体性”。此意义上的“个性”不过是绝对个体的多样性呈现或展开。

因此,“有限的个体性”不等同于本体论上的“个体性”,这一点谭桂林看得很准,他意识到,“有赖于某种特定的时间、特定的空间才能显现出来”的“个体性”,“不是纯粹的文学本体性”,因为没有恒常的终极的维度。“终极维度却是文学的原创性”[②],他要用“原创性”置换吴炫的“个体性”,认为“文学的个体性、民族性、现代性都应植根于原创性这一基点上,缺乏原创性的个体性只是一种有限的个体性”[③]。其实“原创论”是“个体论”的一个补充。或者说“原创”作为一个生成论概念,是“个体”的

---

① 谭桂林:《原创性的文学与文学史的原创性》,载《中国社会科学》2001 年第 4 期。
② 谭桂林:《原创性的文学与文学史的原创性》,载《中国社会科学》2001 年第 4 期。
③ 谭桂林:《原创性的文学与文学史的原创性》,载《中国社会科学》2001 年第 4 期。

动态表述。事实上谭桂林提示了这种关系:"文学的原创性其根底在于文学家生命体验的个人性。"[①]

因此,最好将原创性与个体性联系起来,而做出一种本体论理解,不然无以言原创。因为由通常的思路来考察,我们总是可以从任何伟大的"原创作品"中找到非原创因子,找到它的遗传密码,不可能有例外。然而,由本体论视之,"原创""独一无二"之类的词并不如它们的汉语字符所暗示的一样,绝不意味着个体在经验事实中不与其他因素发生关系。这就正像某棵树一样,我们说它是一个本体,具有唯一性,不在于它不与其父本或母本有着基因上的关联,也不在于它不与泥土、阳光、水分以及周边自然生态发生关系,而在于它不是泥土、阳光、水分,不是别的一棵树,而只是它独立的自身。在其动态的生成中,这棵树不仅不拒绝而且积极摄取其他因素,然而我们可以说它是"独一无二"的自足的"个体",其秘密仅仅在于,这棵树循着它自己的生命目的来取舍万物,不拘一格"原创"着,从而成为它自己。

这样厘定可以解释作家的个体性,也可以说明文学与文化之间存在千丝万缕的关系,又何以不是文化而是它自己。吴炫认定文学"性质上与文化不同而分立",十分正确,但他没有充分借助本体论上的理论支点,所以很容易遇到逻辑学上的质疑,而让他的"分立"不大可能:

> 在"文化"与"文学"之间,事实上就存在着整体与部分、一般与特殊等不同的关系角度,而且在不同的关系设定中,概念的指涉也有所不同。在其整体与部分的关系中,"文化"是一个包括"文学"在内的总体概念,没有任何理由将"文学"排除于"文化"的范围之外,即便把"文化"缩小在"精神文明"的范围内,"文学"也是其中极为重要和极为活跃的一部分。如果从这个角度说文学与文化在性质上不同而分立,显然是不妥当的。倘若是从一般与特殊的关系立论,那么"文化"就只是一个由许多特殊的具体中抽绎出的"共性",是存在于诸种互不相同的"个体"中的"一般";而每一个"个体"的生成与存在,也绝不可能将这一"共性"的内容全部挤出。[②]

上述观点很有说服力。问题是,本体论不是形式逻辑。在逻辑范围内,一棵树当然是森林的一部分,而在本体视域中,一棵树就"如其本来"

---

① 谭桂林:《原创性的文学与文学史的原创性》,载《中国社会科学》2001年第4期。

② 孔范今:《绝对化思维无助于文学史的科学建构》,载《中国社会科学》2001年第4期。

的只是一棵树,它不属于森林。同样的道理,在形式逻辑中,文学与文化也许能构成种属关系,但在本体论中,文学属于文化这个大前提并不存在,或者说这不是文学本体论思考的问题:本体论视域只是关心对象的“存在”及其生成,而对其关系判断存而不论(说“挤出”也无妨)。然而这种本体上的悬搁并不意味着知性判断中不可以有逻辑划分。就像我们说某树是世上独在的个体,并不是在其他意义上说世界上只有一棵树。也正像我们在本体论上为一个人神圣的独立性辩护,而不意味着在社会学意义上把这一个体从人类“挤出”一样。吴炫并没有违背形式逻辑,说文学可以离开和逃避政治和文化的关联,并且没有说这些关联都是消极的,他只是对现代文学的合法性进行一种推敲,从而深化文学的个体性认同。但由于其支点有所偏移,正如他对“三人谈”的“接着说”一样,谭论也有继之探讨、发人深省之处。

吴炫在强调本体论上的“独一”没有错,将“个体性”当作其立论基石更是其眼光所在。“四人笔谈”的质疑虽然不是在纵深处用力,却通过一个个横向性质疑,把这些问题给暴露出来(下文还将论及),从而推进了思考。

因“20 世纪中国文学”而来的论述很多,这是一场延续了 20 多年的学理讨论。这样的现象在中国现代文学研究中并不多见(虽然后来不见下文而断链)。不管作者和编者们自觉到何种程度,他们是在艰难地攀爬现代文学的理论制高点,那就是试图在文学本体论视域中重新评估中国现代文学。

不期而然的学术价值还在于,这种讨论具有普遍的文学研究意义。文学史观作为文学的观看立场,本来就是一般问题,没有古代、现代之分。现代文学不过是文学的现代生成,所以这里所谓“现代文学的自我认同”不过是文学在现代条件下的合法性审视,而与狭隘的专业辩护毫无关系。自我认同问题也关乎古代文学的诠释立场。比如文学性与历史性、文学与政治、文学与文化的关系,在中国古代文学研究中,存在着同样的难题。此外,由于文学本体论问题关乎最一般的文学观,它同时对文艺学理论构成了考问。

三

然而回家谈何容易?如果我们总是在习惯了的认知论和社会学意义上绕圈子,不管付出怎样的劳动,都可能误把他乡当故乡,甚至错把他人当自己。因此，以文学观文学，由终极处看文学，就显得尤其重要。吴炫等学者的本体论视野可贵之处即在此处。

然而，终极之维的“纯文学”从来不是可以验证的某种实体，不是经验思维中想象的某个时间段可以达到的终点。它也无法通过逻辑证明，而是一种审美向度。对这样一个向度的不断强调与复习，不过是防止文学异化为他物，防止文学定于一格而进入独断。其目的不是刻意营造一种不食人间烟火的“文学性”，更无意为“鸵鸟主义”辩护。刻意逃离现实生存状态，不能叫纯文学，因为它其实是逃向另一种精神化的功利之途，不能称为审美生活而同样是文学的异化。

缺失审美生活的人生是不完整的，一个健康的社会永远不能没有纯艺术追求，这是人类自由本能的要求，而不管人们是不是意识到这一本能。文学的本体论讨论意义在于不断地提醒自己不能忘记这一本能，在超越各种洞穴之见中进行自我认同。

“文学的自我”也不是某种实体，不妨说它是纯文学的代名词；因此“文学的自我认同”是一个无穷的过程。与其说它是“一尊”，毋宁说它的要义在于不断地否定“定于一尊”。在这一点上，吴炫没有充分展开他已然触及了的理论视域。文学性既然被当作一个本体论术语，那么，正像本体（物自体）不可能是空间中的“客体”，文学性不可能模式化。孔范今这样诘难：

> 当吴文排除了历史发展的内容之后，文学史势必就只剩下他所说的“以经典为龙头”的“不同的空间结构”了。我们不反对文学史建构的多样性，但如果像吴文所倡导的这样，它将会是什么状况？与通常人们所理解的对经典作品的鉴赏和比较研究又有何区别？
>
> 本来，吴文的初衷是要反对一种绝对化的思维，但当吴文作者自己又偏向了另一极端时，在思维方式上所走的仍然是过去的老路。①

“四人笔谈”中的另两位学者分别指出的，也是其文学性模式的独断之失。指向很明确：《体系化：文学史研究的一个弊端》（秦弓），《通向文学史的多元路径》（朱国华）。朱国华借用詹明信的理论指出：

> 哲学体系的特点是将现实中形形色色的观念统统吃进，再赋予其一种单一而自成一体的语言、概念和术语系统。在这个意义上，

① 孔范今：《绝对化思维无助于文学史的科学建构》，载《中国社会科学》2001年第4期。

哲学的终结意味着没有人再认为这是可能的了。这也就是说,我们不得不操起各式各样的理论语言。我们找不出什么将这些语言综合在一起而变成一种万能语言的办法。①

这都是对吴文的有益批评,不过如果只是以詹明信的话做结论,却可能掩盖问题的复杂性而导致另一种独断。其实吴炫注意到文学哲学的维度并没有错,这是他何以能看到“三人谈”的“非文学性”的一个前提。值得留心的地方在于:哲学的维度不等于传统的体系化,它可能是营造体系,如无数既往的本质主义哲学家那样,但也有可能是“去体系”。问题只是在于:“本体论否定”不是“逆反”(这一点吴炫是清楚的);“穿越”也不应是奔向一个特点目标而去建立“一种单一而自成一体的语言、概念和术语系统”,而在于不断指出“非文学性”;哲学上的“纯粹”之思不应是另寻一个“真理”,而不过是“防免误谬”。正如康德所言:

一切纯粹理性之哲学,其所有最大(或为唯一)之效用,仅为消极的;盖哲学非用为扩大理性之工具,而仅为制限纯粹理性之训练,且其功效不在发现真理,仅有防免误谬之寻常劳绩耳。②

谭桂林的“纯粹”应做如是观,吴炫的“穿越”应做如是解。如果以这样的维度去考量各种文学史,只要“分有”了文学性都有存在的理由。吴炫所主张的“以经典为龙头”的文学史当然有其地位,同时,其他的文学史建构,诸如“三人谈”的文学史和朱国华所建议的社会学的文学史、实证主义的文学史、心灵式的文学史、社会史的文学史、接受美学的文学史,“只要能够发现新问题,解决新问题,或是以独特的方式解释了老问题,均可成一家之言”③。

---

① 朱国华:《通向文学史的多元路径》,载《中国社会科学》2001年第4期。

② 【德】康德:《纯粹理性批判》,蓝公武译,北京:商务印书馆1997年版,第548页。

③ 朱国华:《通向文学史的多元路径》,载《中国社会科学》2001年第4期。

第二章

『东方』汉诗的古与今：文体与问题

夫诗有别材，非关书也；诗有别趣，非关理也。

——严羽

我们发现，游戏是诗歌固有的成分，每一种形式的诗歌和游戏的结构实在是密不可分、水乳交融。

——赫伊津哈[①]

① 【荷】约翰·赫伊津哈：《游戏的人：文化中游戏成分的研究》，何道宽译，广州：花城出版社2007年版，第183页。

—— 第一节 ——
趣味·游戏与诗歌:一个熟悉却又陌生的理路

目前,现代诗歌是现代文学文体(如果采用诗歌、小说、散文、戏剧四分法)中处境最为尴尬的一种文体。

这种尴尬,在有着强大传统与辉煌成就的古典诗歌还没远去的背影面前,显得尤为突兀。不妨在世纪之初再一次怅然回首。

上古时期,《诗经》《楚辞》作为"土生土长""天生丽质"而又元气磅礴的传世经典,开启浩浩荡荡的中国文学之源;而孔子的"兴观群怨"说又将诗歌的价值定位于"迩之事父,远之事君"——从怡情养性到安身立命乃至治国安邦的广度与高度;"感于哀乐,缘事而发"的汉乐府以及汉末文人五言诗则给诗歌续入了鲜活的生命原动力,指出了最初的美学风向标。

中古时期,魏晋诗歌的风流别致、骨格清奇,唐诗的严整瑰丽、气象万千,宋词的辞丰音茂、绵密幽邈,谱写了一代代"天人合一"的神话——此曲虽应天上有,人间却能处处闻——诗歌的成就与地位都达到了令人匪夷所思的巅峰:从作者、作品的数量和质量来说,可谓灿若繁星、琳琅满目;从诗歌在整个文学领域乃至社会空间的地位来说,从魏晋开始,诗歌就占据文坛的主导地位,"文"是向"诗"靠拢的,"诗缘情而绮靡"更是点燃了文学自觉审美的炫目晨光;唐诗宋词的造诣更是空前绝后,"诗赋取士"始见于初唐科举制度,并由此历代沿袭下去,这大大促进了诗歌的全面繁荣:从以宫廷台阁为中心的文学集团到遍布于江南塞北、关山大漠的文人骚客乃至市井勾栏、歌楼酒肆的寒士布衣,九州无处不"飞"诗,诗歌如春草夏花,摇曳着强大的生命力,渗透到社会生活的各个层面、各个角落,绽放出绚烂异彩、极致芳华。

近古时期,由于文人的市民化和文学创作的商品化,文学创作的重心虽然在向小说、戏曲方面发生明显的转移,但在诗歌理论研究方面,明清两代却做出了巨大贡献,公安、竟陵、神韵、性灵等历代诸派的诗文理论和实践,大大填补和丰富了诗歌领域的空白,"诗文为正宗"的古典文学格局并没有实质性的改变。

正如闻一多所总结的那样:"在我们这里,一出世,它就是宗教,是政治,是教育,是社交,它是全面的生活。”①古典汉诗之繁华绮丽,毋庸置疑。然而这一切盛景,随着1905年科举制度的废除以及相继而来的新文化运动、文学革命的到来随风散去。诗歌长跑的接力棒传到了现代汉诗手里,这可怜的孩子却是从一出生就交上了鲁迅口中挥之不去的“倒霉运”②:且不说近百年间各方面的斥责之声不绝于耳;只说当下文坛上诗歌的寂寞与彷徨——不论是写作者还是评论者,能够发出的响亮声音越来越少,能够闪现出的身影也越来越模糊。现代汉诗,真的在自甘堕落地走向或者不由自主地滑向危险的“边缘化”么?

在已有的研究中,对现代诗歌近百年历史尤其是当下情形的苛责,大致可以概括为以下两大方面:其一,对诗歌艺术建树尤其是语言形式的不满;其二,对诗歌读解批评之标准的犹疑与诘难。前者更多地针对诗歌创作——究竟何为诗歌?诗歌又该要写什么?怎么写?后者主要针对诗歌理论——究竟如何评价诗歌?现代诗歌该从何处读起?怎么读?更重要的是,普通读者、专业研究者以及作者这三者之间的关系从未像今天这般错综复杂而又扑朔迷离,又究竟该如何梳理?一方面,诗歌仿佛是越来越难读了,“晦涩难懂”“自说自话”成为一些诗歌的无形标签,作者与普通读者之间的共鸣也越来越难以寻找,诗歌似乎只能在一些特定的小圈子(比如诗歌内部的圈子、高校和科研机构的教学研究领域)里流传;另一方面,诗歌的门槛又似乎越来越低,诗与非诗的界限越来越模糊,一些诗歌又似乎不需要任何“深度解读”,也难以令人产生情的震撼与理的思索。不妨坦白诚恳地一言以蔽之,现代汉诗,由于上述两方面的原因——可以总结为中心的一条就是诗歌文体理论的含糊——越来越令人感到言之无据、进退失度,从而导致“枯槁无趣”“索然无味”。

明代胡应麟曾经对古典诗歌艺术做出“盖作诗大法,不过兴象风神、格律音调”的概括,并打了一个比方:

> 譬则镜花水月:体格声调,水与镜也;兴象风神,月与花也。必水澄镜朗,然后花月宛然;讵容昏鉴浊流,求睹二者。③

---

① 闻一多:《文学的历史动向》,见《闻一多全集》第1卷,北京:生活·读书·新知三联书店1982年版,第202页。

② 鲁迅:《致窦隐夫》,见《鲁迅书信集》(下卷),北京:人民文学出版社1976年版,第655页。

③ 胡应麟:《诗薮》内编卷五,见《中国历代诗话词话选粹》(上),北京:光明日报出版社1999年版,第381页。

我们亦可沿用这个比喻来说明现代诗歌文体与现代诗歌审美之间的关系:当文体本身如暗昧不明、含混不清的“昏鉴浊流”时,我们又怎么能认为自己有足够犀利的眼光去鉴别那“水中月”“镜中花”的美丑,以及那“边缘化现代汉诗”之命题的真伪呢?

这种局面跟诗歌这种文体以及中国古代诗歌的优秀传统都十分不协调。有鉴于此,从文体学角度厘清现代诗歌的一些基本问题,让学生、教师、爱好者、研究者甚至创作者较为明晰地知道有关现代诗歌的本体、创作、鉴赏等方面的一些基本理路,对于现代汉语诗歌的认识、欣赏以及创作,接续中国古典诗歌传统的历史,都无疑具有相当积极的作用。

如前文所言,现代诗歌之现状,可以用“枯槁无趣”“索然无味”来形容。笔者所要探讨和寻找的,正是现代诗歌的“趣味”,以及趣味、游戏与现代诗歌之关系。

事实上,“趣味”一词在古今中外的美学范畴内,并非一个新鲜词,更不是一个小词;它在文学领域中所起的作用、所占的地位,也绝非无足轻重、无关宏旨。只是到了现代诗歌史中,由于种种原因,“趣味”的真正含义和与之相关的一切,都不同程度地“潜伏”或是“被潜伏”了。

在西方美学范畴中,“趣味”(英文 taste,德文 Geschmack,法文 goût)一词可表达其本意,即和味觉相关感官(舌、腭、咽喉)的特点,“它是由某些溶解于食物或饮料中的物质以特殊的方式刺激起来的”[①],也即味觉、味道、滋味。“这个词在使用时既可以理解为仅仅是口味的辨别力,但同时也可以理解为合口味”[②],所以又可表达其引申义:审美判断力、鉴赏力、审美观等,以及与此相关的爱好、兴趣、风格、情趣、品位等复杂含义。

“趣味”开始具备上述双重含义,是文艺复兴之后的事情。而在此以前,“趣味”经历了漫长的历史禁锢的考验:趣味(味道)只是跟感官相关的体验,是感性知觉,它与理性判断相比是不可信任的,是不确定的。古希腊哲学家柏拉图、亚里士多德的意见比较具有代表性,他们都认为在人的五种感官(听觉、视觉、嗅觉、味觉、触觉)中,味觉和触觉与饮食和欲望有关,因而更需要节制,以免走向放纵和道德的反面,因此柏拉图将与激情和感官快感紧密相连的诗歌和诗人们从他的《理想国》里赶了出去,

---

① 【德】康德:《实用人类学》,邓晓芒译,重庆:重庆出版社 1987 年版,第 137 页。

② 【德】康德:《实用人类学》,邓晓芒译,重庆:重庆出版社 1987 年版,第 137 页。

而亚里士多德也指出：

……节制和放纵是同人与动物都具有的，所以显得奴性和兽性的快乐相关的。这些快乐说是味觉和触觉。……放纵受到谴责也是正确的，因为这种感觉不是我们作为人独有的感觉，而是我们作为动物所具有的感觉。沉溺于这种快乐，最喜欢这种快乐而不是别的快乐，是兽性的表现。①

也因此，“趣味”一直被排斥在道德和审美之外。

文艺复兴以后，人文主义觉醒，对人的自我意识以及个体价值、肉身价值的发现与尊重都导致人性揭开神性的帷幕而向自身敞亮开来，以人的感官来体验美、判断美、鉴赏美的历程开始了。譬如达·芬奇在其画论中如此说道：“我们的一切知识来源于我们的感觉。”②而“趣味”也开始作为一个审美术语正式出现。这时的“趣味”审美说更看重审美判断的主观性，淡化理性在审美中的作用，认为“趣味”更多的是一种人对事物产生的主观愉悦，如18世纪的法国历史学家杜博斯认为：

人的理性活动是为了认识一道菜的好坏么？在已经形成几何学式的味道原理，确定了构成食物的每个成分的性质之后，为了断定那是不是一道美味，每个人都要去讨论这食物的构成成分的搭配么？不必如此。我们身上有一种感官就是为识别厨师是否遵循了厨艺规则而设计的。我们只要亲口尝尝这道菜，并且不必了解它的调制规则，就能知道它是不是美味。这在某些方面同心灵的作品或为令我们愉快和感动而创作的绘画是一样的。③

这样的审美判断恰可以解释西方的谚语——“趣味无争辩”，因为主观性愉悦是不具有争辩性的。

随着对“趣味”作为审美判断的接受面越来越广泛，人们对“趣味”和理性之间关系的探讨也越来越深入。其中，英国经验主义哲学家休谟的人性论涉及趣味与普遍人性之间的关系，使“趣味”不再模糊一团、不可捉摸。一方面，休谟承认“趣味”是情感的：

---

① 【古希腊】亚里士多德：《尼各马可伦理学》，廖申白译，北京：商务印书馆2003年版，第90—91页。

② 【意】列奥纳多·达·芬奇：《芬奇论绘画》，戴勉编译，北京：人民美术出版社1979年版，第48页。

③ 【英】卡罗琳·考斯梅尔：《味觉》，吴琼、叶勤、张雷译，北京：中国友谊出版公司2001年版，第57页。

> 因为诗的美，恰当地说，并不在这部诗里，而在读者的情感或审美趣味里。如果一个人没有领会这种情感的敏感，他就一定不懂得诗的美，尽管他也许有神仙般的学术知识和知解力。[①]

另一方面，休谟也指出“理性尽管不是趣味的基本组成部分，对趣味的正确运用却是不可缺少的指导。”[②]而“趣味”也有着相应的标准：“只有卓越的智力加上敏锐的感受，由于训练而得到改进，通过比较而进一步完善，最后还清除了一切偏见……这类批评家，不管在哪里找到，如果彼此意见符合，那就是趣味和美的真实标准。”[③]但在休谟的理论中，普遍人性和趣味的“真实标准”仍有隔雾看花之嫌。“趣味”真的有一个颠扑不破的“标准”吗？它与理性之间的关系究竟是怎样的呢？

18 世纪德国哲学家康德提出了“理性的趣味”的概念，他认为：“鉴赏力就是在想象中对外部对象做出社会性评价的能力。”[④]这是结合了感性和知性的趣味判断，感性是说“审美无利害”，关乎个体的自由和愉悦；知性是说此愉快与某种规律性的概念选择相关——趣味判断也因此成为一场想象力和理解力的自由游戏。这是一种“反思趣味”，它介于个体单纯感性经验和理性主义普遍规则之间。审美趣味，作为游戏的开始，也是在游戏之中浮现、逐渐成形又不断演变的……作为审美判断的趣味与作为艺术本体的游戏，相附相融。

深受康德影响的美学家席勒，在其发表于 18 世纪末的《审美教育书简》中，则更进一步阐述了“游戏性审美”的概念：艺术、美与游戏密切相关，人的感性冲动（来自肉体、感性本性，瞬间和变化的，造成各种“情况”，带来需要的强制）和形式冲动（来自人的绝对存在、理性本性，永恒的，提供唯一法则，带来观念的强制）达成调和、解除压力的最完美状态就是把这两者转化为游戏冲动，进入游戏之中，去接近美，来取得生命的舒展与完善，心灵的自由和宁静。因为“美是两种冲动共同的对象，也就是游戏冲动的对象”[⑤]。游戏本身是非强制性的，它提供一切偶然和必

---

① 【英】休谟：《论人的理解力》，见《西方美学家论美和美感》，北京：商务印书馆 1980 年版，第 111 页。

② 【英】休谟：《论趣味的标准》，见《西方美学史资料选编》（上卷），上海：上海人民出版社 1987 年版，第 522 页。

③ 【英】休谟：《论趣味的标准》，见《西方美学史资料选编》（上卷），上海：上海人民出版社 1987 年版，第 524 页。

④ 【德】康德：《判断力批判》（上卷），宗白华译，北京：商务印书馆 1964 年版，第 139 页。

⑤ 【德】席勒：《审美教育书简》，张玉能译，南京：译林出版社 2009 年版，第 46 页。

然，也扬弃了一切偶然和必然，使人进入一种放松的"紧张状态"，最终达到自由和愉悦，人性得以完整，抵达它的目标——美与和谐。所以，席勒做出这样的断言：

……美的事物不应该是纯粹的生活，也不应该是纯粹的形象，而应该是活的形象……因此，理性又做出了裁决：人应该同美仅仅进行游戏，人也应该仅仅同美进行游戏。

终究会有那么一次最后说出这样的话：只有当人是完整意义上的人时，他才游戏；而只有当人在游戏时，他才是完整的人。[①]

在席勒这个游戏的审美王国里，趣味支配一切，不管是理性还是自然冲动都没有任何优先权和独霸权：

在审美趣味的领域里，即使是最伟大的天才也必须放弃他的至高无上的尊严，亲切地俯就儿童的童心。[②]

而这个"游戏和外观的快乐的"审美乌托邦，将带给人类最真实的自由和尊严。

一个多世纪以后，荷兰学者赫伊津哈用文化学的方法，更详尽地在审美的层次上揭示了游戏与文化艺术之间的密切关联。他指出游戏不仅仅是一种动物"本能"，更是一种重要的文化现象，"真正的、纯粹的游戏是文明的柱础之一"，"文化以游戏的方式出现"。在《游戏的人：文化中游戏成分的研究》一书中，赫伊津哈特设专章讨论了诗歌与游戏的关系，在他看来，游戏的特征与诗歌的特征几乎可以重合：

游戏活动在特定的时空范围内进行，有明显的秩序，遵循自愿接受的原则，远离生活必需的范围或物质的功利。游戏的心情或喜不自禁，或热情奔放，游戏的气氛或神圣，或欢庆，视天时地利而定。高扬的紧张情绪是游戏行为的伴侣，欢声笑语和心旷神怡随之而起。

……实际上，我们刚才给游戏下的定义也可以用来给诗歌下定义。语言的节律或对称的布局，韵律用作加强表现力的手段，刻意隐匿深层的意思，苦心构造词语的技法，所有这些特征也可以用来说明游戏的精神。正如瓦莱里所云，诗歌是语词和语言的游戏。这

① 【德】席勒：《审美教育书简》，张玉能译，南京：译林出版社 2009 年版，第 48 页。
② 【德】席勒：《审美教育书简》，张玉能译，南京：译林出版社 2009 年版，第 97 页。

可不是比喻,这是准确而朴素的真理。[1]

赫伊津哈进一步指出,诗歌与游戏的契合不仅是外在的,也是内在的:“在诗性用语的转向、母题的展开、情绪的表达里,总有一种游戏因素在发挥作用。”[2]因此赫伊津哈得出这样的结论:

诗歌的创造性功能扎根于另一个更加悠远的功能之中,这是比文化更加悠远的功能,其名字就是游戏。[3]

更重要的是,赫伊津哈用游戏观点解释了现代诗歌的现状:在现代文明中,游戏因素能够有所作为的领域越来越少,而诗歌却成为游戏最后一个鲜活而高尚的堡垒。虽然比起古典诗歌,现代诗歌的堡垒常常排斥着“外人”的接近,甚至自我封闭,但这正是其保持诗歌游戏特征、忠于诗艺本质的难能可贵之处。

德国哲学家伽达默尔在其给西方美学和哲学界以巨大影响的《真理与方法》中,对艺术真理的探讨更是直接从游戏概念入门。他所阐述的游戏概念,指的是艺术作品本身的存在方式,艺术作品是游戏者(如诗人、作曲家)与观赏者共同进行的一场游戏。那么这个游戏的特点是什么呢?与赫伊津哈一样,伽达默尔用“秩序”一词来加以概括:

游戏显然表现了一种秩序,正是在这种秩序里,游戏活动的往返重复像自身一样展现出来。属于游戏的活动不仅没有目的和意图,也没有紧张性。[4]

因此:

游戏的真正主体不是游戏者,而是游戏本身。游戏就是具有魅力吸引游戏者的东西,就是使游戏者卷入到游戏中的东西,就是束缚游戏者于游戏中的东西。[5]

也即艺术作品本身是一个自主自为的能动体、一个相对封闭的世界,它抛开了与现实的联系,不因外界侵扰和目的性而变成一种中介和

---

① 【荷】约翰·赫伊津哈:《游戏的人:文化中游戏成分的研究》,何道宽译,广州:花城出版社2007年版,第145页。

② 【荷】约翰·赫伊津哈:《游戏的人:文化中游戏成分的研究》,何道宽译,广州:花城出版社2007年版,第145页。

③ 【荷】约翰·赫伊津哈:《游戏的人:文化中游戏成分的研究》,何道宽译,广州:花城出版社2007年版,第145页。

④ 【德】汉斯-格奥尔格·伽达默尔:《真理与方法》,洪汉鼎译,北京:商务印书馆2007年版,第148页。

⑤ 【德】汉斯-格奥尔格·伽达默尔:《真理与方法》,洪汉鼎译,北京:商务印书馆2007年版,第150页。

过渡。但另一方面，作为一种游戏的艺术作品，它的存在是靠作者和观赏者的共同参与来实现的：

> 因为自我表现是游戏的真正本质——因此也就是艺术作品的真正本质。所进行的游戏就是通过其表现与观赏者的对话，并且因此，观赏者不管其与游戏者的一切间距而成为游戏的组成部分。[①]

艺术作品的意义在被表现、被理解和被解释的过程中才能浮现出来。在这样的存在方式里，趣味也是游戏的一个重要因素——“审美行为乃是表现活动中出现的存在活动事件中的一部分，而且本质上属于作为游戏的游戏。”[②]

以上是对西方美学中趣味、游戏以及二者与艺术作品之间关系的相关论述的大致梳理，从这个过程中可以得到以下三点极为重要的启示。

第一，作为审美判断的趣味说和作为艺术作品起源与本质的游戏说，它们之间最大的共通点就是强调艺术的非功利性，而这种非功利性又是与人性最初的本原本真状态以及人性最终的理想自由状态结合在一起的：正是因为艺术强调的是非现实功利性与人性本真/自由状态的结合，它才能够成为海德格尔笔下“对物的普遍本质的再现”，也即“存在的家园”。艺术作品就是诗歌。这里的诗歌有几重含义：一切艺术作品的本质——宽泛意义上的“诗”，“大”诗——“真理之澄明着的筹划的一种方式”，“诗意创造（Dichtung）的一种方式”[③]；在整个艺术领域内占据重要地位的一切语言作品也可以统称为诗歌——“中”诗；作为文体学意义上的诗歌，也即我们正在探讨的诗歌——“小”诗。

第二，从诗歌是一种“审美游戏”的视角出发，可以得出这样的结论：诗歌必须有它自己的游戏规则；而这个必须要有的强制性规则，它的来源和指向却是“趣味”，因而它在游戏中达成的效果也是“非强制的”，是被自愿接受并带来审美愉悦的。这样的理路可以给诗歌的文体学研究带来更为开阔的视野。

一方面，从传统的语言学意义上来“捆缚”诗歌文体研究的观点显然

---

① 【德】汉斯-格奥尔格·伽达默尔：《真理与方法》，洪汉鼎译，北京：商务印书馆 2007 年版，第 164 页。

② 【德】汉斯-格奥尔格·伽达默尔：《真理与方法》，洪汉鼎译，北京：商务印书馆 2007 年版，第 165 页。

③ 【德】马丁·海德格尔：《艺术作品的本源》，见《海德格尔选集》，上海：上海三联书店 1996 年版，第 294 页。

已经太过陈旧,“文体学”超越语言学和修辞学的范畴,完全可以包含更多的内容——文学、人类学、文化学、心理学、社会学……总之,“所有能够使语言获得强调和清晰的手段”①。

另一方面,正因为“规则”的来源和指向是“趣味”而不是其他,当“趣味”本身不再有一个大一统的审美价值基础、取向的时候,“规则”也就不再是一座座方正严谨的黄钟大吕,而成了由一簇簇彩色玻璃碎片折射而成的万花筒——百态千姿,衍化无穷。这也许就是现代汉诗文体与古代汉诗文体之间发生巨大断裂的根本所在,也是我们面对现代汉诗文体研究必须具备的、新的批判眼光。

第三,作为审美游戏的诗歌,它的存在方式要依赖于游戏者(诗人)和观赏者(读者)的共同参与方能实现。因此诗歌既是一个封闭的世界、一个自为自能的独立的存在体——相对于诗歌的外部环境而言,又是一个流动的体系,一个在不同的视域下获得不同意义和价值的互文本——相对于诗歌内部作者与读者的相互关系而言。“视域”是伽达默尔提出的阐释学概念,即看视的域,它包括了从某个立足点出发能看到的一切,是一种历史性的域;视域不是封闭和孤立的,解释者的任务就是扩大自己的视域,不断地进入“视域融合”的过程。对现代汉诗而言,写作者(游戏者)和解释者(观赏者)的视域不可能完全重合,甚至有可能毫不相关——这与古代汉诗的情形是大相径庭的。这使现代汉诗往往陷入一种难以理解和传播的尴尬困境,但同时也给它的发展提供了更多、更自由的空间,并对写作者、普通读者和研究者都提出了更多的期待和更高的要求。艺术,不就该朝向自由、知难而进么?

—— 第二节 ——
“趣”“游”东方诗国:人与诗

不妨简要回顾一下古代汉诗的“趣”“游”历程,也许能够为现代汉诗

① 【美】韦勒克、沃伦:《文体和文体学》,见《文学理论》,北京:生活·读书·新知三联书店1984年版,第178页。

的发生、本质和发展提供一个饶有趣味的参照。

当然，全面而系统地从趣味和游戏角度分析古代汉诗艺术，是一个非常庞大的工作，非鸿篇巨制不能完成。这里笔者只是尝试用最简单的几个字眼来概括古代汉诗在“趣”“游”历程中留下的最深刻的几道印痕，它们是味、感、象、律。这几个关涉了古代汉诗艺术根本的关键词，互为印证，相生相长，在这片古老的东方土地上破土而出，神奇地织就了一面趣味和游戏的恢恢天网。人、诗、天、地、物、神（道），都疏而不漏地在这面网中自在游弋，会为一体。

前文探讨过，在古希腊哲学中，味觉在人的五种感官功能（听觉、视觉、嗅觉、味觉、触觉）中排在较为低级的位置上，总是排在听觉、视觉、嗅觉之后，是“低等官能”，是引导人类走向欲望沉迷和道德沦丧的，不能进入审美范畴。这种原初观点几乎笼罩了整个西方文化，表现在方方面面。直到文艺复兴时期以后，“味觉”与“趣味”才得以翻身，在美学领域大放异彩。

与这种情形正好相反，“味”在中国古典哲学、美学中，一开始就是个堂皇正大位列前茅的关键词。东方诗国，原本是个不折不扣的“味之国度”：

天有六气，降生五味，发为五色，征为五声。①

五味实气，五色精心，五声昭德，五义纪宜。②

先王之济五味，和五声也，以平其心，成其政也。③

在中国古典哲学中，认识世界的基础和根据就是人们最能够清晰把握的“味”，而“声”“色”反而排在其后。而“天有六气、降为五味”又进一步说明了作为万事万物构建之最基本的“气”，它的第一重由抽象到具体、由名到实的表达就是“味”，“气”与“味”之间的关系，即物与人的关系，这“味”乃是客观之物与主观之感共同作用产生的，是“气”的感性化折射。“神农尝百草”的创世神话，正揭示了中国古人思维经验的一般模式——以味辨物。

以味辨物的深层含义，可以借用达·芬奇的那句话来加以说明：我们的一切知识来源于我们的感觉。所以与“味”相关的另一个重要的认知方式就是“感”。“感”字是一个“咸”字在一个“心”字之上，这再一次说

① 《左传·昭公元年》。

② 《国语卷二·周语中》。

③ 《左传·昭公二十五年》。

明了“味”在所有感官功能之中的重要性:

舌者,心之官也。①

心气通于舌,心和则舌能知五味矣。②

而“物”乃是“道”在天地间的具象化表现。《老子》曰:“道生之,德畜之,物行之,势成之。是以万物莫不尊道而贵德。”这个“道”是与天、地、自然合一的:人法地,地法天,天法道,道法自然。人能“味物”,进而“味道”,就能与天、地、道融为一体,达成一种接近“自然”的自由。由“味”到心,再到“感”,一条“味物—感物”—“味道—感道”的重感性、轻逻辑的中国古典经验思维模式就这样形成了。在认知方式和效果上,它或许模糊,但却完整;或许微言,却有大义。

“道”可“味”,可“感”,但往往不可言说,“道可道,非常道”。那又该如何表达呢?《易传・系辞上》曰:“子曰:‘书不尽言,言不尽意。’然则圣人之意,其不可见乎?子曰:‘圣人立象以尽意,设卦以尽情伪。’”而“象”非客观自然物理之象,它是“气本之虚则湛无形,感而生则聚而有象”③的象,是能上通“道”、下达“意”的象。于是,“味道—感道”的结果最后往往用“意象”来揭示:“意象”既可表“我”之意味,又可传达物之道义,从而完成了天、地、物、人、道的完满循环,达成“始正而末奇,内明而外润,使玩之者无穷,味之者不厌矣”④的诠释效果。

诗即思。这一条“味—感—象”的哲学思维模式,在古典诗歌美学中得到完全而深刻的印证。

“以味论诗”之始,源于对“气”的不同解释。春秋战国时期,儒家学派思想家孟子就君子修身之道提出自己的观点,即“吾善养吾浩然之气”。“气”在道家哲学范畴内,是存于天地之间的物之本源,道之始。而孟子所言“浩然之气”更多是指君子后天的品德修养,一脉相承儒家温柔敦厚之传统。

魏晋时期,曹丕在其《典论・论文》中提出了“文气”说:“文以气为主,气之清浊有体,不可力强而致。”他所谓的“气”与儒家的德性修养不同,亦有异于道家的万物本源说。“气”是作者先天的才情禀赋,“气”之清浊与作者的才性、趣味、创作风格相关,并且“气”是先天的、独一无二

---

① 张志聪:《黄帝内经素问集注》,北京:学苑出版社2004年版,第52页。

② 《黄帝内经・灵枢・脉度》。

③ 张载:《张载集》,北京:中华书局2006年版,第10页。

④ 刘勰:《文心雕龙・隐秀》。

的，非后天品德修养能强加或改变的。“文气说”是魏晋人物品评风气大炽的思想先声，它肯定了“才性”在文学创作中的重要地位，注重人的个性发展，强调个体审美趣味，摆脱世俗礼教的束缚，促成思想自由。

诗歌自觉审美，应从魏晋始。这一时期除曹丕的“文气”说外，陆机、刘勰都从“感物”“缘情”的角度，提出了“感—象”这一艺术构思过程的重要性。如陆机《文赋》：

遵四时以叹逝，瞻万物而思纷。

情曈昽而弥鲜，物昭晰而互进。

笼天地于形内，挫万物于笔端。

于是沉辞怫悦，若游鱼衔钩，而出重渊之深；浮藻联翩，若翰鸟婴缴，而坠曾云之峻。

作者用一系列的比喻绘声绘色地讲述“感物—想象—物象—意象”构思的全过程。刘勰在《文心雕龙·神思》篇中，也明确提出“神用象通，情变所孕，物以貌求，心以理应”的文学创作论。

钟嵘则进一步提出了“滋味说”，仍从“气”“物”“感”生发开来：

气之动物，物之感人，故摇荡性情，形诸舞咏。①

“气之动物”而“感”人，“感”是能让人体会到诸种“滋味”的。“味”这个词自钟嵘《诗品序》始，正式登上诗评舞台。在所有诗体中，钟嵘认为五言诗最有“滋味”，因其“指事造形，穷情写物，最为详切者”！并进而指出兴、比、赋三种艺术技巧斟酌结合使用，就能达到“使味之者无极，闻之者动心”的最佳艺术效果。这是从注重审美感性的一面出发，强调文学形象性特征，而反对过多的说理、用典、道德教化等因素，认为那样就会“淡乎寡味”。

唐代司空图的“韵味”说若追溯其本源，应该是钟嵘“滋味”说的发扬与创新。钟嵘谈“滋味”，更多指评诗的角度与方法，而司空图的“韵味”说，则直切审美判断的本质——审美趣味的培养。《与李生论诗书》对“韵味”做了精彩论述：

文之难，而诗之难尤难，古今之喻多矣。而愚以为辨于味，而后可以言诗也。江岭之南，凡足资于适口者，若醯，非不酸也，止于酸而已；若鹾，非不咸也，止于咸而已。

对于诗味之辩，如醯之酸、鹾之咸，是其本味，而用作佐菜的调料，味

① 钟嵘：《诗品序》。

道就不仅仅是酸与咸这两种单一的味道了。诗歌也是如此。诗歌的音韵节奏、绮辞丽句是最表层的本原之味。而诗歌蕴含着诗人的丰富情感,有限的文字蕴藏着无限意趣,等等,这属于诗歌本味之外的真趣,只可意会不可言传。司空图所言的“韵味”就在其中了。

宋代严羽顺延这一思路,提出了诗的“别材别趣”说:

> 夫诗有别材,非关书也;诗有别趣,非关理也。然非多读书、不穷理,则不能极其至,所谓不涉理路、不落言筌者,上也。诗者,吟咏情性也。盛唐诸人惟在兴趣,羚羊挂角无迹可求。故其妙处透彻玲珑不可凑泊,如空中之音、相中之色、水中之月、镜中之象,言有尽而意无穷。①

又曰:“诗之法有五:曰体制,曰格力,曰气象,曰兴趣,曰音节。”严羽以禅论诗,重在“妙悟”,其“别材别趣”说强调诗歌的本质在于“吟咏情性”,妙处在于“兴趣”,而非理路言筌所能表达。而“兴趣”的具体呈现,正是沿着“味—感—象”思维模式来达到语言和情感的诗化、艺术化的。

严羽之后,明代何景明、王世贞、胡应麟,清代王士祯、袁枚等,都沿着这一思路一再强调诗歌的艺术性、非现实功利性、感性、形象性等审美特征,相继提出了“才情说”、“格调说”(指明王世贞的“才思格调说”而非清沈德潜的“人伦日用、温柔敦厚格调说”)、“神韵说”、“性灵说”等与“味”“感”“象”相关的诗学思想。一直到近代王国维的“审美无利害”的“境界说”,历代诗评家反复、执着地提出并解答这个问题——“都云作者痴,谁解其中味”,这一脉“以味论诗”的源流可谓绵绵不绝,贯穿始终。

“以味论诗”,作为一种审美价值观,是于魏晋始——也就是诗歌自觉审美以后的事情。但在诗歌诞生之初,这种观点是含混的、不成形的。最初的诗歌,更多的是一种原始游戏特征:诗歌只是人类原始生命活动的简洁记录,或古老祭祀仪式的一个组成部分。

载于《吴越春秋》的《弹歌》写的是原始狩猎的情景:

> 断竹,续竹;飞土,逐肉。

在这首歌谣里,主体是人,是群居的劳作生活场景,人类经历了漫长的结绳记事的过程,终于有了简单文字来记录劳动生活场景。作为原始诗的雏形,其不会因缺少丰富情感的抒发、深邃意境的构造、精致语言的润色等而显得干瘪无趣,相反地,其更真实地描绘出人类童年时期素朴

---

① 严羽:《沧浪诗话·诗辩》。

纯真的生活。“断”“续”“飞”“逐”这四个动词，活生生地让读者体会到扑面而来的人兽间追逐搏斗的野蛮血腥气息，穿越千年，立于纸上。

又如神农时期的农事祭歌《蜡辞》：

土反其宅，水归其壑，昆虫勿作，草木归其泽。

从内容上看，这应该是巫祝的祷词，反映出当时的人在自然面前软弱无力，只能借助巫觋达成简单淳朴的愿望。那个时期出现的诗歌萌芽往往密切联系社会生活，几乎没有个人化的表达。确切地说，是缺乏自我意识的表现。展现在我们面前的不是某个人，而是一个群体的生活，就像远古时期人们在石壁山洞里留下的画，展现出原始社会狩猎、采集、祝祷仪式还有部落间的战争等，都是标明集体特性，真正的个人隐藏在群体背后，看不清面目。于是，我们无法辨认出真正的诗。这些反映人类早期生活的文字，可以说是文学的起源，不仅仅属于诗；虽具有诗歌的一些特征，但又不能断定为诗。

但正如《弹歌》用最素朴的句子来表达狩猎的紧张气氛和收获的喜悦心情，祝祷之词将原始人类面对自然灾难的恐惧无助与神巫的神秘莫测、无所不能连接起来一样，最初的诗也具备把人类从现实中拯救出来、带来巨大心理慰藉的力量——尽管它们是以一种“功利”的面目出现的。那铿锵有力的节奏、张弛有致的结构、不容置疑的韵脚、凝练果断的句式，都表现出一种诗意的努力——跳脱现实的芜杂和羁绊、通向理想的纯粹和自由的努力。

正是这种把握现实又超越现实的努力，成为人类文明萌生和发展的动力。从文化人类学的角度，赫伊津哈把这种努力归结为“游戏”：文明是在游戏之中成长的，是在游戏之中展开的，文明就是游戏。[①] 这究竟是一种什么样的努力呢？“在游戏中，有一种东西在起作用，它超越了生活的眼前需要，它给行为注入了特定的意义。”[②]而且，这种努力虽然不能直接说它是“审美”的，但它和审美有着千丝万缕的联系：“游戏创造秩序，游戏就是秩序”[③]，它具有最崇高的属性——节律与和谐。

---

① 【荷】约翰·赫伊津哈：《游戏的人：文化中游戏成分的研究》序，何道宽译，广州：花城出版社 2007 年版。

② 【荷】约翰·赫伊津哈：《游戏的人：文化中游戏成分的研究》序，何道宽译，广州：花城出版社 2007 年版，第 3 页。

③ 【荷】约翰·赫伊津哈：《游戏的人：文化中游戏成分的研究》序，何道宽译，广州：花城出版社 2007 年版，第 12 页。

赫伊津哈指出：诗歌就是这样一种具备最鲜明游戏特征的文体，它在游戏中诞生，在游戏中吸取营养。就像我们上面看到的“最初的诗”那样：“它并非直接指向审美的效果，但它在游戏中找到了自己成长的肥田沃土。”①这种游戏营养包含了多种成分：语言的节律或对称的布局，韵律用作加强表现力的手段，刻意隐匿深层的意思，苦心构造词语的句法……还有诗性用语的转向、母题的展开、情绪的表达中所包含的游戏因素等。所有这些游戏因素，赫伊津哈和伽达默尔都用同一个词——“秩序”来加以总结概括，我们把这个词置换到古代汉诗背景之中，那就是“律”。

这个“律”不仅仅指外在之“律”：音节的、韵脚的、体式的、句法的……也指内在之“律”：意象的兴发逗引、情感的起承转合、题旨的伸展穿梭。古代汉诗，正是在一步步对“律”的探寻和解惑的漫长历史中，从日常生活（语言）的平地上拾阶而起，筚路蓝缕，以启“美”之山林，最终登上艺术巅峰的。

“味”“感”“象”“律”，都是我们从审美的角度来探讨古代诗歌的，但这一视角不代表古代汉诗能提供给我们的全部向度。事实上，从《诗经》开始，“诗言志”与“诗缘情”就成为此消彼长又互为映照的两派诗学理念，它们有互为抵触的一面，也有互为嵌入的一面，这使得古代汉诗同时呈现出现实功利性与审美性的复杂特点。

“诗言志”的“志”，在现代文学领域内有不同的解释，比如钱钟书与朱自清的理解就似乎截然相反。

钱钟书在《中国诗与中国画》中，提到“诗言志”的概念：

> 我们常听说中国古代文评里有对立的两派，一派要“载道”，一派要“言志”。事实上，在中国旧传统里，“文以载道”和“诗以言志”主要是规定个别文体的职能，并非概括“文学”的界说。“文”常指散文或者“古文”而言，以区别与“诗”、“词”。……同一个作家可以“文载道”，以“诗言志”，以“诗余”的词来“言”诗里说不出口的“志”。这些文体就像梯级或台阶，是平行而不平等的。②

很显然，钱钟书是把“诗言志”的“志”与“文载道”的“道”相对立的，

---

① 【荷】约翰·赫伊津哈：《游戏的人：文化中游戏成分的研究》序，何道宽译，广州：花城出版社 2007 年版，第 139 页。

② 钱钟书：《中国诗与中国画》，见《七缀集》，北京：生活·读书·新知三联书店 2002 年版，第 4 页。

更接近于“诗缘情”之“情”。

但是朱自清不这么看。朱自清在《诗言志辩》中，专门提出这个问题：

> 现代有人用“言志”和“载道”标明中国文学的主流，说这两个主流的起伏造成了中国文学史。“言志”的本义原跟“载道”差不多，两者并不冲突，现时却变得和“载道”对立起来。①

朱自清认为，“志”近似于“文以载道”的“道”，是强调诗歌的社会认识功能以及政治教化功能，更多的是儒家温柔敦厚之传统。如孔子对我国第一部诗歌总集《诗经》的基本观点是“思无邪”。《诗经》所反映的思想内容是“发乎情，止乎礼义”，谈到了诗歌的情感作用，但最终还是落脚在了“礼义”上。唐代韩愈提出了“文以载道”“不平则鸣”等创作思想理论，白居易、元稹等诗人提出儒学诗教说，体现出“美刺”思想理论，基本是围绕着儒学入世、利国济民的思想展开的；宋代欧阳修提出“诗穷而后工”的诗歌理论，与唐代韩愈“不平则鸣”的思想一脉相承。“诗言志”说一直占据着古代诗评的主导地位。而与“诗言志”相对立的另一脉诗学传统是自魏晋始的“诗缘情”，将“缘情”“体物”合为一体，强调诗歌的审美特质“绮靡”，亦即上文中提到的“以味论诗”那一脉，那一脉在舆论声势上从未占到上风，但在艺术上往往起到强大的推动作用。上述两脉在历史进程中此消彼长、互为映射，到后来往往表现出“情志合一”的特点。

今天看来，钱钟书和朱自清的说法都没有错：朱自清是从史学的角度严谨地辨析“诗言志”的历史演化，究其原委；而钱钟书更多的是从诗学的角度大致概括“诗言志”的特点。钱钟书所谓的“诗言志”其实也就是朱自清所谓的“情志合一”。概而言之，“道”必然关乎社会伦理教化，“志”也多少带有集体意识色彩，介于社会与个体之间，“情”则更多甚至可以完全属于个体、本我、私己。毕竟，诗歌因其特定的文体特点，“情志合一”地“言志”；而现代文学中也有着“言志派”这一散文派别名目，其特点正是抒发性灵，注重“趣味”。“言志”这一语汇在漫长历史中的角色转换，正说明了诗歌文体本身，先天带来的“趣味”与“游戏”的胎记，不因其在特定历史阶段中的局限处境而改变。

更进一步说，古代汉诗之所以取得如此辉煌的成就，恰恰是因为它在漫长的历史中，始终坚持了“趣味”与“游戏”的本质特征，才能更好地

---

① 朱自清：《诗言志辩》序，桂林：广西师范大学出版社 2004 年版。

把现实局限和终极审美做几乎无缝的接轨。儒家之所谓“文以载道”的“道”、“诗言志”的“志”,虽然更多的是孟子所说的“浩然之气”,目的在于修身齐家治国平天下;但在诗歌这个领域内,通过“味”“感”“象”“律”这些艺术审美的桥梁,儒家入世功利的“道”“气”“志”终于与道家出世自然之“道可道、非常道”的逍遥“大道”遥遥相通,冥冥感应,天人合一,物我相融,情志两兼。在这个文体领域内,诗人们的呼吸是顺畅的,诗人们的心灵是自由的,他们既能够在熙熙攘攘的尘世之中保持着“道不行,乘桴浮于海”①的锐意和坚韧,也能够保有一颗“致虚极,守静笃,万物并作,吾以观复”②的本真之心。

—— 第三节 ——

现代汉诗赋格之镜:文体与问题

现代汉诗一出世,就拆掉了“味”“感”“象”“律”的审美之桥,把自己置于一个“前不见古人,后不见来者”的语言孤岛。诗和诗人自由呼吸、与缪斯女神款通心曲的气孔,被暂时性地阻塞或遮蔽了。

首先是文化体系的崩溃——过去的儒、道、释三教合一的传统价值观念大厦轰然坍塌。西方文化澎湃而来,现代文明严阵以待,但诗人们不得不面对的尴尬是“味—感—象”这一审美链条也因此中断,一时之间难以得到有力的修复:“以味辨物”,“物”何在?“感物言志”,“志”焉载?“立象取意”,“象”安存?

其次是语言的巨变。语词是诗体的构成分子,语汇、语法、语用发生的颠覆性变化,彻底宣告了古代汉诗“律”的解体,语言的游戏规则要全盘打乱,重新改写——而这个任务委实太难太重,非短期内能取得令人满意的成绩。

巨变伊始,在启蒙、解放、革命、科学等诸种使命的重重裹挟之下,现代诗人们能够清晰把握的,只剩下了单一、基础之“味”,对人性解缚的基

---

① 《论语·公冶长第五》。

② 《老子·第十六章》。

本诉求，对现代汉语的平铺直叙。用胡适的话来说就是："话怎么说，诗就怎么写。""两只黄蝴蝶，双双飞上天"，"屋内屋外隔着一层纸"，"妹妹你是水"……这样的诗句，盐是盐，醋是醋，但难求"五味调和"，更谈不上"余味曲包"，现代诗人们的味与情，从来没有这么明白而寡淡过；更不客气一点说，现代诗人们的诗与思，也从来没有这么功利现实过。

这一点，很快诗人们自己也苦恼地注意到了，并也敏锐地找出了改进的方略。20 世纪 20 年代中期，现代汉诗的发展以新月派和象征派为旗帜，在传统与非传统的双重影响、参照下，同时向"格律化"与"意象化"两个方向上延伸，力图找到属于自己的诗学趣味与游戏规则。虽然这两个方向上的努力各因其有所局限或是没能坚持下去，或是不为更多的时人所理解，或是在创作实践上缺乏更强的说服力，但其所取得的教训和经验都成为后来者的宝贵财富，并在实际上推动了现代汉诗作为"诗歌"这一文学体裁的文体意识走向成熟。20 世纪 30 年代最大的诗歌流派现代派综合了此前所有语言形式上的经验，并将对古典诗歌传统与西方诗艺潮流的借鉴和研讨进一步深入，从而对诗歌的节奏和意象都有了更为自觉和深刻的认识，并在创作实践中将二者有机地结合在一起，初步建立起现代汉语诗歌的语言形式规范：深入地发掘诗歌意象美，在以把握诗歌的内在节奏也即情绪节奏为主的前提下，利用种种诗歌的外在节奏因素以及节奏与意象之间的种种关系赋予诗歌各种语言张力，创造现代诗美。可以说，在 20 世纪 30 年代中期形成的这一诗歌语言范式，在此后的半个多世纪里并没有实质性的突破，而是一直延续到当代诗歌写作中。

可惜的是，"九一八事变"之后，随着抗日战争的全面爆发、民族危机的加剧，那个被纪弦（路易士）称之为"中国新诗自五四以来一个不再的黄金时代"①也猝然中断。对诗歌文体的探索，仍然是"路漫漫其修远兮"。

20 世纪 40 年代以西南联大为核心的一群诗人（如穆旦、冯至、袁可嘉、郑敏、杜运燮等）在英美诗歌的影响下，以其鲜明的现代主义风格续接了诗歌在审美向度上的探索，取得了现代诗歌史上极令人瞩目的成就，但同时也凸显了现代汉诗诞生以来极令人头痛的问题，这个问题历经数十年，在朦胧诗、第三代诗歌以及当下诗歌写作中一直延续下去，甚至有愈演愈烈之趋势：诗歌，从未如此拗口难读和晦涩难懂过——于是

① 路易士：《三十前集・三十自序》，上海：诗领土社 1945 年版。

读者们提问了，现代汉诗，注定了要走王国维所说的“隔”之蹊径，披上鲁迅批评的“唱不来、记不住”的外衣，才能表达现代人(面对“现代”“后现代”这样的历史语境和现实事境)复杂矛盾、欲说还休的思想情感吗?

至少到目前为止，恐怕还找不出一个能令所有人满意的答案——也许，那个答案本身就是一个问题，就像“鸡生蛋、蛋生鸡”一样的问题:现代汉诗，还需要用“隔”与“不隔”这样的审美标准来衡量它的艺术价值吗?“唱不来、记不住”对现代汉诗而言就一定是一种残缺或者弊端吗?

且不管答案何如，总要理清问题的“症结”所在。既然上述对现代汉诗的责难基本上都是与古代汉诗相对照而引发的，不妨也沿用前述“味”“感”“象”“律”的思路来讨论现代汉诗的问题，试看“味”“感”“象“律”这一思维模式在现代汉诗中的迁延与变异。

人可以被自己的眼睛、耳朵欺骗，发生“幻视”“幻听”“短视”“失听”等种种障碍，但很难被自己的味觉欺骗，亦不愿让自己的味觉受到任何引导与阻碍，它是最本能也最无羁的一种官能。“味”在古今中外的美学范畴内，无论如何总是与人性的本真、本己状态结合在一起，并指向超越现实功利束缚的自由审美空间。“趣味”的审美判断含义也由此诞生。“趣味”在古代汉诗语境里，因其长期在相对繁荣更相对稳固的文化背景中滋生，所以古人之“趣味”，可谓葳蕤绮丽，尽态极妍，且也都能心同此“味”，意通此“趣”。从明代李渔的《闲情偶寄》与李贽的“童心说”中，可以约略看出古人对“趣味”之“繁”与“一”的追求。

前者从戏曲的审美赏析延展到生活、文艺诸方面:家居修筑、饮馔颐养、衣饰容修、游乐嬉宴等等，可谓无所不包、精细无加，简直就是一部古代生活艺术百科全书，也是一部令古人身心俱悦的“趣味大全”。“趣味”是如此真实也是如此踏实——它就在日常生活的细枝末叶处如春花簇簇恣意绽放，奔放却亲切，不离人性、人情稍远。

后者强调人性之本真，不因任何现实功利指向而扭曲熏染:“童子者，人之初也;童心者，心之初也。”人需要生理欲望、情感思想的“真”，本己甚至私化，拒绝成人化(世俗伦理教化)的异化;同时这本原之初心并不因此而委顿自闭，它是朝着更大的自由与纯粹伸展的，正如老子所说的“圣人皆孩之”[①]。概言之，李贽的“童心说”是建立在感性体悟的经验思维模式上的审美观，其背后的文化根源正是“天人合一”的经验思辨

① 《老子·第四十九章》。

传统。

以“近身”之“百味”，传经验之“动感”，归“万象”之“守一”——古代汉诗审美趣味的这一切特点，决定了古代汉诗的亲感性、普及性、经典性。这些特点到了现代汉诗史上，却很难传承下去。

传统文化体系的坍塌导致价值信仰体系的崩溃，并在西方文明的冲击下形成纷繁动荡的思想场域，再也没有一个完整而统一的“语境”能包容一切写作者与读者，语义、语象都变得冗杂与含混；近现代以来纷繁动乱的革命、战争、解放、科学、启蒙、救亡图存……密密交织成沉重的现实理性“事境”，任何“理”外之“趣”、“事”外之“味”，都难以寻到一丝安然落脚之处。文学或许不再“载”传统之“道”，但随之肩负了“科学”“逻辑”“革命”的庄重旗帜，诗也随之变得沧桑沉重起来。

在这样的语境和事境下，传统的“味—感—象”一体化的艺术链条变得面目全非、支离难辨。韦勒克、沃伦的《文学理论》认为，诗歌的主要结构，在于其意象、隐喻、象征、神话交织而成的特殊表达方式，以及这些因素与格律的紧密关系——诗歌因此接近音乐和绘画，区别于哲学和科学。在现代汉诗领域中，撇开“神话”这一几乎被忽略的因素不谈，“意象”和与之相关的“隐喻”“象征”的命运是如此多舛：从李金发突兀新异的“远取譬”开始，到穆旦的“非诗意辞句”，意象在“西化”“欧化”“象征主义化”“现代主义化”的大趋势下，固然在古代汉诗“那一团模糊的诗意”上点燃了新的火焰，生发了新的刺激，但对诗人和读者而言，都需要更多的时间和实践来使诗歌文体概念更为成熟和明晰，前者需要在“移植”与参照的过程里更好地攫取汉语、汉诗固有的艺术特质，摆脱生涩、堆砌与毛躁的种种弊端；后者需要更为开阔的视域、充分的修养来跟上时代和诗人的脚步。

“反者道之动”。从 20 世纪 80 年代中后期开始，似乎是一种本能的、强烈的反弹，人们重新开始对诗歌内部审美特质的关注，但“意象”与“隐喻”“象征”本身却成为众矢之的：这是一个失去隐喻和象征的时代，厌倦隐喻和象征的时代，反意象、反修辞、反文化甚至成为一些诗歌流派和组织的口号。为“意象”长久以来的传统象征意义和革命象征意义“祛魅”，回归日常生活，回归语言自身，回归个人本我的内心世界，是这一代诗人身上最鲜明的标签。作为诗歌不可或缺的特质，意象、隐喻和象征依然都在，但很难再构成某种牢固体系（即便在短期内构成某种体系也会很快被解构、抛弃）。同样地，作为诗歌形式最鲜明特征的“节奏”“格律”“语言技巧”，也毫不迟疑地抛弃了建构某种固定格式的幻想，上述所有一切的有形之质素，都化入看似无形的“语感”，“语感”的轻重、清浊、显隐、灵滞，以及由此带来的风格、弹性、张力、机巧，成为诗人建构诗歌形式的新的审美取向和衡量维度。

这种从整体到分裂、从宏观到微观的转变，并不意味着诗人们放弃了做一个对世界、时代、生活、人类灵魂的观察者、报信人的角色——只要他们在写诗，就是在继续承担；同时也不意味着诗歌的“可感性”和“共鸣性”比之前更强，因为，没有一件事情比了解一个人微妙丰富的内心世界，或是认证个人意义上的视域、摸索专属于个体的语言技艺（如果他已经建构了某种成形的技艺）更难。

这是一种大考验，也是一种大寂静：在茫茫旷野里，无数种草木在细雨中生长，也许并未蔚然成林，却自成生态系统。现代汉诗从整体艺术成就上来说肯定有所局限，但它的确仍在诗歌本应所在的大道上蜿蜒前行，并不乏精彩的舞步和惊艳的亮相——对于这一点，诗人是最能够“春江水暖鸭先知”的。

这当然也是对诗人和读者的巨大考验：两者都必须先放下“固有的已知的必然”的概念，去发现更多的偶然之中隐含的未知的必然——如果必然可以理解为一种变化之中的规律的话。这是现代汉诗必经的荆棘之路。

这也不代表着对诗歌的探讨失去了重心，相反，正是在这样一种近乎抽象的、追本溯源的文体探讨中，问题变得更加清晰和具体：对于现代汉诗文体的探讨，需要先厘清诗歌的本质和内部特征。

我们已经一再发出这样的呼唤：不要忘记从文学本体论角度切入诗歌研究而不再局限于诗歌外部研究，力图为现代诗歌研究、阅读和欣赏提供更为切实有效的审美言说理路；但我们还需要无数个更具体的“阿基米德”支点，它能够举重若轻地支撑起我们穿越于古今中西诗学理论和创作经验来面对现代汉诗这样一个独特考察对象的种种思索。这个支点中的一个，或许可以这样来描述：趣味·游戏与诗歌——作为诗歌本体论的“游戏”特征的研究，与作为诗歌审美体系的诗学“趣味”的辨析，这两个体系在很多时候可以互为置换。“游戏的趣味”和“趣味的游戏”经由诗歌这一原点如跷跷板的两端，互为彼此的因与果、方向与动力；又如一个你中有我、我中有你的同心圆，互相印证敞开，延展无限。我们尝试把握的是，这两个体系交织映照下的现代汉诗所做的种种努力。

第一,作为文学体裁之一的诗歌,它必将有着属于文学的而不是其他学科的"趣味"——独特的审美思维与表达特点。

第二,诗歌作为一种文体,在现代汉语领域内固然可以千变万化,但它总有一个"核",一个可以生发出无数游戏程序的最根本的"元规则",使它可以与其他文体区分开来,这是可以穿越古今中西的"核",那就是诗歌艺术的最关键、最核心的本质和要素究竟是什么。

第三,也是在上述诗歌是什么、怎么写的考察之后我们必将进入的最迫切需要解决的难题:如何读(与评价)。从"趣味·游戏与诗歌"这个视角展开,我们就会发现,诗歌、诗人、读者这三者之间的关系其实从来都绞缠难分,尤其是在诗歌的当下情境中。

诗歌与诗人之间、文本与作者之间肯定存在着千丝万缕的联系:后者的价值取向、艺术修养以及其难以避免的在一种生产、接受、流通、消费模式下的诗歌话语的"政治经济学"因素,都将渗透进其文本创作,并且同时成为读者进入诗歌文本的"前理解""前视域",同时又因读者与作者之间的视域冲突而将诗歌文本导向更大的视域延展与融合。对所有这些,布迪厄曾做出精警提示——为"趣味"找出当下的"自己的位置感",从细节着手并勾勒大体,从现象出发并伸向本质:"除非日常使用中狭义的、规范的意义上的'文化'回归到人类学意义上的'文化',并且人们对于最精美物体的高雅趣味与人们对于食物口味的基本趣味重新联系起来,否则人们不能充分理解文化实践的意义。"

任何一个时代的诗歌史都不是独立存在的,它对应的是同时期的整部艺术史。只有当一个人拥有了对艺术品进行编码的代码,一件艺术品才对他是有意义的。这个代码以及其编码的过程,我们可以统称之为诗歌的"游戏规则",它同时对作者和读者提出要求、发生作用。对代码的寻找和建构,在作者那里当然是"命"之根基,在读者那里也是"生"之意义。在古代汉诗那里,有一整套公认的、完善的"代码"体系,贯通作者与读者;在现代汉诗领域,"代码"的弥散性肯定大于其清晰性,个别性也大于一般性,这都需要作者和读者共同去"怀素抱朴"并"披沙拣金"。

第三章

『趣写』的魔力：意识与形式

将文想象作知识之物（用以沉思、比较、映现等等），没有比这更令人沮丧的了。文是悦之物。

——罗兰·巴特[①]

文学是语言艺术。作为众多艺术门类中的一种，文学与绘画、音乐、雕塑等艺术不同的是，语言文字是其唯一的建构方式或媒介。它是用语言塑造艺术形象，对现实世界进行审美观照，真实地表达文学创作主体的审美思想，传递审美情感体验，并引起读者心理共鸣的一种艺术创造活动。从这个视角来梳理文学艺术的审美心理与表达，把握文学的文类意识和语体形式，也许更简明扼要、通俗易懂。

① 【法】罗兰·巴特：《文之悦》中译本弁言，屠友祥译，上海：上海人民出版社 2002 年版。

第一节
心理:超越·物我·个性

从文化比较的视角来看,中西方在早期审美活动的类别和形态上表现出一些差异:比如音乐艺术,中国是以宫商角徵羽为基础的音乐体系,西方是在十二音程理论基础上的和声音乐体系;又比如绘画艺术,中国是“以形写神”、在“似与不似”之间的表现艺术,西方则是严格讲究透视、解剖学基础上的再现艺术。简言之,古代的中国和西方在审美文化、审美心理方面虽然从总体意义上来说都是表现与再现相结合,但西方更注重理性和逻辑思维,反映在艺术上就是再现、模仿、客观写实,中国更注重感性和顿悟思维,反映在艺术上就是表现、抒情、主观言志。

作为语言艺术的文学也是如此。古希腊哲学家亚里士多德以模仿为基础建立了他的《诗学》体系,强调文学应描摹、再现客观现实世界:“诗人的职责不在于描述已发生的事,而在于描述可能发生的事,即按照可然律或必然律可能发生的事。”①模仿作为古希腊美学的普遍原则,对西方影响很大。比如文艺复兴时期英国作家莎士比亚把戏剧艺术比作人生的“镜子”,19 世纪法国作家巴尔扎克也曾说:“法国社会将写它的历史,我只能当它的书记。”②这些都是与模仿之传统一脉相承的。

事实上,文学活动的过程不仅仅是简单地对现实世界的如实描摹,更多需要文学创作主体以自身的才识学养、独特的生活感悟或成长经验等,创造一个源于生活、高于生活的主观审美世界,即艺术模仿。创作主体用艺术家的眼睛发现美、体验美、追求美,诗意地理解生活,传达对现实世界的独特审美感受。正如巴尔扎克作为现实主义作家,他在尊重对客观现实的描绘的同时,也着力于对切身体验的法国社会生活素材进行筛选,选择具有独特审美意义的写作素材,在看似平常的人生中,发现常人所无法体会到的人生价值进行文学创作,让审美对象成为一个社会时代的表征、一个民族的文化符号,从而挖掘人性的深度,创造出独特的审

① 【古希腊】亚里士多德:《诗学》,见《西方文论选》上卷,上海:上海译文出版社 1979 年版,第 64 页。

② 【法】巴尔扎克:《〈人间喜剧〉前言》,见《巴尔扎克论文学》,北京:中国社会科学出版社 1986 年版,第 67 页。

美价值。

在西方文论发端之始，强调“现实即艺术模仿”的同时，中国古典文论以陆机《文赋》首次对“缘情”说进行系统的阐述，将主观情感作为观照审美对象的主导因素：

遵四时以叹逝，瞻万物而思纷。悲落叶于劲秋，喜柔条于芳春。心懔懔以怀霜，志眇眇而临云……慨投篇而援笔，聊宣之乎斯文。

文人墨客眼中的四季景色，草木荣枯，唤醒内心的审美情感，在对眼中之景细致描绘中寄托了强烈的思想感情。比如同样是写秋景，比较刘禹锡《秋词二首·其一》和李清照《醉花阴》下阕：

秋词

自古逢秋悲寂寥，我言秋日胜春朝。
晴空一鹤排云上，便引诗情到碧霄。

醉花阴（下阕）

东篱把酒黄昏后，有暗香盈袖。莫道不销魂，帘卷西风，人比黄花瘦。

刘禹锡在《秋词二首·其一》中谈到了群体审美心理与个体审美心理之间的关系：由于受到中国传统审美文化的影响，自古以来“悲秋”是文人歌咏的惯用主题；而个体的主观审美体验则完全可能别出心裁——晴日高照，碧空如洗，一只白鹤直冲霄汉，这种景象引出的阔朗诗情不言自明。这不禁让人联想起古琴曲《鹤冲霄》的意境，淡淡的隐士情操风雅高洁，优游自在如闲云野鹤。而李清照的《醉花阴》下阕采用传统文化意象“东篱”“黄花”[①]写隐士生活，化用陶渊明诗句“采菊东篱下，悠然见南山”，但是，接下来一句“莫道不销魂，帘卷西风，人比黄花瘦”，“悲秋”的意境更加鲜明，更加个性化、情感化，对秋风乍起的感触表现得更加婉曲深沉。

如上所述，中西方文化的差异造成了早期审美活动以及历史审美心理的一些不同表征，但事实上二者并不矛盾，只是各有侧重，并都在自己侧重的方向上建树起博大精深、璀璨夺目的文化成就。今天，文化已经不再有严格的中西之分，我们更应该看到任何艺术的特征都不是单一、凝滞的，而是饱含着丰富性和流动性。作为审美活动之一的文学艺术，其本身就是再现和表现艺术的统一，模仿与创造的统一，客观写实与主

① 黄花，指菊花。

观情感的统一。中西方审美文化的差异正可以从不同角度来揭示文学作为语言艺术不同于其他领域的总体审美心理特点:超功利的、指向自由的审美准则,物我结合、主客互见的审美体验和弘扬个性、自我超越的审美追求。

一 吾孰与城北徐公美

"吾孰与城北徐公美"语出《战国策》。邹忌问妻子、门客、妾室同样问题,三个人出于爱、惧、利益驱使等不同的心理不约而同地给出了相同的答案。邹忌和徐公到底谁更加英俊潇洒,我们已经无法得知,但引人深思的是:审美的原则是什么?

18世纪的德国作家、美学家席勒把艺术和人性结合在一起,提出艺术起源的"游戏说",指出审美活动是一种超功利、超目的的游戏,是人类要求"在物质的盈余上有审美的补充"[①]的自由的精神性活动。在这种艺术活动中,人超越了外在和内在的各种束缚,从自然法则和社会法则中解放出来,获得了全面的自由。

而19世纪末20世纪初的心理分析学家弗洛伊德从生理学的角度论及人类心理过程存在的"潜意识",将人的心理结构分为三个层次:本我、自我和超我。本我是没有任何理性可言的,纯粹是情感的自由抒发,遵循"快乐原则";自我是根据现实情况协调本我和超我矛盾,遵循"现实原则";而超我则是完全按照"道德准则"约束自己的行动,以便达到"理想自我"的实现。在这个基础上,弗洛伊德提出了"本能论",认为艺术创作的动机就是本能欲望被压抑和升华的产物:"艺术的产生不是为了艺术,它们的主要目的是发泄那些在今日大部分已经被压抑了的冲动。"[②]文学创作如同作家的一场"梦",充满了自由的幻想,以此来满足内心愿望,补足、校正、超越现实的残缺、无奈和局限。

文学正是在现实世界的基础之上用语言文字建立一个艺术的世界,创造一种超越现实功利因素的审美空间,从而消除主客体的对立,融化现实世界的冰冷和生硬,指向人类的全面发展和理想自由。

而我国晚明时期思想家李贽提出的"童心说",可以说与上述西方文论有异曲同工之妙:"夫童心者,真心也。若以童心为不可,是以真心为

---

① 【德】席勒:《美育书简》,徐恒醇译,北京:中国文联出版公司1984年版,第140页。

② 【奥】弗洛伊德:《图腾与禁忌》,杨庸一译,台北:志文出版社1985年版,第192页。

不可也。夫童心者,绝假纯真,最初一念之本心也。若失却童心,便失却真心;失却真心,便失却真人。人而非真,全不复有初矣。”简单地说,童心是人发自内心的情感体验,不受道德、功利思想的约束,以这样的心态对外物进行审美观照,才能表达出一种指向自由、本真的人性人情,笔下流泻出的审美体验更加生动感人。

小说《水浒传》中有一段李逵打虎的情节:

……到得松树里边,石头上不见了娘,只见朴刀插在那里。李逵叫娘吃水,杳无踪迹,叫了几声不应。李逵心慌,丢了香炉,定住眼四下里看时,并不见娘。走不到三十余步,只见草地上一团血迹。李逵见了,心里越疑惑,趁着那血迹寻将去,寻到一处大洞口,只见两个小虎儿在那里舐一条人腿……李逵心里忖道:“我从梁山泊归来,特为老娘来取他,千辛万苦,背到这里,却把来与你吃了。那鸟大虫拖着这条人腿,不是我娘的是谁的?”心头火起,赤黄须竖立起来,将手中朴刀挺起来,搠那两个小虎……

李逵杀虎的原因是母亲被虎吃掉,一时悲愤而深入虎穴,端掉虎窝。他的悲愤是源自人性本能、人之常情。作者描述李逵杀虎的细节,突出了李逵的勇猛。先是借人物动作写心理,叫、丢、定、看等一系列动作,来突出他的“心慌”。然后,“心里越疑惑”,“心里忖道”,“心头火起”突出心中郁愤,层层递进。李逵这个人物形象更多的是“本我”意识的体现,他没有想过深入虎穴后自己的生命安危、打虎的技巧策略,仅凭借一腔悲情热血,在一种极端情绪的驱动下,捣毁虎巢,为母报仇。这个人物形象之所以真实鲜活,是因为作者掌握了审美超功利的真实性原则,把李逵的救母本能和真性情表露无遗。

二 天下无心外之物

王阳明《传习录》记载了这样一个小故事:

先生游南镇,一友指岩中花树问曰:“天下无心外之物,如此花树,在深山中自开自落,于我心亦何相关?”先生曰:“你未看此花时,此花与汝心同归于寂;你来看此花时,则此花颜色一时明白起来,便知此花不在你的心外。”

这个小故事耐人寻味,它说明在审美活动中,主客体双方的互相依存性——离开了主体的审美观照,客体的审美价值也不复存在;而没有客体的映射,当然也就谈不上主体的审美体验了。

事实上，文学作为一种艺术，总是以形象的方式把握和感知现实世界，在这个把握和感知的过程中，作为审美主体的人会把自己的生活体验倾注进审美客体的观照之中；反过来，审美客体的出现往往也会“点亮”审美主体内心隐藏的生活体验，促使审美主体把生活体验提炼成审美体验，从而造就审美形象。

19世纪英国唯美主义文学理论家佩特曾这样描述他对艺术审美体验的理解：“在每个时刻，某一形态在手中或脸上变得完美；山上或海上的某一种色调比其他的色调更美；某一种热情或见解或理性的激动，只有在那个时刻，对于我们来说是具有不可抗拒的真实感与吸引力。并非经验的结果是目的，经验的本身便是目的。”[①]他指出体验并非日常经验，而是感悟生命的审美分析，瞬间抓住世间万物的美好，触动灵魂深处的脉搏。

对美的把握仅仅就到此为止了吗？当你看见触动心弦的自然万物，艺术体验只是限于感官享受，为了留存这一美好瞬间，艺术家们做出了多方面的努力。其中，文学审美提出两难的命题即“言意矛盾”来说明艺术审美传达之难。《庄子·外物》云：“筌者所以在鱼，得鱼而忘筌……言者所以在意，得意而忘言。”在物我两忘、心会神驰那一瞬间领悟了美的真谛，突然发现，言语之贫乏竟然无法准确表达出美的真意。

日本平安时期的女作家清少纳言所作《枕草子》写四时的情趣，其中两段：

> 春天是破晓的时候最好。渐渐发白的山顶，有点亮了起来，紫色的云彩微细地飘横在那里，这是很有意思的。
>
> 夏天是夜里最好。有月亮的时候，不必说了，就是在暗夜里，许多萤火虫到处飞着，或只有一两个发出微光点点，也是很有趣味的。飞着流萤的夜晚连下雨也有意思。

清少纳言用“很有意思的”来表达她的审美感受。她抓住人们常见的四季景色描绘触发情感体验的某个时段，如春天破晓时发白的山顶、紫色的云彩，疏淡的笔墨，忧伤的情愫，最后说一句：这是很有意思的啊，直白地表达对美的体验和感受。恰如陶渊明《饮酒·其五》云：“山气日夕佳，飞鸟相与还。此间有真意，欲辨已忘言。”陶渊明用平淡清和的语言描述眼中之景，即是心中所想，可是，心中感受却无法用语言确切表

---

① 伍蠡甫：《现代西方文论选》，上海：上海译文出版社1983年版，第22页。

达——于是直接说,这种真实的感受是无法用语言言说的。

无法言说的“美”最终还是通过审美形象——意象的方式表达出来,正如刘勰在《文心雕龙·隐秀》篇中所说:

夫隐之为体,义生文外,秘响旁通,伏采潜发,譬爻象之变互体,川渎之韫珠玉也。故互体变爻,而化成四象;珠玉潜水,而澜表方圆。始正而末奇,内明而外润,使玩之者无穷,味之者不厌矣。

“隐秀”的含义是“情在词外曰隐,状溢目前曰秀”,也就是说,考察词语“密响旁通”的言外之意而不是刻板表面的意义,通过审美意象而不是直接经过语词的叙述,既含蓄又无限地表达出审美体验。这样的审美形象就仿佛是沉潜在流水中的珠玉,水色玉光浸润辉映,而水纹的方正圆转都如同被赋予了生命力一般,是可以使“玩之者无穷,味之者不厌”的,因为它本身已经是一个活体,一个活跃浑成的“物”,与“有大美而不言”的天地山川血脉相连,并与审美主体呼吸相通——物我合一,主客互见,托物言志,情景交融。

三 文徽徽以溢目,音泠泠而盈耳

19世纪德国哲学家尼采在他的著作《悲剧的诞生》中,就艺术本源分流出日神精神与酒神精神作为代表人生是乐观精神与悲观精神的和谐统一。他认为酒神精神是“永恒的本原的艺术力量”,是一种“醉”的精神,是人类在面对苦难时采取的超越状态,表现在现实生活中是超脱世俗,追求自我个性的欢乐。尼采同时指出人生应是一种审美的人生:“只有作为一种审美现象,人生和世界才显得是有充足理由的。”[①]

在魏晋时期,文学的自觉促使创作审美追求个性弘扬。魏晋文人所推崇的是艺术化的人生,独特的视角观照,用心锤炼辞采华章,寄情山水,丰富审美体验。《世说新语·任诞》是一部魏晋风流笔记小说集,记载了当时魏晋士人的逸闻趣事。其中有一则说的是刘伶醉酒:

刘伶恒纵酒放达,或脱衣裸形在屋中,人见讥之。伶曰:“我以天地为栋宇,屋室为裈衣,诸君何为入我裈中?”(《任诞》)

刘伶是“竹林七贤”之一,嗜酒如命。《任诞》中写他醉酒后裸身躺在屋子里,旁人看了讥笑他。他很不以为然,说:我把天地当作房子,屋子

---

① 【德】尼采:《悲剧的诞生——尼采美学文选》,周国平译,北京:生活·读书·新知三联书店1986年版,第105页。

当作衣裤，你们怎么跑到我裤子里来了呢？

酒神精神给人以自我超越的超验审美心态，将礼教时俗都放置一边，袒露真性情。刘伶如此，诗仙李白亦然。杜甫《饮中八仙歌》曰："李白斗酒诗百篇，长安市上酒家眠。天子呼来不上船，自称臣是酒中仙。"李白醉后为唐玄宗作《清平调·其一》：

云想衣裳花想容，春风拂槛露华浓。

若非群玉山头见，会向瑶台月下逢。

上文写的是杨贵妃的倾城美貌，不落俗套，她的美丽是不能用沉鱼落雁、闭月羞花这样的陈词滥调来形容的，而是让"云想衣裳花想容"，若非亲眼所见，真以为是仙子降临。李白的诗作因酒助兴，酒让人陷入迷狂，在半醉半醒的状态下，他所体验的是常人所无法体验的生命审美。这是灵感乍现带来的契机。

陆机在《文赋》中，这样描述"灵感"出现的刹那：

若夫应感之会，通塞之纪，来不可遏，去不可止，藏若景灭，行犹响起。方天机之骏利，夫何纷而不理？思风发于胸臆，言泉流于唇齿；纷威蕤以馺遝，唯毫素之所拟。文徽徽以溢目，音泠泠而盈耳。及其六情底滞，志往神留，兀若枯木，豁若涸流。

当它降临的时候，文思泉涌，妙语连珠。"文徽徽以溢目，音泠泠而盈耳。"及时落笔记下，文章华丽如锦缎，语言清朗悦耳。但是，如果作者不细心捕捉灵感瞬间，等到它消失的时候，写下的文章干瘪如枯树断流。可见，所谓"灵感"，正是一种艺术再创造，是现实的感悟及审美感知与作者个性、天赋、经历、学识相互擦出火花的那一刹那，是一种自我超越的审美体验的精彩瞬间。

作为文学艺术的审美活动，是一种对理想境界的追求，在个性弘扬下对完满生命、生存自由的探寻。

—— 第二节 ——

表达：发生·构思·表现

文学创作是创作主体对客观世界的主观认识，是一种渗透了自身的审美情感,完成对现实生活改造变形的过程。因而,文学作品呈现在读者眼前的是创作主体对双方共同生活的现实世界进行审美心理体验。这也是一切人类审美活动的共性。

然而,与其他的艺术形式相比,文学用语言文字作为唯一的构建材料,它的审美表达更加灵活、自由,富于韧性和张力。与处于静止状态的绘画、雕塑等艺术形态相比,文学更具有流动性,在时间与空间的变换下更加自如;与处于运动状态的音乐、戏剧等艺术形态相比,文学更加注重对内在思想底蕴的深度发掘与丰实,而跳动的乐符,各种动态的戏剧手段,表达的更多是某一时间点的某种思想情感。

文学作为语言艺术的上述审美表达特点,我们可以分别从审美的发生、构思、表现三个阶段来体会和把握。

一　审美取向与风格

文学创作是创作主体对客观现实世界进行内化审美观照,用语言文字来表达其审美感受和体验的过程。文学作品从诞生、锻造到完结,最终作为一件完整的艺术品呈现在读者面前。但对于作者来说,在艺术审美的最初阶段,作者自身的生活体验、才识学养和审美情趣取向等就已经渗透进对客观世界的感知和把握之中,直接影响到作品的内蕴和形式,从而造就作品不同的审美风格,带给读者的不同的审美体验。

1923年,朱自清和俞平伯同游秦淮河,并都以《桨声灯影里的秦淮河》为题写作散文,带给读者的审美体验却截然不同。现各选取一段进行分析:

> ……过了大中桥,便到了灯月交辉,笙歌彻夜的秦淮河,这才是秦淮河的真面目哩。
>
> 大中桥外,顿然空阔,和桥内两岸排着密密的人家的景象大异了。一眼望去,疏疏的林,淡淡的月,衬着蔚蓝的天,颇像荒江野渡光景;那边呢,郁丛丛的,阴森森的,又似乎藏着无边的黑暗:令人几乎不信那是繁华的秦淮河了。但是河中眩晕着的灯光,纵横着的画舫,悠扬着的笛韵,夹着那吱吱的胡琴声,终于使我们认识绿如茵陈酒的秦淮水了。此地天裸露着的多些,故觉夜来的独迟些;从清清的水影里,我们感到的只是薄薄的夜——这正是秦淮河的夜。大中桥外,本来还有一座复成桥,是船夫口中的我们的游踪尽处,或也是秦淮河繁华的尽处了。
>
> ——朱自清《桨声灯影里的秦淮河》

我们，醉不以涩味的酒，以微漾着，轻晕着的夜的风华。不是什么欣悦，不是什么慰藉，只感到一种怪陌生，怪异样的朦胧。朦胧之中似乎胎孕着一个如花的笑——这么淡，那么淡的倩笑。淡到已不可说，已不可拟，且已不可想；但我们终久是眩晕在它离合的神光之下的。我们没法使人信它是有，我们不信它是没有。勉强哲学地说，这或近于佛家的所谓“空”，既不当鲁莽说它是“无”，也不能径直说它是“有”。或者说“有”是有的，只因无可比拟形容那“有”的光景；故从表面看，与“没有”似不生分别……故我们不能认笑是非有，也不能认朦胧即是笑。我们定应当如此说，朦胧里胎孕着一个如花的幻笑，和朦胧又互相混融着的；因它本来是淡极了，淡极了这么一个。

——俞平伯《桨声灯影里的秦淮河》

朱自清的散文语言清丽秀美，情感直泻而出，善于从现实生活中提炼美，体验美，感受美，乐趣尽在其中。此文注重现实景物的细致描摹，追忆六朝金粉似水年华；用想象之景的虚映衬出眼前之景的实，读来更觉得历历如画，情致盎然。

俞平伯的散文语言含蓄隽永，着眼于一种哲思的朦胧意境，颇接近禅宗“空山无人、水流花开”之自在自得的味道。如：“朦胧之中似乎胎孕着一个如花的笑——这么淡，那么淡的倩笑。淡到已不可说，已不可拟，且已不可想……”他对秦淮河的审美体验，更注重“形而上”的思考。秦淮河之夜氤氲着朦胧的美感，这种“韵外之致，味外之旨”的美不可言说。俞平伯游览秦淮河，可谓是“物我两忘”，于夜色迷蒙中，领悟到禅的境界。

二　审美意象与意境的提炼

文学是用语言文字来形象地把握现实世界的艺术，文学意象与意境的提炼就成为文学作品最核心的表达技巧。

（一）审美意象——渗透主观情感的艺术提炼

美国意象派代表诗人庞德深谙东方美学虚实相生、物我交融的审美情趣，提出意象这一审美概念。他认为：“一个意象是在一刹那时间里呈现的理智和情感的复合物的东西。"[①]"是熔合在一起的一连串思想或思想的旋涡,充满着活力。如果它不达到这些规范,它就不是我所指的意象。"[②]在庞德看来,意象的产生同时必备的两个条件为理智思考和主观情感对"客观事物"的寄托。而在中国古代文论中,"意象"一词最早出现在《文心雕龙·神思》篇中:"然后使玄解之宰,寻声律而定墨;独照之匠,窥意象而运斤。"比较而言,西方的"意象"概念更倾向于是一种"心象",一种主观创造的产物;而中国古代文论更加重视意象是情与物的互动催发,不是创作主体单方面心理作用的结果。综合东西方对意象的理解,可以认为意象是主观精神对外物的情感折射。

正因为意象非"实像",而是作者和读者的"意中之象",故而意象生成后给予读者的审美体验与相应的审美文化心理和审美期待有关。比如,"月"作为中华民族文化的思乡情结意象,历代文人墨客吟咏不绝,流传最广的是唐代诗人李白的《静夜思》。而《静夜思》中"月"这个意象的特定含义对其他民族和文化的读者来说就不一定能够理解。印度诗人泰戈尔在《飞鸟集》中有两首写月的诗[③]:

第30首

"月儿呀,你在等候什么呢?"

"敬礼我将让位给太阳。"

第234首

月儿把她的光明遍照在天上,却留着她的黑斑给她自己。

这里月亮给读者的感受是具有阴柔之美的女性形象,诗人将她"拟人化",使之变得真实可感。诗人赋予月的美好感受仅限于此。意象往往与一个民族的心理文化积淀密切相关,反映出一个民族的审美心理习惯。

意象的提炼一般有三种类型:由意生象、由象生意和意象相生。[④] 简言之,意象是意和象之间的互动关系。由意生象是指由于创作主体的情

---

① 【美】庞德:《意象主义者的几"不"》,见《意象派诗选》,桂林:漓江出版社1987年版,152页。

② 黄晋凯等:《象征主义·意象派》,北京:中国人民大学出版社1989年版,第150页。

③ 【印】泰戈尔:《泰戈尔诗选》,北京:人民文学出版社2000年版,第498、536页。

④ 胡有清:《文艺学论纲》,南京:南京大学出版社1992年版,第89页。

感宣泄向外界寻求“参照物”，如唐代诗人孟郊《登科后》诗云：

昔日龌龊不足夸，今朝放荡思无涯。

春风得意马蹄疾，一日看尽长安花。

写的是他久试不中，人到中年，应考登第后欣喜若狂的心情。“春风”“马蹄”“长安花”似乎是为他登科及第而诞生一样，他的喜悦心情找到了宣泄的出口。“春风”即是一种意象。由象生意是指眼前的景色引发创作主体的强烈情感。朱熹在《诗集传》中解释《诗经》基本艺术特征“赋比兴”，“兴者，先言他物以引起所咏之词也”。或以生活中的客观事物作为开端，含蓄地抒发情感。如《桃夭》：“桃之夭夭，灼灼其华。之子于归，宜其室家。”桃花开得灿烂，让人联想到夫妇之间的和美幸福。而意象相生是指客观外物与创作主体的思想精神或主观情感达到了高度的统一，交汇融合，不分你我。

（二）审美意境——近而不浮，远而不尽

皎然《诗议》指出意境虚实相生的特点。“夫境象非一，虚实难明。有可睹而不可取，景也；可闻而不可见，风也。虽系乎我形，而妙用无体，心也；义贯众象，而无定质，色也。凡此等，可以偶虚，亦可以偶实。”意境是用语言文字表现出来的言象意三者的高度统一，眼前之景与内在精神的融合。

司空图在《与李生论诗书》中谈到意境的最高境界：“近而不浮，远而不尽，然后可以言韵外之致耳。”“近而不浮”指的是创作主体描绘的意象，可以拉近到读者眼前，不浮泛，是真实可感的。“远而不尽”是指蕴含其中的意趣深远、余韵悠长。

意境是一系列意象的组合，形成的非实景而是产生水墨画般的写意世界。创作主体将各种意象进行排列、有机组合，诞生的是多层次的内涵叠加的虚景。如南宋诗人叶绍翁《游园不值》：

应怜屐齿印苍苔，小扣柴扉久不开。

春色满园关不住，一枝红杏出墙来。

写的是春日游园未果的经历。诗人眼见足下的青苔，洋溢着葱绿新鲜的生命力，不忍屐齿踩踏，而主人用树枝编织的门久叩不开——这样一个令人心有不甘的时候，一枝娇艳的红杏越过墙头映入眼帘。这枝红杏是否如前人所说红杏枝头春意闹那样开得如火如荼，还是疏枝上寥落

零星几点花瓣，便勾勒出整幅春意图卷，境界全出。诗歌没有明示，只是让读者在一陇半矮的墙沿边，对着一枝红杏体验生活中的春意。

三　审美交流与沟通

当一部文学作品诞生，呈现在读者面前的时候，文学艺术审美接受就成为首要问题。创作主体通过作品传达给读者的过程是审美交流和诗意沟通的过程。

正因为文学作品的审美表达工具是语言文字，相较于色彩、线条、音符等这些具体的、可用感官直接感知的艺术媒介，具有虚拟性和抽象性，加上读者自身的文化素质、审美修养及生活经验等的限制，对于文本的解读和审美期待就有很大的差异。

在《世说新语·任诞》中记载了这样一个故事，记载当时文人妙赏雅竹的清趣：

> 王子猷尝暂寄人空宅住，便令种竹。或问："暂住何烦尔？"王啸咏良久，直指竹曰："何可一日无此君？"

文人对竹的钟爱，源自更为深沉的文化审美含义：竹与松、梅并称为岁寒三友，早在春秋时期竹子就被视为文人士大夫高洁节操的象征。王子猷暂居空宅，但仍不厌其烦地种竹以明志，这是他所代表的文士阶层赋予竹的文化观念的内在驱动。而这种文化观念也已经被历代作者和读者所接受，成为一种约定俗成的审美心理预期：竹除了作为一般性意义的生命存在，更多的是寄托了人们的美好愿望，对高尚人格的向往。

但在更多时候，并不是所有读者的审美心理预期都能达成一致。西谚云：一千个读者心中有一千个哈姆莱特。不同的读者对同一文本的不同解读是对原作的再创造，参与其中，乐在其中。如李商隐的《无题》诗，历来对其解读莫衷一是，众说纷纭。再如曹雪芹《红楼梦》是一幅明清时期的风俗画卷，包罗万象，涉及建筑、饮食、衣饰、花木种植、风土人情、人际关系等，不同层次的读者关注的内容不同，从中获取的精神养料、审美感受也各不相同。然而这正是文学作为语言艺术的生命活力所在——相对于其他艺术形式，它带给我们更广阔的审美想象空间，更丰富、更深沉的审美情感体验。

—— 第三节 ——
魅力:新异·想象·活语言

文学是具有审美价值的语言艺术,审美价值是以语言作为媒介的文学的内在规定性。文学作为语言艺术的独特审美魅力可以表现在许多方面,究其根本还是与语言本身的特性有关。我们这里从标新立异、虚实相生以及“活”的语言这三个方面来简要谈谈。

一　标新立异:语言审美的根本追求

《红楼梦》第三十八回《林潇湘魁夺菊花诗 薛蘅芜讽和螃蟹咏》中,描写大观园众人作诗已毕,互相评判高下:

众人看一首,赞一首,彼此称扬不已。李纨笑道:“等我从公评来。通篇看来,各有各人的警句。今日公评:《咏菊》第一,《问菊》第二,《菊梦》第三,题目新,诗也新,立意更新,恼不得要推潇湘妃子为魁了……”

李纨一连三个“新”字,强调了她的评判标准所在:好的文学作品要能够推陈出新、别出心裁,给人以前所未有的、独特的审美体验。

语言作为文学艺术的表达媒介,其本身是不具有新意或特别之处的:我们每天都在日常生活中使用它——说、听、看、写,它每时每刻都和我们的诸种感官联系得如此紧密,这种媒介与任何其他一种艺术媒介相比都显得太普通、太熟悉、太日常生活化了。但是文学审美追求的就是用语言文字来创作审美对象,给人以独特的、源于现实而又超越现实的美感,虽然想象驰骋、意象创造、意境构思等艺术技巧为文学审美提炼升华创造了良好条件,但无论审美意境、审美形象还是语言风格,前人都已有所涉猎,甚至已经达到了无法逾越的高峰。因此,作者面对着前人的熟语、熟调、熟意、熟境、熟技、熟形,需要用更新奇的情思与智慧、更新鲜的语言与技巧给予读者全新的审美感受,以此来“擦亮”日常生活的平庸与琐碎。因此,从这个意义上来说,“标新立异”可谓是审美创造最根本的追求,也是文学作为语言艺术的根本魅力所在。

对此,俄国作家什克洛夫斯基提出了“陌生化”的概念。他用托尔斯泰的创作经验来举例说明这种“陌生化”的手法:“列夫·托尔斯泰的反常化手法在于,他不用事物的名称来指称事物,而是像描述第一次看到的事物那样去加以描述,就像是初次发生的事情,同时,他在描述事物时所使用的名称,不是该事物中已通用的那部分的名称,而是像称呼其他事物中相应部分那样来称呼。"[①]概言之,是创作主体对日常事物进行审美观照的时候,进行"陌生化"的变形,使人产生距离化的美感。

新感觉派小说代表作家之一穆时英,非常擅长对语言的陌生化娴熟运用,如他在小说《CRAVEN"A"》中对交际花余慧娴的外貌描写:

仔仔细细地瞧着她——这是我的一种嗜好。人的脸是地图;研究了地图上的地形山脉,河流,气候,雨量,对于那地方的民俗习惯思想特性是马上可以了解的。放在前面的是一张优秀的国家地图:

北方的边界上是一片黑松林地带,那界石是一条白绢带,像煤烟遮满着的天空中的一缕白云。那黑松林地带是香料的出产地。往南是一片平原,白大理石的平原——灵敏和机智的民族发源地。下来便是一条葱秀的高岭,岭的东西是两条狭长的纤细的草原地带。据传说,这儿是古时巫女的巢穴。草原的边上是两个湖泊。这儿的居民有着双重的民族性:典型的北方人的悲观性和南方人的明朗味;气候不定,有时在冰点以下,有时超越沸点;有猛烈的季节风,雨量极少。那条高岭的这一头是一座火山,火山口微微地张着,喷着Craven"A"的郁味……[②]

把美人脸蛋比喻成优秀的国家地图,本身是很有新意的艺术构思。同时作者用语言"陌生化"手法进行大量的细节描写,新颖、奇巧,时尚气息浓厚。头发、额头、眉毛、脸颊、眼睛和鼻子分别用不同的地形来进行介绍,顺便根据实际情况描述当地的"气候"。作者用地理名词生动活泼地描摹美人面容,给人带来耳目一新的感觉体验。

二　虚实相生:文本与想象的无限可能

中国古代绘画艺术,尤其是写意水墨画,讲求"留白"。所谓"留白",就是在画纸上留下大量的空白,给人一种空静、轻灵之感,激发无限的想象空间。如著名画家齐白石画虾,先是临摹名家之作,写实得其形似而

---

① 【俄】什克洛夫斯基:《作为手法的艺术》,见《俄国形式主义文论选》,北京:生活·读书·新知三联书店1989年版,第7页。

② 穆时英:《上海的狐步舞》,北京:中国文联出版社2004年版,第89页。

不得神似，而后用搪瓷白碗，盛入清水，养着几只活蹦乱跳的虾，放在案头，每日观摩，揣摩其神韵。最后，悟到“化繁就简，于无处寻求有”的境界。他画的虾，尺幅白纸上，两三只虾，墨色浓淡适中，腰腹透明，灵活游弋于水底。空白大肆充盈满纸，轻灵、肃静，异趣横生。

绘画艺术再怎么“留白”，再怎么“虚”，也终究是“有形艺术”，能够令人展开的想象空间毕竟受到视觉感官的限制和规约。文学作品的构建媒介是无声、无色、无嗅、无味的语言文字，是最擅长“无中生有”的一种艺术媒介。比之绘画艺术直观可见的水墨颜料，更抽象、更自由、更灵活。因此，文学作品中的“留白”，就能最大限度地激发读者的丰富想象，把“虚实相生”的艺术魅力推展到极致。

中国古诗词的意境创造，非常善于运用“虚实相生”的艺术技巧。如白居易《夜雪》：

> 已讶衾枕冷，复见窗户明。
> 夜深知雪重，时闻折竹声。

古人以雪为题材进行诗歌创作的有很多，如李白“燕山雪花大如席，片片吹落轩辕台”，岑参“ 轮台东门送君去，去时雪满天山路”，杜甫“窗含西岭千秋雪，门泊东吴万里船”，等等。雪给人的视觉冲击力，或壮美辽远，或静穆孤寒，或轻柔细腻。而白居易的这首小诗独标清格，境界虽小，却韵致遥深。

起首两句没有直接写雪，只写了人的感觉，罗衾、锦枕的寒意，惊醒的梦中人，恍惚见到窗外明亮如昼。原来是雪光折射产生的幻象。后两句对寒冬的切身体验联想到深夜降雪压弯并折断的庭院修竹。从细致入微的现实感受到朦胧杳渺的梦境感知，思维跳跃性极大，留下更多的想象“空白”，让人回味。

西方文论中与中国的“留白”美学遥相呼应的，是 20 世纪德国文学理论家沃尔夫冈·伊瑟尔就文学接受的探讨提出来的“空白文本”概念。他认为文学作品中刻意留下引人联想的“空白点”，营造出一种“召唤结构”，吸引读者获得与作者相似的审美经验后，进一步对文本下意识地充实丰富，从而在有限的语言文字中，激发文本与想象的无限可能。

三 “活”的语言：现实中的“诗意栖居”

> 世界上，究竟还有什么慰藉像语文的慰藉和安慰呢？当我被生存的黑暗面闹得茫然若失了，当这个华美的万象在我看起来，像是

哈姆莱特所见，归于尘埃和残根了，倒不是在形而上学里，也不是在宗教里我找到了重要的保证，而是在美丽的辞句里。

——史密士《辞句》[①]

文学是语言的艺术。它的目的是要创造出一种不同于日常生活语言的“艺术语言”和由此生成的艺术境界。在这样的艺术语言和艺术境界中，人类超越了自身和环境的局限，在纷纷扰扰、喧嚣冗杂的尘世中获得了“诗意的栖居”。在那个诗意的家园里，语言是纯粹的语言，人也成为纯粹的人。

究竟什么是纯粹？康德说：“先天的知识未杂有经验的事物在内，则名为纯粹。”[②]它代表着一种超出经验的“初次命名”或者“重新命名”，以及这种“初次命名”和“重新命名”背后裹挟着的神圣与喜悦。正是在这个意义上，文学语言一再被要求背离日常语言而另辟蹊径，因为在日常语言中充斥的是经验、逻辑、理性和规范，它们统统与“初次命名”“重新命名”无缘。而海德格尔则把这种能够“初次命名”“重新命名”的文学语言看成是对“存在”的某种显示，或是对存在的逼近。他认为：

语言之本质因素乃是作为道示(Zeige)的道说(Sage)。道示之显示并不建基于无论何种符号，相反，一切符号皆源出于某种显示；在此种显示的领域中并且为了显示之目的，符号才可能是符号。[③]

原始状态的语言是存在的显示，而日常生活中的语言往往是一种工具化了的语言，它虽然源于一种显示，但是在应用过程中背离了最初的活跃与浑成状态，成为静止、苍白的工具，于是存在被切割、被遮蔽了；而文学语言是对这种工具语言系统的背叛，它不再是苍白的、无生命的，而是多层次、多色彩的立体“自身”，以求能够对活跃浑成状态的存在“敞开”，使之完整展现而不是片段割离。

文学语言力图逃脱沦为苍白工具和僵死符号的命运，那么，它究竟如何逃脱呢？萨特说：

事实上，诗人一了百了地从语言——工具脱身而出；他一劳永逸地选择了诗的态度，即把词看作物，而不是符号……说话的人越

① 许淇：《中外散文诗鉴赏大观》(外国卷)，桂林：漓江出版社 1992 年版，第 402—203 页。

② 【德】康德：《纯粹理性批判》，蓝公武译，北京：商务印书馆 1960 年版，第 30 页。

③ 【德】海德格尔：《在通向语言的途中》，孙周兴译，北京：商务印书馆 1997 年版，第 216 页。

过了词，他靠近物体；诗人没有抵达词。对于前者，词是为他效劳的仆人；对于后者，词还没有被驯化。对于说话的人，词是有用的规定，是逐渐磨损的工具，一旦不能继续使用就该把它们扔掉；对于诗人，词是自然的物，它们像树木和青草一样在大地上自然地生长。①

在文学创作者的眼中和手中，语言是有生命的、活跃浑成的物，就像自然界中尚未被驯化的万物一样，是逃逸在各种逻辑经验理性规定之外的，作者只能平等地面对它们，而不能使它们臣服于自己。语言在这种"物化"的过程中不知不觉地被注入了活跃浑成的存在的密码，就像未被驯化的自然界处处都藏匿着存在的密码一样。

这样的语言，是"活"的语言；这样的语言造就的文学作品，是洋溢着理想人性的激情和活力的艺术作品，它是如此之近，又是如此之远：它从我们每时每刻的眼中、口中、手中流出，流经生活中的芜杂、凡庸、浩渺和深不可测，最终指向令我们灵魂净化并得以自由伸展舒息的"诗意家园"。

---

① 【法】让-保罗・萨特：《萨特文学论文集》，施康强等译，合肥：安徽文艺出版社 1998 年版，第 74—75 页。

第四章

『悦读』的自在：互文本与活文本

苹果的味道其实不在苹果本身——苹果本身无法品尝自己的味道——苹果的味道也不在吃的人嘴巴里头。苹果的味道需要两者之间的联系。

——博尔赫斯[①]

——第一节——
作为诗歌"游戏策略"的互文：写作与阅读

1966 年，法国后结构主义理论家、符号学家、心理学家茱莉亚·克里

① 【阿根廷】豪尔赫·路易斯·博尔赫斯：《博尔赫斯谈诗论艺》，陈重仁译，上海：上海译文出版社 2008 年版，第 3 页。

斯蒂娃发明“互文性”一词。此概念暗示：绝对的原创型不复存在，封闭自足的文本无处可寻，一部文学作品总是和别的文学或非文学文本产生关联，亦即文本的真实性和原创性都是相对的。

具体来说，任一文本都存在于无数文本组成的互联网之中，它是作者本人和前文本作者的经验、记忆和想象的掺杂体，与一个（多个）前文本有着错综复杂的联系。个体对某个（某类）文本的偏爱，取决于他（她）的个性、经验、性别、阶级和年龄等因素。这种偏爱可以同时和分别作用于作者和读者。在阅读过程中，读者拥有自主权去鉴定某个文本在何种前文本背景下如何成立和成功。

与传统的影响论相比较，互文性理论关注的是文本如何产生的话语空间。克里斯蒂娃用“引语马赛克”的比喻来描述这一过程：每一词语（文本）都是众多词语（文本）的交汇，人们至少可以从中读出另一词语（文本）……任何文本都是由引语交织而成的马赛克。文本生产的过程就像拜占庭式马赛克艺术，彩色玻璃、碎石镶嵌在一起，原料不是最重要的因素，而各种原料合成的程序和最终达成的效果才是最应该被关注的对象。因此，互文性概念应该取代主体间性概念，诗性语言至少应被双重阅读。

尽管互文性理论强调自己与传统影响论的区别，但是从读者和批评者的角度看来，正如“马赛克艺术”的第一步还是要对“原料”做出拣择和归类一样，前文本的“影响”总是难以避免的。布鲁姆在1973年出版的《影响的焦虑》中，提出了“诗的误读”的概念，认为真正诗的影响是强力诗人与强力诗人之间的争斗和较量，并通过误读的方式进行。诗歌的历史即误读的历史。诗歌的历史表明，独立的诗歌文本和诗人并不存在，任何后来诗的产生都基于对前人诗作的误读和修正，因此，真正诗的存在是先驱诗人和后来诗人之间角斗（结构与解构）/夺权（权威与反权威）的“互诗”。也因此，真正的阅读只能是一种“互读”。

罗兰·巴尔特是互文性理论的另一位重要的阐述者，在《作者之死》和《文本的理论》中，他宣告了影响、传统、确定的文本意义、作者权威性的死亡，指出一切文本都是由各种引语穿梭而成的“织物”；巴赫金的文本对话理论、小说“多声部”“复调”说，以及德里达的“延异”说，虽然没有直接被划归互文性理论阵营，但实质上都可以说是互文理论的“前文本”或“互文本”。

按照通常的观点，形式主义/结构主义/后结构主义与现象学/阐释学/接受美学被看成是西方美学分头并进的两条发展线索,因为前者始终以作品为核心,后者逐渐聚焦向读者。而笔者以为,互文性理论虽然是由几位后结构主义理论家提出的,但它的出现是与西方现代阐释学、接受美学、读者反映批评等构成的综合背景、语域分不开的,因为它们都在阅读阐释的过程中提高了读者的地位,并强调阅读过程的互动性、流动性、不确定性。互文性理论可以看成是这两条线索在后现代主义背景下的一个应时的交汇与融合。

如果我们用一个关键词来统汇这种融合的趋向与特色,那就是游戏。

第一条线索:胡塞尔的现象学强调把外部世界还原为人类的意识内容,强调“直观性”,确立了人类主体在认识活动中的中心地位,这一哲学运用到文学批评中,意义只能是“意向性的客体”。伽达默尔在阐释学巨著《真理与方法》中进一步指出一部文学作品的意义从未能被作者穷尽,变动不居的历史和文化语境总会赋予作品新的意义,因此艺术作品本身是一场作者与读者共同参与才能完成的审美游戏,这种游戏可以被反复进行,因此其意义也可以得到反复理解。阐释学的观念直接影响了德国接受美学的发生,读者的地位得到前所未有的重视。

第二条线索:俄国形式主义的发生,是基于这样的认识——文学被看成是一种独立存在,而不是传达观念的媒介或社会现实的反映。文学之所以为文学,是因为它独特的运用语言的方式,以及因此产生的独特结构。虽然与俄国形式主义割裂文学与现实的观点不尽相符,英美新批评理论在实质上把这种对文学审美结构的“内部研究”发挥到了极致。结构主义学家索绪尔提出了任意性、关系性、系统性的语言观,认为语言和对应物之间的关系是“能指”和“所指”,而非过去传统语言观中语言符号和物质世界一一对应的关系,并因此阐发了一套语言内部的“游戏规则”。解构主义理论创始人德里达却解构了这些“游戏规则”,认为能指和所指之间也无法一一对应,意义只能是能指和所指之间无休无止“游戏”下去、被无限“延异”的副产品,于是,结构被解构,游戏本身也被“游戏”了。

沿着这两条线索走下来,我们看到罗兰·巴尔特从一个受过现象学影响的、关注“文学的科学”(形式的而不是内容的)的结构主义者转变为一个后结构主义者,认为“文学现在不是一个批评与之必须一致的对象,而是批评可以在其中游戏的自由空间”[①]，因为一切文本都是其他文本交织而成的，文本的“互文性”决定了“作者的死亡”，并注定了“读者的解放”，批评家的任务就是把诗歌或小说看成是不可还原的多元体，一个永远不能固定到任何单一中心、本质或意义上的无限的“能指游戏”。到这里，我们看到了伽达默尔关于艺术作品的存在就是创造者与观赏者共有“游戏说”的后现代映现。

概言之，互文性理论的诞生，源于对文学本质论认识的不断演变，它可以看成是作为游戏的艺术作品存在的一种策略——同时属于作者和读者的“游戏策略”。它同时针对写作与阅读，完成了文学批评体系重心的重大转移：由过去（主要指古典主义时代）那种单一的、静态的、封闭的“作品·批评”观点转向今天多元的、动态的、开放的“文本·阐释”过程。

但我们更关心的问题，不是从互文性理论来界定文学的本质是什么，而是如何运用互文性理论来阅读、阐释、批评诗歌文本。这种“游戏策略”究竟是如何实践在具体文本的写作和阅读过程之中的呢？事实上，互文性理论如果只是一个空泛的概念而不能落实到具体的文本操作中，它所建构起的庞大无边的“游戏”迷宫只会令人望而生畏。

如何用互文性理论进入具体的文本，这也是互文性理论发展的趋向——从概念到形式，从抽象到具体。这方面的论述主要见诸热奈尔、里法泰尔等人的互文性理论。概言之，我们可以结合前人已有的摸索，从不同角度把互文性理论的具体形态、相应策略做出以下归纳。

广义与狭义的互文性：前者指包含一切或实际或潜在的社会文化知识的互文——文学的、文化的、口头的、书面的无所不包，后者则专指具体文学文本间的互文。

历时与共时的互文性：前者指时间性的、涉及历史文化记忆前文本的“链状”互文，后者指空间性的、与同时代其他作者的文本或作者本人其他文本的“面状”互文。绝大多数互文是由这两种互文共同构成的、立体“互联网”式互文。

语义和语感的互文：譬如在诗歌领域中，前者涉及诗歌的意象、隐喻、象征体系，后者则与诗歌的语言特色、形式技巧、格律音韵等密切相关。

---

① 【英】特雷·伊格尔顿：《二十世纪西方文学理论》，伍晓明译，北京：北京大学出版社2007年版，第135页。

显性与隐性的互文性:前者可以在文本中找出明显的“解释标记”,读者可以根据这些“解释标记”按图索骥,建构互文的立体网络;后者则没有明显迹象揭示互文的存在,这或许是作者有意隐瞒也可能是读者识别不力,这时主动地寻找更隐秘的前文本,进行“创造性”的解读就成了必要的手段。

作为一种理论框架,互文性理论更适合与其他文学批评方法结合在一起使用,弥补其他方法的欠缺和不足,使文学阐释变得更加丰厚、立体与生动;而作为一种独立的、具体的文本读解策略,互文性理论至今仍处在实验性的、积极探索建构的进程之中,譬如热奈特提出的“戏拟”“仿作”说,安东尼·孔帕尼翁提出的“拼贴”“解释”说等。

互文性理论与后现代文化背景尤其是后现代语境下的诗歌艺术特征能很好地契合。针对一直令我们困惑的现代诗歌文体学研究,互文性理论能提供许多别具匠心的启示。

它首先提示我们,对诗歌这一文体的关注不再是“作品形式如何,表达了怎样的内容”,而是“一个文本达成了怎样的审美效果”,亦即我们所讨论的诗歌文体学所关注的,在文学的普遍性和作品的特殊性之间,诗歌独特的审美效果是如何达成的。

它进而指出文学的本质就是一种“记忆”——对所有前文本的“记忆”的“技艺”式的处理。尽管作者的记忆、文本的记忆、读者的记忆不可能三者完全重合,但这些相互参差的地方,也正是我们考察诗歌之所以生产、生存的切入点所在。简言之,诗歌的审美效果既关乎审美记忆,又关乎艺术技巧,更关乎审美期待——它是把作者与作品、读者,过去与未来、普遍与个别具体联系起来的一种中介,这样我们就必须要把阅读理解阐释的重心向感性审美倾移,我们因而需要重申“趣味”审美观。

它最后直逼后现代语境下的文化、文学尤其是诗歌的艺术特征:碎片化、不确定性、平面性、无深度性、娱乐性、世俗化(审美生活化)。总之,天生就带有浓郁的游戏特征的诗歌正在走向更深层次的游戏:语言的历险和语言能指的无限游戏;我们也会看到各种文体正在走向杂糅化,诗歌与小说、散文、喜剧的文体界限被一再混淆、综合,甚至文学与非文学、诗与非诗的界限也变得模糊。我们不能据此批判诗歌正在走向堕落,事实上诗歌一如既往地敏锐和犀利:它用它纤细的手指在弹奏更为错综复杂的多声部音符,来应对外部世界的瞬息万变和内心世界的波澜起伏,因而也要求读者的耳朵变得更加灵敏,更加“多频”。

就像法国学者萨莫瓦约指出的那样："统计互文性出现的情况，并明确各种情况的上下文标志及其组合形式，便可以把文学与自身的联系作为特殊的技术来考察。"[①]如能恰当地运用互文性理论来进行现代诗歌文体学研究，必将为现代诗歌的阅读、阐释与批评打开更为敞亮的格局。

第二节
互文性阅读的"显"与"隐"：视域与思维

我们以翟永明的《独白》为例，实验互文性理论在文本阐释中的具体应用，以及它带给我们的文体学研究的启发：一首诗是如何应用互文策略而让自己达成独特的审美趣味和思维模式的。

首先，《独白》中存在着大量的显性互文，能够捕捉到这些显性互文点是我们进入这首诗的基础，也就是伽达默尔所说的"视域融合"，没有这个阅读基础，《独白》只能是诗人在暗处的"独白"。这些显性互文点可以大致概括为以下几个方面。

1. 肉身意象——身体意识

肉身意象亦被称为"身体诗学"，多源自西方女性主义思想。这类"诗学宣言"认为：女性身体的书写不仅仅是身体经验的表露，而且是通向潜意识领域的最直接的路径，女性可以在那里叩问文化历史语境所遮蔽的女性精神的深邃性和复杂性。女性身体充当快乐、焦虑、悲伤、倦怠和欲望等真实情感的导管，然后把诸般情绪渗透到写作当中。

2. 光与夜的意象——黑夜意识

"黑色系风景"：黑夜、黑暗、黑发、黑裙、洞穴、蝙蝠、灌木……

女诗人们不约而同选择黑色、黑夜作为载体，表达与男性的"白昼世界"（红色世界）完全不同的专属于女性的情绪和经验。这种黑夜意识既来自西方女性主义诗歌的影响，也来自中国传统文化"阴阳说"的渗透，具有相当明显的互文性。

---

① 【法】蒂费纳·萨莫瓦约：《互文性研究》，邵伟译，天津：天津人民出版社 2003 年版，第 135 页。

3. 生与死的意象——死亡意识

西方女性主义中的死亡魔咒:英国现代主义作家弗吉尼亚·伍尔夫患有严重的抑郁症,几度精神崩溃,后投河自尽;美国自白派诗人西尔维亚·普拉斯饱受精神梦魇和情感折磨,吸煤气自杀时年仅 31 岁;普拉斯的挚友安妮·塞克斯顿在自家车库里以一氧化碳中毒的方式离开人世。不论在西方女性主义文学作品还是中国当代女性诗歌中,“死亡情结”都是展现女性被压抑的状态或是在压抑中自我湮灭的情绪,与之看似矛盾却相辅相成的另一层含义是:向死而生——死亡是对现存秩序进行颠覆和嘲讽、对理想状态进行追求和展望的最后和最有力的武器。具体意象往往表现为“濒死状态”“求死之欲”“死亡冥想”等等。

把握了这些显性互文点,我们至少能够做到对这首诗的“知性”解读,不至于不知所云,也大概能体会这首诗带给我们的思想启迪和情感冲击。但对一首诗来说,这还远远不够——如果只是为了了解知识背景,读者宁可直接去翻阅“大英百科全书”,又何必读诗歌呢。诗歌这一文体带来的审美效果,更注重的是对读者的“思维激发”。

尽管有显性互文性的铺垫,我们仍需要进一步考察这首诗的诗思运转、情感逻辑。在以往对这首诗的解读过程中,人们往往更着重于对诗作总体思想内涵、宏观情感指向的把握,而缺乏对诗歌文本细节的剖析——那些突兀而来的诗歌意象,那些隐晦不明的情感转折,那些看似并不相关的词汇的聚集,所有这一切构成的诗人的独特话语方式,读者究竟该从何处进入,并更准确地把握其中精义?这都要求读者大胆地、创造性地去寻找更隐秘的“前文本”。

《海的女儿》[①]是丹麦作家安徒生最负盛名的童话作品,从广义的角度来说,它同样是一篇深刻犀利的女性主义文学作品。笔者尝试在把这两篇作品互文性对读的过程中,从意象营造、隐喻主题以及语言形式等方面进一步解读、赏析翟永明的《独白》。

一 意象

意象是一首诗歌的灵魂。诗人在诗歌意象的营造中经常处于这样一种两难境地:他(她)首先要倾听自己内心的语言,捕捉自己灵魂深处

---

① 文中所有《海的女儿》引文部分,皆选自【丹麦】安徒生:《海的女儿》,叶君健译,北京:北京燕山出版社 1999 年版。后文不再一一注明。

刹那感悟凝成的色彩和图案；同时他(她)又无时无刻不处在一个巨大的外部语言场域中，在自觉不自觉中感受到自身所处文化、历史、社会的轴心磁力。正因为如此，从互文的视角来看，没有绝对意义上的原创，也没有绝对意义上的个体私语——诗人充满个性特征的意象也可以找到它分享“集体共语”的阐释角度。反过来也可以说，当我们找到了那个通向“集体共语”的曲折幽径，诗人那饱含歧义和空白的“个体私语”才可能意义充盈丰沛，而其中的意象所指也变得更加纯粹显明。

当然，互文理论建构的基础本来不在于寻找和建立“一对一”的影响机制，笔者也并不预备把《独白》解析成《海的女儿》的现代诗化版。这种对读的前提是，《独白》和《海的女儿》本身所具备的对女性自身处境的揭示，以及这种揭示的深刻性、典型性。

在《独白》和《海的女儿》中，我们可以看到许多相似的意象，而这些意象的含蕴又不约而同地指向女人/女儿的生与身、爱与欲、死与思。

我，一个狂想，充满深渊的魅力
偶然被你诞生。泥土和天空
二者合一，你把我叫作女人
并强化了我的身体

我是软得像水的白色羽毛体
你把我捧在手上，我就容纳这个世界
穿着肉体凡胎，在阳光下
我是如此炫目，使你难以置信

《独白》的开头，诗人首先用一种惊世骇俗的方式，道破一个女人之所以为女人——首先，是她的身体。女人的意象首先就是一个突兀的、被强化了的女体意象。女娲抟土造人，造出的女人身体是富于魔力的，结合了泥土的母性和天空的神性，因此，她是“狂想”，“充满深渊的魅力”。但是对于这样的身体和她所蕴含的力量，女人未必从她诞生之初就清楚明了。事实上，身体的诞生和意识的觉醒并不同步，后者往往需要一个“你”来点燃。这个“你”“偶然”出现，却点燃“我”心中和身上必然存在的“炫目”之光。是“你”强化了我的身体，让“我”意识到自己的“肉体凡胎”，而“你”的爱恋——“把我捧在手上”，使“软得像水的白色羽毛体”一般娇嫩圣洁的“我”容纳了这个世界——这个外部的、长久以来被男权话语统治的世界。因为有了这样的肉体凡胎而生为女人，因为一个偶然的“你”而点燃了身体的炫目光芒和埋藏于内心的狂想，这就是女人的生与身，又有谁能否认？然而这个“你”显然在以一种主人的姿态“书写”着“我”，“命名”着“我”。“你”与“我”之间的关系，并不平等。

诗人用“软得像水的白色羽毛体”和一个“穿着肉体凡胎”的女人这样两个分别寓意“飞翔”和“行走”的对比强烈的意象，形象地描绘出了女人的灵与肉、心与身的矛盾统一，给读者以巨大的震撼。尤其是“穿着肉体凡胎”的一个“穿”的动作意象的采用，揭示出“我”以一种主动的掌控的姿态面对自己的身体，同时也暗示出一种不甘于为身体所缚的潜在的女性独立意识，内蕴深刻。而这样的女人显然是美的，令“你”惊讶赞赏：“我是如此炫目，使你难以置信”。

同样地，在《海的女儿》中，小人鱼这一意象也是那个幽暗海底世界的一抹亮丽“狂想”。而她的独特存在，似乎就是为了开启、经历以及最终穿越——那灵与肉之间的相互滋长与熬煎。小人鱼从小便与众不同，她的五个姐姐只会把花坛布置成现实世界（对她们来说就是海底世界）中存在的花样——一条鲸鱼或者一条美人鱼的样子，而小人鱼则把花坛布置成海底并不存在的、天空中太阳的形状，“同时她也只种太阳一样红的花朵”，除此以外，她“只愿意要一个美丽的大理石像”，那个石像“代表一个美丽的男子”。她最大的愉快是“听些关于上面人类世界的故事”。终于，小人鱼十五岁了，可以浮上海面去接近人类了，于是她怀着无限的憧憬，“轻盈明朗得像一个水泡，冒出水面了”。就在这个美好的时刻，她看到了一艘船和一位美丽的王子，再也无法“把她的眼睛从这艘船和这位美丽的王子身上移开”。风暴来了，王子落水了，小人鱼救了他，王子却不知情，回到海底世界的小人鱼为了能够接近王子，进入人类的白昼世界，日日夜夜想着变成一个人——一个女人。

在童话中，小人鱼获得一个人类女体的愿望，始终是和她获得一种意识的觉醒紧密相连的：“我把我一生的幸福放在他的手里。我要牺牲一切来争取他和一个不灭的灵魂。”在巫婆的帮助下，她终于将自己的鱼尾变成了一双“只有少女才有的、最美丽的小小白腿”，并从这一刻起，为拥有一个飞翔的“不灭的灵魂”付出全身心的努力。但是她付出了惨痛的代价：她失去了她最宝贵的财富——那在整个海底世界里最美丽的声音。而且她用这个女性的身体行走的每一步都是痛苦无比的，“都好像是在锥子和利刃上行走”。这样痛苦的美丽和这样沉默的深思终于得到了王子的垂青。他“感到惊奇”，把她叫作“哑巴孤儿”，“挽着她的手，把她领进宫殿里去”，从幽暗的海底世界走向白昼的人类世界。

有谁能说这样的痛苦只是生理上的呢？生理上的痛苦、变化带来心理上的不安和震撼，同时也伴随着亢奋和多思：“我们的易受伤害性，是一种宝贵学问的根源。”[①]每一步锥心的痛苦都在提醒着小人鱼无法回避的艰险命运，撕扯并锤炼着她渴求理想的坚毅精神。然而这又未尝不是现实世界中女性的共同命运：“无力到达的地方太多了，脚在疼痛……”（翟永明《母亲》），女性的生与身，注定要让“每个女人面对自己的深渊”，那是一种“不断泯灭和不断认可的私心痛处与经验——远非每一个人都能抗拒这均衡的磨难直至毁灭。”[②]

不管是“女人”还是小人鱼，她们的“肉体凡胎”是为爱而生的。这样的爱当然也离不开欲。

> 我是最温柔最懂事的女人
> 看穿一切却愿分担一切
> 渴望一个冬天，一个巨大的黑夜
> 以心为界，我想握住你的手
> 但在你的面前，我的姿态就是一种惨败

在爱中，女人可以无尽地付出，无限地承担，“看穿一切却愿分担一切”。在这个由男性秩序控制的周围世界中，女人是最温柔最懂事的，她既能够聪慧地看穿一切，也能够容忍地分担一切——那是因为她的心中有这样的渴望：一个冬天，一个巨大的黑夜。在冰冷的冬天和巨大的黑夜中，女人暂时逃离了男性主宰的、白昼的秩序的世界，而变得温暖、鲜活和强大，能够尽情释放出生命的芬芳气息。在这样的冬天和黑夜中，女人希望通过“握住你的手”，来触摸到“界”那边的心。在白昼中，女人无处表述，无从言语，无法突破男性秩序坚硬的外壳，只能温柔沉默地分担。在黑夜中，女人表达自我的话语最终还是要通过身体：她勇敢地伸出自己的手，去碰触那未知的彼岸。这是爱的欲，也是无法言说的爱的欲。

在《海的女儿》中，小人鱼正是这样一个最温柔懂事的女性，正如王子所说：“因为在一切人当中，你有一颗最善良的心。”小人鱼的美丽吸引了他，他在她优雅轻盈的舞姿和会说话的眼眸中“看得入了迷”。他“一

---

① 【法】让-皮埃尔·韦尔：《神话与政治之间》，余中先译，北京：生活·读书·新知三联书店2001年版，第491页。

② 翟永明：《黑夜的意识》，《诗歌报》1985年9月21日。

天比一天更爱她","他像爱一个亲热的好孩子那样爱她"。然而小人鱼最大的痛苦在于无法言语——她永远也无法告诉王子,她就是那个给他第二次生命的人。她只能把王子的快乐建立在自己的痛苦之上,她的脚在流血,而她"仍然只是大笑,继续伴随着他"。当王子向她倾诉他心中另有所爱——也可以说是错爱的时候,她只是"深深地叹了口气",哭不出声来。当王子要去迎娶新娘的时候,她也只是"摇了摇头,微笑了一下",因为"她比任何人都能猜透王子的心事"。她勇敢地承担了所有的一切,因为她始终怀抱着一个梦想,做他的妻子,获得一个不灭的灵魂。当王子"吻了她鲜红的嘴唇,摸抚着她的长头发,把她的头贴在他的心上"的时候,她几乎以为自己已经接近那个梦想了。

然而,王子"从来没有娶她为王后"的思想。他拥着美丽的邻国公主,对小人鱼说"你会为我的幸福高兴吧,因为你是一切人中最喜欢我的人!"小人鱼心碎了。她得不到王子真正全身心的爱,也得不到一个不灭的灵魂。女人用全部的生命激情铸成一种勇敢而美丽的姿态,伸出去的手,握住了什么呢?虽然女人承担了很多,付出了很多——"但在你的面前,我的姿态就是一种惨败"。

为了不使自己在日出之时化为泡沫,小人鱼必须杀死王子,来重新换取自己的鱼身和三百年生命时光。这是她的姐姐们为她在巫婆那里争取来的最后一个生存机会:"在太阳没有出来以前,不是他死,就是你死了!"

当你走时,我的痛苦要把
我的心从口中呕出
用爱杀死你,这是谁的禁忌?
太阳为全世界升起,我只为你
以最仇恨的柔情蜜意灌注你全身
从脚至顶,我有我的方式

"用爱杀死你",小人鱼和女人都做不到。巫婆的咒语也罢,"谁的禁忌"也罢,女性逃脱、违逆外部世界规定秩序的最后方式,都是继续、坚持自己的爱和梦想——哪怕那只是一个虚幻的泡影。太阳升起来了,那阳光却不再属于小人鱼。她看着拥着新娘熟睡的王子,最后一次"在王子清秀的眉毛上吻了一下",内心激烈地挣扎着,"刀子在小人鱼的手里发抖。但是正在这时候,她把这刀子远远的向浪花里扔去",纵身跳进原本是她的家园、如今却要令她变成泡沫的大海:"以最仇恨的柔情蜜意灌注你全身/从脚至顶，我有我的方式”。“我”就是到了最后一刻，也要“我的方式”，而不是外界的秩序。

一片呼救声，灵魂也能伸出手？
大海作为我的血液
就能把我高举到落日脚下
有谁记得我？但我所记得的
绝不仅仅是一生！

在爱的姿态中惨败的女人，必将经历内心世界的死亡和死亡中的思考。这是一种悲壮凄美的终极叩问：在一片呼救声中，女人走向死亡，而她需要的不是呼救，不是惋惜，是灵魂的接援。这接援究竟在何处？它可能伸出引渡之手吗？这里诗人并没有给出答案，而是采用了大海和落日这两个意象做出一种隐晦的表达，大海是万水之宗，也是万物生命之源，女人是水做的骨肉，是“软得像水的白色羽毛体”，归于大海就是归于最终的神性母体，海水就是支撑女性最有力的血液，它给了女性重振生命的盐——“高举到落日脚下”。太阳落下，黑夜即将到来，一个属于女性的世界又将缓缓启开。在那个世界里，“有谁记得我”无关紧要，重要的是，“我”所记得的，绝不仅仅是平淡的不曾真正绽放生命芬芳、拥有清醒自我意识的“一生”。

而小人鱼的死与思也融化在一片大海和阳光的意象中。不同的是，那阳光不是来自落日，而是源于朝阳；而小人鱼灵魂的叩问和求索，得到了切实的答案和接援：

> 现在太阳从海里升起来了。阳光柔和地、温暖地照在冰冷的泡沫上，因此小人鱼并没有感到灭亡，她看到光明的太阳，同时在她上面飞舞着无数透明的、美丽的生物……
>
> “我将向谁走去呢？”她问。……“到天空的女儿那儿去呀！”别的声音回答说。“……天空的女儿也没有永恒的灵魂，不过她们可以通过善良的行为而创造出一个灵魂。……你已经超升到精灵的世界里来了。通过你善良的工作，在三百年以后，你就可以为你自己创造出一个不灭的灵魂。”
>
> 小人鱼向上帝的太阳举起了她光亮的手臂，她第一次感到要流出眼泪。

小人鱼从幽暗的海底世界进入了人类的白昼世界，最终又“超升到精灵的世界”中去，听到了和谐的音乐，看到了美丽的景象，那音乐、那景象是“人类的耳朵简直没有办法听见,正如地上的眼睛不能看见它们一样”。经受了那么多巨大的身心痛苦,甚至在王子若有若无的爱的面前,小人鱼都不能流出眼泪,此刻她却深深地震撼了。“她第一次感到要流出眼泪。”这是这个人首鱼身的“哑巴孤儿”内心最深处的感动和安慰:她虽然失去了她本来可以拥有的三百年无灵魂的生命,但是她有希望获得一个不灭的灵魂——那个不灭的灵魂不是来自外部世界的、难于把握的、一个凡人的爱的给予,而是来自自身的、坚定不移的“善良的行为”的创造。她的永恒存在不再“依靠外来的力量”。

二 主题

《独白》和《海的女儿》分别以“女人”和“女儿”为作品的主人公和中心意象。从这两个中心意象辐射出去的其他所有的子意象,都在努力完成着各自的、貌似毫不相干实则又暗中呼应的隐喻主题:“女人”之夜的独白,“女儿”之昼的失语。

小人鱼最终有一个悲剧的结局,虽然作者赋予这个悲剧结局一种光明的阐释,但是在这个故事中最感人的部分,是小人鱼为了追求高级生命而磨砺挣扎的心理路程。而为了描述这个心理路程,作者用了一个绝妙的意象来表达一种丰富的象征意义:哑巴孤儿。

小人鱼是人类这个白昼世界的一个失语者,一个不合群的“异类”、无所归依的“哑巴孤儿”。甚至当她还在海底世界的时候,她也是一个近似于“哑巴孤儿”的失语者形象。对一个少女来说,母亲无疑是最能给她提供关爱和指引的。但她没有母亲,只有年迈的祖母和鳏居多年的父亲。姐姐们和她的想法都不大相同——她们对人类和不灭的灵魂并没有太大的兴趣。在幽暗的海底世界中,她渴望被指引,被照亮,但茫然无助的孤独感使她固守心中的意念而始终不愿将它轻易交出,也不愿用平常的话语去为之陈述或与之对话——于是,她选择沉默,并在沉默中冥想。她“是一个古怪的孩子,不大爱讲话,总是静静地在想什么东西”,她是“那么地沉默和富于深思”。当她可以有一个机会进入人类的白昼世界的时候,她毅然决然地交出了自己的声音,彻底成为一个失去话语权力的人,确切地说,一个失去话语权力的少女/女儿。

这样的沉默是一柄双刃剑。它就像一条表面平静又暗藏旋涡的河,将少女/女儿与这个世界之间划出一道峡谷:这峡谷给了少女/女儿想象和自守的狭小空间,让她们能够相对自由地呼吸:

> 少女/女儿是一个始终被形形色色的权力机制所款待的"特权对象",一个可以相对轻盈地穿越各种话语与权力的对象。"她"可以裸脸面世,而无须太多化妆和假面的保护。[①]

沉默代表着一种拒绝,对已有秩序、话语、权力的漠然拒绝,虽然这拒绝可能采用的是一种并不会令人产生不安的、柔和"轻盈"的方式——对于少女/女儿,人们总是宽容的。但这宽容是有限度的,一旦少女/女儿走出她们的狭小空间,将沉默中隐藏的意念付诸现实的时候,其中与现实相抵触的部分依然会被撞击得粉碎,而此时的继续沉默就意味着放弃整个外部空间界话语权力的援助,她不再受到任何保护。小人鱼曾与巫婆之间有着这样的对话:

> "不过,你把声音拿去了,"小人鱼说,"那我还有什么东西剩下呢?"
>
> "你还有美丽的身材呀,"巫婆回答说,"你还有轻盈的步子和富于表情的眼睛呀。有了这些东西,你很容易迷住一个男人的心了。"

这是小人鱼充满悖论的命运:小人鱼本来有着海底和人类世界最美丽、最宝贵的声音,现在却不得不主动放弃这样最能体现思想和情感的财富,用自己的"身体"来代替言说,让真正的声音沉默。这样的言说,"男人的心"和这个世界真的听得懂吗?小人鱼无法说出自己的爱与痛、意念与牺牲,除非她愿意结束沉默,与现实妥协。不妥协的结果,最终只能是死亡——而她宁愿选择死亡来延续自己的沉默。

这是只属于少女/女儿的沉默空间。矜持、纯真、狭窄,但又热烈、庄严、神圣。这沉默是少女/女儿用自己的美和爱乃至生命,在一切被规制了的话语权力之中、充满了秩序的人类白昼世界之中,分割出的一块埋藏了想象之泉、生长着诗性之花的圣土。

童话不是现实,"女儿"也终有一天会变成"女人"。而女人似乎不再享有沉默的特权了。她必须时时与沉重的现实正面相对,无法有丝毫的松懈和游移。她可以言说,却不能再随心所欲或者"不合时宜"地沉默。而不再"轻盈"的女人,却要面对更明确的、更沉重的、男性建构的文明长久以来对女性的逼压和裹挟。在白昼中,她几乎无处藏躲。那么,她究竟该采取何种姿态,如何言说?

---

① 戴锦华:《新时期文化资源与女性抒写》,见《性别诗学》,北京:社会科学文献出版社1999年版。

在"黑夜"中"独白",是翟永明选择的言说姿态:

> 作为人类的一半,女性自诞生起就面对着一个完全不同的世界,她对这世界最初的一瞥必然带有自己的情绪和直觉,甚至某种私下反抗的心理。她是否竭尽全力地投射生命去创造一个黑夜?并在各种危机中把世界变形为一颗巨大的灵魂?……这是最初的黑夜,它升起时带领我们进入全新的、一个有着特殊布局和角度的,只属于女性的世界……①

"女人"应该竭尽全力创造一个属于女性的、与男权社会相对照的"黑夜",并在"各种危机中把世界变形为一颗巨大的灵魂",这不禁使我们想到,小人鱼最终得到了"悲剧的超越",在精灵世界中延续着她追求一个不灭灵魂的理想。二者不同的是,"女人"不再寄望于精灵世界中的超升,而是心怀着一种坚毅悲壮的意味来直面现实世界。

这种诞生在中国20世纪80年代中期诗坛上的女性"黑夜意识",通常被认为是源于美国"自白派"女诗人西尔维娅·普拉斯的深远影响。这种影响本身也说明了一个问题:对于女性自身处境的满怀忧虑,不只是某个诗人、某个时代、某个国度的问题,而是一个由来已久的、世界性的问题。那么,为什么20世纪的女诗人们心有戚戚地选择了"黑夜"这一语汇作为她们的共同隐喻?

答案必定是复杂隐晦和矛盾重重的。但我们可以揣测,"黑夜"中至少蕴含着两种逆向交汇的潜流:一方面,女诗人们表现出一种勇敢的、主动承担的姿态,表现出超越的、对自我命运的清醒认知以及对人类整体命运普遍意义上的冷静追问和反省;另一方面,她们也仍然是脆弱和温情的,到底丢不开女性的柔软想象,"从白昼/黑夜的对峙性结构而言,这种对'黑夜'特别强烈的亲缘意识,又意味着她们的抒写在相当大的程度上象征着在白昼与外界的具体关联方面受到种种挫折的女性退缩到黑夜的梦幻之中去编织自己的内心生活"②。

因此,"女人"不再如"少女/女儿"般在白昼中沉默失语,而是选择在黑夜中"独白"。在"独白"中,诗人描述勾勒出一个清晰真实的女性自我形象,以此来拂去长久以来男权话语中对女性形象的遮蔽和误读。在一部"为女儿立传"的《红楼梦》里,贾宝玉总是感叹着女儿未出嫁之前是明

---

① 翟永明:《黑夜的意识》,《诗歌报》1985年9月21日。

② 李振声:《女性诗歌:人物和风景》,见《季节轮换》,上海:学林出版社1996年版。

珠、无价之宝，嫁了人便失了光彩，老了更成了鱼眼珠，在“少女/女儿”和“女人”之间划出一条清晰的界限，这背后隐藏着作者对于男权话语强势的无可奈何和悲观绝望；林黛玉《葬花吟》中的“未若锦囊收艳骨，一抔净土掩风流”也是选择了类似小人鱼般的沉默，少女的“生不同人，死不同鬼”的纯粹与决绝。“女人”在黑夜中的“独白”却给我们这样的昭示：在“少女/女儿”与“女人”之间，女性可以选择一种延续的、前进的姿态，既不必将自己悲观地、顺从地交给男权文化并被之咀嚼殆尽，同时也不会过于乐观——女性必须看到自己身上本来就存在的弱点而不再为之粉饰避讳。“独白”似乎是在自言自语，其实却正是女性发出自己真正声音的起点，也是女性对这个世界一种从容镇定的、不再羞赧也不再伪装的宣言。

三　语言形式

与小人鱼这个象征着“少女的纯粹”的意象与隐喻相呼应，《海的女儿》虽然是一部以散文形式写成的童话，它的语言却是一种充满了超越之美的诗性语言。这种诗意美并不体现在诸多语义跳跃或空白的非语法、非逻辑性语言上，相反，作者（译者）的语言是连贯顺畅的。但我们注意到，作者（译者）非常喜欢使用一些诸如“最”“那么”“多么”等词汇：“在海的远处，水是那么蓝，像最美丽的矢车菊花瓣，同时又是那么清，像最明亮的玻璃”。“那儿生长着最奇异的树木和植物”，“它那些尖顶的高窗子是用最亮的琥珀做成的”，“而她们之中，那个顶小的要算是最美丽的了”，“她的眼睛是蔚蓝色的，像最深的湖水”，“同时她是那么地沉默和富于深思”，“那位最小的妹妹听得多么入神啊！”“她听到各种鸟儿唱得多么美好，太阳照得多么温暖”，“这船全身都被照得那么亮，连每根细小的绳子都可以看得出来”……在这样诸多表达“极致”之意的副词堆砌而成的语境中，一个纯净透明，了无杂念的童话世界在我们眼前摇曳展开：它显然离我们很远，但又因其纯美而显得亲切清晰，历历如画。这是一种试图接近“永远”的、肯定的语境和语言。

而在《独白》中，我们看到作者使用最频繁的是“我”这个字眼，以及“我是”“我想”“我有”等这样的句式。倘若我们借此认为诗人想要表达一种确切肯定的语义，那恐怕并不是诗人的本意。没错，诗人确乎是要树立一个清晰的、全新的女性自我形象，并且关于这个形象的一切描述和评价都不再依赖外界，而是出自女性自己——从真正的“我”开始。但这个“我”究竟是怎样的“已然”，又该如何地“应然”？当女性的目光不再望向迢遥而明亮的“远方”，而是投向隐秘而黑暗的“内部”，她（们）又有几成穿透的把握呢？翟永明如是说：

> 从《女人》开始，我才真正进入写作……而仅仅是因为它意味着我在写作中变化的分裂的内心，在这一组诗中，找到了一个可以继续下去的开端，因此我在这组诗的最后一句写道：“完成之后又怎样”？①

这个“我”的“独白”是黑夜中的独白，在它直白赤裸的外表下，掩藏着一颗犹疑不定的心。

纵观全诗，诗人显然对“跨行”这一句式情有独钟。几乎每一句诗都在语义未断处截然中止转向下一行，而宁肯在行中出现一个逗号，以造就下一次“不当断之断”。于是每一句诗，都暗含着一种欲言又止、似断非断、欲断还连的语势，表达出一种克制的、低沉的、犹疑的、若隐若现的激情，仿佛是一杯酝酿太久的酒，一下子发散不出炽烈的香氛，却断断续续、丝丝缕缕沁入肺肠，令人愈来愈感到那种氤氲的熏染。全诗二十四行句末唯有的三个标点，都是问号，更把这种摇摆不定的、“变化的分裂的内心”情绪表达推向高潮。同时，诗人虽然并没有严格押韵，却大体上保持着一种韵律感：相邻诗行多半能做到连行或隔行押韵，如“力”与“体”，“界”、“切”与“夜”，“苦”与“出”，“忌”、“你”与“式”等。而这些押韵的字和那些没有押韵的行末字又大多是仄声字——这和前面所说跨行造成的效果叠加，更强烈地造就了一种暗沉的、挣扎沉吟的“独白”语调。

或许，建构理想总是理直气壮的，描摹现实却难免令人疑窦丛生。但无论如何，这是一个响亮的开端：有这个开端，诗人们和女人们都可以继续走下去，向着“永远”。

---

① 翟永明：《纸上建筑》，上海：东方出版中心 1997 年版，第 229 页。

第五章

神游物表：『音义凑拍』的现代派

《现代》中的诗是诗，而且是纯然的现代诗。它们是现代人在现代生活中所感受的现代的情绪，用现代的辞藻排列的现代的诗形。

——施蛰存[1]

诗人的妙技，便在于运用几个音义本不相联属的字，造成一句富于暗示的音义凑拍的诗。

——梁宗岱[2]

① 施蛰存：《又关于本刊的诗》，载《现代》1933年第4卷第1期。

② 梁宗岱：《论诗》，见《诗与真·诗与真二集》，北京：外国文学出版社1984年版，第41页。

——第一节——
现代派："纯诗"之"石像"的诞生

一百个泥像，无论塑得怎样完美，总比不上一个差不多那么美丽的石像在我们心灵里所引起的宏伟的观感。我们想象那块云石怎样地和雕刻者抵抗；怎样地不情愿脱离那固结的黑暗。

——梁宗岱[①]

中国新诗史上的现代派，因 1932 年 5 月创刊的《现代》杂志而得名。《现代》是由施蛰存主编、"一・二八"以后在上海最先问世的大型文学刊物，自 1932 年 5 月至 1934 年 11 月，共出 37 期，发表了大量具有现代派倾向的诗作与诗论。除《现代》之外，卞之琳在北平编的《水星》(1934 年 10 月至 1935 年 6 月，共 9 期)，戴望舒、卞之琳、梁宗岱、冯至、孙大雨等诗人于 1936 年在上海创办的大型诗刊《新诗》，以及《现代诗风》《星火》《今代文艺》《诗帆》《诗志》《小雅》等刊物也是现代派的重要阵地。现代派的主要诗人包括戴望舒、卞之琳、废名、施蛰存、何其芳、徐迟、路易士、番草、金克木、李白凤、林庚、铃君、禾金、南星等。现代派是在新月派和象征派相继衰微之后崛起的，受到西方象征主义诗歌和意象派诗歌的影响，带有鲜明的现代主义色彩。现代派在 20 世纪 30 年代成为中国新诗坛上最大的诗歌流派，初期象征派诗人李金发、穆木天、王独清以及新月派诗人孙大雨、林徽因等人都受现代派诗潮的影响而成为其中的一朵浪花；反向观之，现代派阵营中的旗手戴望舒、卞之琳等人也都曾分别受到新月派诗歌与象征派诗歌的影响和启发，并在对二者批判性继承的基础上，对同期的西方现代主义流派广采博收，对中国古典诗歌传统自觉借鉴，从而将新诗推向一个艺术发展的高潮。《小雅》的主编吴奔星将现代派诗潮趋于成熟阶段的 1936 年称为新诗的"狂飙期"，并宣称新诗在艺术技巧方面已进入了"成熟期"。[②] 著名现代派诗人纪弦(路易士)也把"1936 至 1937 年这一时期"称为"中国新诗自五四以来一个不再的黄金

---

① 梁宗岱：《保罗・梵乐希先生》，见《诗与真・诗与真二集》，北京：外国文学出版社 1984 年版，第 24 页。

② 吴奔星：《社中人语》，载《小雅》1936 年第 3 期。

时代”①。

施蛰存在《现代》1933 年第 4 卷第 1 期的《又关于本刊的诗》中的一段话可以看作是现代派诗学主张的宣言:“《现代》中的诗是诗,而且是纯然的现代诗。它们是现代人在现代生活中所感受的现代的情绪,用现代的辞藻排列的现代的诗形。”我们仍不妨从这段话中提取几个关键词:“纯然的现代诗”,“现代的情绪”,“现代的诗形”。这几个关键词所包含的内容正是现代派诗歌的艺术鹄的所在——“纯然的现代诗”是对“纯诗”的追求,对诗歌“现代化”的追求,而这种现代的“纯诗”是由“现代的情绪”与“现代的诗形”建构而成的,用我们的话来说,现代的“纯诗”需要现代的“纯情”与“纯形”。一言而蔽之,现代派诗潮可以看成是一场对于“纯诗”的深入研讨的运动:从理论探讨上看是一场集合了古今中外的“纯诗”理念的融会与总结,从创作实践上看是一场对新诗诞生以来诸种流派的关于诗歌艺术经验的反思与提升、沉淀与结晶。

从 1919 年胡适的“诗体大解放”,到 1926 年周作人提出“兴”和徐志摩提出“为新诗创格”,再到 1933 年施蛰存提出的“纯然”的“现代”的诗的观点,我们可以看见一条新诗发展的清晰的脉络:从用白话写诗到建构现代诗形是一个纵向的发展,诗人和诗评家们在大量的语言实验中一点点摸索着用现代汉语写现代新诗的现代诗美,这是一个不断抛掉传统枷锁和不断摆脱模仿痕迹的过程,是一个从“古化”和“欧化”到“化古”和“化欧”的过程。而周作人提出“兴”和徐志摩提出“为新诗创格”则正反映了新诗在水平两个方向上的横向延伸——对现代新诗的节奏和意象的追求:

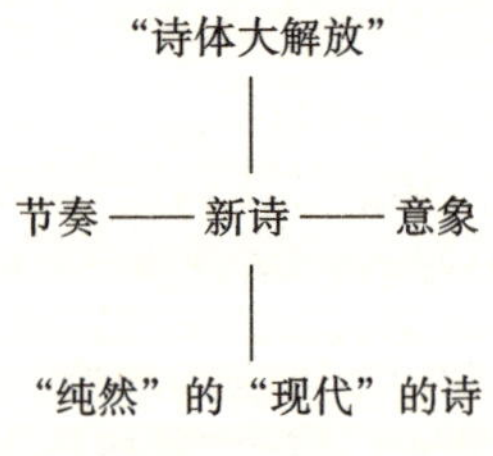

在这个图解中,就像我们看到的那样,节奏和意象如同新诗的两翼,二者共生共荣,相辅相成,共同将“诗情”转化为“诗形”。有学者这样认

① 路易士:《三十前集·三十自述》,上海:诗领土社 1945 年版。

为:"或许可以说,所谓现代派者,是新月派与象征派的合流。"[①]我们更愿意跨过"流派"这样的字眼,而将现代派诗潮看成是对于新诗在"节奏"和"意象"上的一次精彩交汇,从而继新月派和象征派诗人之后,成功地塑造出了一种坚挺的属于现代的"纯诗"之美。

一

在现代派"纯诗"理论探讨的浪潮中,梁宗岱可谓是"执牛耳者"。他对于象征主义、"纯诗"理论的介绍和理解,主要集中在20世纪30年代中期由商务印书馆出版的《诗与真·诗与真二集》中。该书在某种意义上代表着当时极高的诗学研究水平。梁宗岱的"纯诗"理论相对于初期象征派诗人,不仅更接近法国象征主义诗歌的精髓,而且能够融汇中西、打通古今,探索普遍意义上的"诗"的本质,从而成为"30年代象征主义的理论中坚"。[②] 了解梁宗岱关于"纯诗"理论的大概内容,有助于我们把握20世纪30年代"纯诗"运动的大致方向。

梁宗岱的"纯诗"理论相对于初期象征派诗人"纯诗"理论的一个很大的不同之处,就是将"纯情" 与"纯形"紧密地结合起来,使之真正成为一个不可分割的整体,从而更确切地把握象征主义诗歌的精义。

梁宗岱在《谈诗》中认为,"纯诗"是"诗的绝对独立的世界",他说:

> 所谓纯诗,便是摒除一切客观的写景,叙事,说理以致感伤的情调,而纯粹凭借那构成的形体的元素——音乐和色彩——产生一种符咒似的暗示力,以唤起我们感官与想象的感应,而超度我们的灵魂到一种神游物表的光明极乐的境域。像音乐一样,它自己成为一个绝对独立,绝对自由,比现世更纯粹,更不朽的宇宙;它本身的音韵和色彩的密切混合便是它固有的存在理由。[③]

梁宗岱指出"纯诗"必须要有"纯形",而这种"纯形"是一种"音韵和色彩的密切混合"。当然,这种"纯形"是与相应的"纯情"互为表里的:

> 这并非是说诗中没有情绪和观念;诗人在这方面的修养且得比平常深一层。因为他得化炼到与音韵色彩不能分辨的程度,换言之,只有散文不能表达的成分才可以入诗——才有化为诗体之必

---

① 蓝棣之:《现代派诗选》,北京:人民文学出版社1986年版,第7页。

② 尹康庄:《象征主义与中国现代文学》,广州:暨南大学出版社1998年版,第140页。

③ 梁宗岱:《谈诗》,见《诗与真·诗与真二集》,北京:外国文学出版社1984年版,第95页。

要。即使这些情绪或观念偶然在散文中出现，也仿佛是还未完成的诗，在期待着音乐与图画的衣裳。①

这种“纯情”的境界，绝不是简单的情感抒发或观念表达，而是一种经过提炼、纯化的具有某种普遍象征意义的“诗情”，这种“诗情”在梁宗岱的另一篇文章《屈原》中可以得到一种更明确的解释：

> 因为一首诗，要达到伟大的境界，不独要有最完美的情绪和最完美最纯粹的表现，还得要有更广博更深刻更复杂的内容。一首伟大的诗，换句话说，必定要印有作者对于人性的深澈的了解，对于人类景况的博大的同情，和一种要把这世界从万劫中拯救回来的浩浩荡荡的意志，或一种可以对于那可以坚定和提高我们和这浑浊的尘世的关系，抚慰或激励我们在里面生活的真理的启示——并且，这一切，都得化炼到极纯和极精。②

这与波德莱尔的诗人应该是一切事物幻象的“洞观者”的观点是颇为相似的。简言之，梁宗岱要求这样一种哲学化了的“诗情”，同时又必须是“美学化”了的“诗情”，只有这样的“诗情”才可以成为能够入诗的“纯情”。

“纯情”与“纯形”的合二为一就是梁宗岱关于“纯诗”的最高理想。这是一种将意义和形体完全“密切混合”的境界，正如他描述瓦雷里的诗歌那样：

> 他像达文希之于绘画一般，在思想或概念未炼成浓丽的色彩和影像之前，是用了极端的忍耐去守候，极敏捷的手腕去捕捉住那微妙而悠忽之顷的——在这灵幻的刹那顷，浑浊的池水给月光的银点成溶溶的流晶：无情的哲学化作缱绻的诗魂。③

把“思想或概念炼成浓丽的色彩和影像”，从而使“无情的哲学化作缱绻的诗魂”，是梁宗岱对瓦雷里的评价，也是借此来描述他自己化炼“诗情”和为“诗情”“赋形”的双向追求。他进一步指出这种艺术追求的双向性：

> 可是与其说梵乐希以极端的忍耐去期待概念化成影像，毋宁说他的心眼内没有无声无色的思想……这意义是不能离掉那芳馥的

---

① 梁宗岱：《谈诗》，见《诗与真·诗与真二集》，北京：外国文学出版社 1984 年版，第 95 页。

② 梁宗岱：《屈原》，桂林：华胥社 1941 年版，第 42—43 页。

③ 梁宗岱：《保罗·梵乐希评传》，见《水仙辞》，上海：中华书局 1933 年版，第 10—11 页。

外形的。因为它不是牵强地附在外形的上面，像寓言式的文学一样，它是完全濡进和溶解在形体里面，如太阳的光和热之不能分离的。①

"诗情"是在"赋形"的过程中才能完全展示的"纯情"，而"诗形"是能够抵达"象征的灵境"的被赋予了深沉意义的"纯形"。

究竟如何才能抵达"象征的灵境"，完美地为"诗情""赋形"？怎样使"音韵和色彩""密切混合"？如何给诗穿上"音乐与图画的衣裳"？梁宗岱最终把笔端落在了具体的"意象"与"节奏"上。他形象地描绘意象在诗歌中的重要地位：

正如风的方向和动静全靠草木摇动或云浪起伏才显露，心灵的活动也得受形于外物才能启示和完成自己：最幽玄最缥缈的灵境要借最鲜明最具体的意象表现出来。②

梁宗岱认为"象征的灵境"的中心角色是意象，而这意象又多半是象征性意象而非描述性意象，这样才能体现出象征艺术的两个特点："一是融洽或无间；二是含蓄或无限。所谓融洽是指一首诗的情与景，意与象的惝恍迷离，融成一片；含蓄是指它暗示给我们的意义和兴味的丰富与隽永。"③换句话说，这就是要求诗歌通过意象来表达出一种暗示性的情感、哲理内涵。同时，这种"象征的灵境"离不开一种"节奏"，梁宗岱认为这是一种通过音韵的外在形式而表现出来的"艺术的生命力""脉搏"，他在评价瓦雷里的诗歌时指出，瓦雷里的诗歌"所宣示给我们的，不是一些积极的或消极的哲学观念，而是引导我们达到这些观念的节奏；是充满了甘、芳、歌、舞的图画，不是徒具外表与粗形的照相。"可见"节奏"在梁宗岱的眼中是和意象一样具备着超越"形式"的意义，它既是由各种音韵因素造就的具体形式，也是一种可以引导观念表达的"智慧的节奏"。他这样描绘瓦雷里的节奏对于诗歌的作用：

我们读他的诗的时候，我们应该准备我们的想象力和情绪，由音响，由回声，由诗韵的浮沉，一句话说罢，由音乐与色彩的斑斓吹送我们如一苇白帆在青山绿水中徐徐地前进，引导我们进入宇宙的

① 梁宗岱：《保罗·梵乐希评传》，见《水仙辞》，上海：中华书局1933年版，第12页。

② 梁宗岱：《谈诗》，见《诗与真·诗与真二集》，北京：外国文学出版社1984年版，第91页。

③ 梁宗岱：《象征主义》，见《诗与真·诗与真二集》，北京：外国文学出版社1984年版，第69页。

> 隐秘，使我们感到我与宇宙间的脉搏之跳动——一种严静、深密、停匀的跳动。它不独引导我们去发现哲理，而且令我们重新创造那首诗。……因为艺术的生命是节奏，正如脉搏是宇宙的生命一样。[①]

显然，梁宗岱所说的“节奏”正是我们一直强调的外在节奏与内在节奏的完美融合；而他所说的“音韵和色彩的密切混合”则是指节奏和意象之间的融洽无间。这种完美融合、融洽无间用梁宗岱的话来说就是“契合”的境界，也就是“象征的灵境”的境界：“因为诗境，和音乐一样，是一个充满了震荡回声的共鸣的境界。当我们凝神握管的时候，我们整个的生命系统——官能和理智，情感和意志，意识和非意识——既然都融作一片，我们的印象和观念，冲动和表现，思想和技术，就有如铜山西崩洛中东应，一切都互相通约，互相契合，互相感召。”[②]“印象和观念”“思想和技术”的互相契合，就要求诗人在写作过程中不是简单的“个人灵感的记录表”，将意象用散文化的方式罗列出来，而是要经过一种音乐性的编排、组织、酝酿与结晶的过程。只有节奏和意象之间达成这种“密切混合”的关系，才能完成为“诗情”来“赋形”的神圣使命。梁宗岱用“泥像”和“石像”的比喻来形象地说明诗歌节奏对于“诗情”的“雕刻”和“赋形”作用：“一百个泥像，无论塑得怎样完美，总比不上一个差不多那么美丽的石像在我们心灵里所引起的宏伟的观感。……我们想象那块云石怎样地和雕刻者抵抗；怎样地不情愿脱离那固结的黑暗。……经过了艺术家几许的匠心，几千度的挥斧……然后才得成这坚固而柔媚的精灵，在无定的期间从同样坚贞的思想产生出来的。”[③]而这雕刻者的刀斧，就是“无理的格律”“自作孽的桎梏”，“就是给那松散的文字一种抵抗性”。

梁宗岱还提出了很多具体的关于诗歌节奏的意见。他提出建立新诗格律的前提是“彻底认识中国文字和白话的音乐性”，在此基础上格律可以是由个人创制的、多种多样的：“把诗行列得整整齐齐也好，把脚韵列得像意大利或莎士比亚的十四行诗也好；如果你愿意，还可以采用法文诗的阴阳韵的办法，就是说，平仄声的韵不能互押，在一节里又要有平

---

① 梁宗岱：《保罗·梵乐希评传》，见《水仙辞》，上海：中华书局 1933 年版，第 14 页。

② 梁宗岱：《试论直觉与表现》，见《梁宗岱批评文集》，珠海：珠海出版社 1998 年版，第 276 页。

③ 梁宗岱：《诗与真·诗与真二集》，北京：外国文学出版社 1984 年版，第 24 页。

仄韵的互替。"[①]他认为"中国的文字的音节大部分基于停顿，韵，平仄和清浊（如上平下平）"，因而平仄的协调，韵脚的使用，双声和叠韵、谐音的运用都是汉语诗歌节奏的重要手段。同时梁宗岱又提出应以停顿来建立诗行节奏的主张，这些都是既借鉴古代诗歌传统，又针对新诗的现代汉语特点提出的极为精到的见解。这些关于诗歌节奏的具体意见与他的"象征的灵境"的观点结合在一起，使他的"纯诗"理论更为明确化、本土化，对当时的新诗发展具有极强的现实指导意义。

二

现代派诗人们在创作实践上的努力，大致与梁宗岱关于"纯诗"的见解相互"应合"。卞之琳曾经指出过这一点，他说梁宗岱在 20 世纪 30 年代的"译述无形中配合了戴望舒二三十年代已届成熟时期的一些诗创作经验，共为中国新诗通向现代化的正道推进了一步。"[②]其实不只是戴望舒，现代派的其他诗人比如卞之琳、何其芳等人也大体上都是同时在节奏与意象上大做文章的人。他们的共同努力可以用图表来形象地说明：

在用节奏与意象共同为"诗情""赋形"的过程中，现代派诗人将法国象征主义诗歌、英美意象派诗歌、古代汉语诗歌尤其是晚唐五代诗词等种种传统的、非传统的影响融会一炉，参之以个体的气质与才华，导演了一场轰轰烈烈的"纯诗"运动。

在现代诗坛上，理论阐释、译介（包括西诗中译）和诗歌创作往往是诗人们的"一体两面"，二者之间是无法割裂开来的。而现代派的所有诗人几乎都是在上述这几种影响中交织穿梭的。20 世纪 30 年代对于法国象征主义诗学理论和诗作的译介，除了梁宗岱之外，还有戴望舒、苏雪林、穆木天、曹葆华、卞之琳、杜衡等人；而对意象派诗论与诗歌的译介则

---

① 梁宗岱：《论诗》，见《诗与真 · 诗与真二集》，北京：外国文学出版社 1984 年版，第 36 页。

② 卞之琳：《人事故多乖 纪念梁宗岱》，载《新文学史料》1990 年第 1 期，第 28 页。

有徐迟(《意象派的七个诗人》)、邵洵美(《现代美国诗坛概观》)、戴望舒(《叶赛宁与俄国意象诗派》)、施蛰存(《现代美国诗抄》)等人。至于中国古代汉语诗歌尤其是晚唐诗词的影响,更是成了现代派诗人的众口一词:该派的领袖戴望舒的诗歌被认为是“象征派的形式,古典派的内容”①。戴望舒认为林庚的“四行诗”中所放射出来的是“一种古诗的氛围气”②。卞之琳则干脆坦率地承认现代派就是要“无所顾虑地接通我国诗的长期传统,来利用年深月久、经过不断体裁变化而传下来的艺术遗产。”③在这之中,晚唐诗词的影响又尤为突出。废名一言而蔽之:“现代派是温、李这一派的发展。”④卞之琳曾这样解剖过自己:“我的前期诗作里好像也一度冒出过李商隐、姜白石词以至《花间》词风味的形迹。”⑤戴望舒早期诗中《旧锦囊》一辑以及那首著名的《雨巷》中的诸多意象都带有浓郁的晚唐诗词色彩。何其芳也说自己曾经“读着晚唐五代时期的那些精致的冶艳的诗词,蛊惑于那种憔悴的红颜上的妩媚,又在几位班纳斯以后的法兰西诗人的篇什中找到了一种同样的迷醉”⑥。而关于法国象征主义诗歌、英美意象派诗歌、中国古代汉语诗歌这三者之间的微妙关系,美国意象派诗人弗莱契说过一句很有意味的话:“如果法国象征主义被视作意象主义的生父,中国诗歌就是它的养父。”如果再把中国现代诗坛20世纪20年代的象征派诗歌和20世纪30年代的现代派诗歌也合并在一起而算作第四方的话,这其中你中有我、我中有你的关系就更错综复杂了。我们姑且将这之间种种“鸡生蛋”“蛋生鸡”的渊源考察省略不计,而将前三方看成是相对独立的个体(当然这只能是一种假设),而通过考察它们的异同来辨析现代派诗歌是如何在这几种传统与非传统的影响之中开拓“纯诗”艺术空间的。

首先,这三者之间有着很显而易见的“明修栈道”的互通之处——就是对于诗歌意象的精心安排、巧妙运用。当然,这其中也蕴含着种种微妙的区别。

法国象征主义诗歌对于意象的重视和运用我们前面已经提到过,就

---

① 杜衡:《望舒草·序》,见《望舒草》,北京:人民文学出版社2000年版。

② 戴望舒:《谈林庚的诗见和“四行诗”》,载《新诗》1936年第1卷第2期。

③ 卞之琳:《人与诗:忆旧说新》,北京:生活·读书·新知三联书店1984年版,第64页。

④ 冯文炳:《谈新诗》,北京:人民文学出版社1984年版。

⑤ 卞之琳:《雕虫纪历》,北京:人民文学出版社1979年版。

⑥ 何其芳:《梦中道路》,见《何其芳文集》第2卷,北京:人民文学出版社1982年版,第65—66页。

像查尔斯·查德威克在《象征主义》一书中提到的那样,象征主义“不纯为一物去替代另一物(譬如像弥尔顿那样,把撒旦的溃败军团比作‘飘落到瓦隆布罗萨溪谷里的秋叶’),而且是用具体意象表达抽象的思想和感情”[①]。同时,象征主义表达思想和感情不是直接描绘它们,也不是通过与具体意象明显的比较来解释它们,而是暗示这些思想和情感;它有超验的一面,体现出的是一种“花非花”的境界,是通过具体意象而又超越于具体意象的对诗人神秘内心世界的把握和映射。这是马拉美口中的“任何花束中都不存在的那朵花”。诗人说:“我说,一朵花!于是,任何花束中都不存在的那朵花,即作为某种东西,(但绝不是尽人皆知的花萼)音乐般地升起于我的声音不曾留下任何痕迹的遗忘之外,这是美妙的观念本身。”[②]从具体的声音和形象中升起的抽象的“美妙的观念本身”,才是象征主义诗人的真正刻意栽培而又无法触摸的“花”。

意象派诗歌创始人埃兹拉·庞德在1913年发表了《意象主义者的几“不”》一文,提出了意象派诗歌的创作主张:①对“事物”,无论是主观的还是客观的,均作直接处理;②对表达不起作用的字眼,绝不使用;③节奏方面采取乐句,而不是按照节拍器来创作。[③] 意象派诗歌创作原则就是以具体清晰的意象来表现人的主观冲动、瞬间情绪,用庞德的话来说:“‘意象’是瞬间呈现出的理智与感情的复合体。”[④]为了恰切地把握具体意象与主观冲动之间的微妙平衡,诗人苦苦寻觅,终于发现“‘单意象诗’是一种叠加形式,就是说,它把一个概念叠加在另一个概念之上……在这种诗里,人们尽力精确地记录这瞬间。客观外界的事物转化为或者突变为主观精神上的事物。”[⑤]简言之,意象派诗人主张用客观的描绘——意象的敏锐刻画——来表达自己的情感体悟,摒弃繁复刻板的格律形式,追求形象鲜明而又内蕴丰富的效果。比起象征主义诗歌,意象派诗歌对于意象的营造更注重那“一刹那”间的客观性、直觉性和本能性。

而中国古代汉语诗歌对于意象的精心营造更是历代以来的重要传

---

① 【英】查尔斯·查德威克:《象征主义》,周发祥译,北京:昆仑出版社1989年版,第1页。

② 【英】查尔斯·查德威克:《象征主义》,周发祥译,北京:昆仑出版社1989年版,第5页。

③ 【美】J.兰德:《庞德》,潘炳信译,北京:中国社会科学出版社1992年版,第55页。

④ 【美】庞德:《戈迪埃·布尔泽斯卡传略》,见《庞德》,北京:中国社会科学出版社1992年版,第62页。

⑤ 【美】庞德:《戈迪埃·布尔泽斯卡传略》,见《庞德》,北京:中国社会科学出版社1992年版,第62页。

统，这一点我们在前文有过详细讨论。不过相对法国象征主义诗歌和英美意象派诗歌的超验性而言，中国古代汉语诗歌的意象更突出地体现出“天人合一”“物我和谐”的经验思维模式。从南朝梁刘勰的《文心雕龙》开始，这种思维模式就明确形成并一直延续了一千多年。《文心雕龙》第一章即《原道》，而《原道》开篇即云：“文之为德也大矣，与天地并生者何哉？”人“为五行之秀，实天地之心”，所以“心生而言立，言立而文明，自然之道也。”文章之华彩、意象之精妙以及声韵之谐和往往来自“自然之道”：

> 傍及万品，动植皆文：龙凤以藻绘呈瑞，虎豹以炳蔚凝姿；云霞雕色，有逾画工之妙；草木贲华，无待锦匠之奇。夫岂外饰，盖自然耳。至于林籁结响，调如竽瑟；泉石激韵，和若球锽：故形立则章成矣，声发则文生矣。夫以无识之物，郁然有采，有心之器，其无文欤？[①]

刘勰多次强调“自然”的好处：

> 譬诸裁云制霞，不让乎天工；斫卉刻葩，有同乎神匠矣。
>
> 故自然会妙，譬卉木之耀英华；润色取美，譬缯帛之染朱绿。朱绿染缯，深而繁鲜；英华曜树，浅而炜烨。[②]

所谓“自然”，反映在诗人对诗歌意象的提取和塑造上，就是要给人以不牵强、不生硬、不突兀、不违拗之感，同时又能蕴含“人与物谐”“人与境谐”，天、地、人合一的诗美、诗意哲理。唐代司空图所说的“象外之象，景外之景”[③]，宋代严羽所说的“不涉理路，不落言筌”，“故其妙处透彻玲珑不可凑泊，如空中之音、相中之色、水中之月、镜中之象，言有尽而意无穷”[④]，明代何景明所说的“夫意象应曰合，意象乖曰离，是故乾坤之卦，体天地之撰，意象尽矣”[⑤]，等等，大体上都在这个思维模式之内。

其次，这三者之间还有着一种不那么显明的“暗渡陈仓”的款合之处——就是对于诗歌节奏与意象之间的关系的处理——都是一种微妙的、复杂的交互关系，而这种微妙的、复杂的交互关系又都建立在一个共同基础之上——对诗歌节奏的重视与追求。古代汉语诗歌通过建立严

① 刘勰：《文心雕龙·原道》。
② 刘勰：《文心雕龙·隐秀》。
③ 司空图：《与极浦谈诗书》。
④ 严羽：《沧浪诗话·诗辩》。
⑤ 何景明：《与李空同论诗书》。

整的格律来完成这种追求。法国象征主义诗人瓦雷里认为"音乐性"是象征主义诗歌除了意象之外的另一条命脉:"那被命名为象征主义的东西,可以很简单地总括在好几族诗人想从音乐收回他们的财产的那个共同的意向中……"[①]而这种音乐性不是建立在"规则的节拍"的基础之上,而是一种打通各种感官的"声音"和"意义"的结合。意象派诗人则一方面强调诗歌节奏的重要性,另一方面更清晰地分清楚"格律"与"节奏"之间的区别,他们非常清醒、坚定地说:"意象主义者的诗大部分依靠节奏,而不是格律。"[②]其中,古代汉语诗歌(尤其是晚唐五代诗词)以及法国象征主义诗歌的节奏及节奏与意象之间的关系,本文在第一章和第三章中已经分别有所论述,故此处略去,而主要谈谈意象派诗歌对于节奏和意象二者之间关系的认识。

意象派诗人对于诗歌节奏的认识首先是反对离开诗情而独立存在的"格律"。对于意象派诗人来说,节奏必须是为意象服务或是由意象来支配的。在意象派诗人眼中,没有一种纯粹的声调上的格律,那种为了"填充格律或安排韵脚而强行拼凑辞藻"的做法显然是行不通的,他们批评那些以诗歌格律来追求诗歌外在音乐性的前辈诗人:"在这般五音步的抑扬格中毫无实在的价值……无论它们写得多么精致。甚至在节奏上也无直接的价值,这些诗律只是为了达到某一目的的方法。按它们自身来评价,它们只不过是具有孩子气的艺术鉴赏力,且在毫无必要地重复不休的怪物。"[③]意象派的早期理论代表休姆则将诗律与意象的关系很明确地分出先后,认为后者才是意象派诗歌的灵魂:"这是我反对诗律的理由,它使人们没有诗的灵感就写诗,而他们的头脑中并未充有新的意象。"[④]庞德在一封讨论意象主义诗歌的信中提出了节奏的"意义":"节奏必须有意义,它不能仅仅是漫不经心的信笔所至;对词义和感觉没有丝毫影响或掌握,一种机械的平平仄仄是不行的。"[⑤]意象派诗人为自己所遭受到的某种误解做出这样的辩护:"正是'节奏'这一点迷惑了许多评论家,最后一些人全给搞糊涂了,甚至说意象主义者抛弃了节奏。而节

---

① 【法】瓦雷里:《波德莱尔的位置》,见《戴望舒译诗集》,长沙:湖南人民出版社 1983 年版,第 117 页。

② 【英】彼德・琼斯:《意象派诗选》,裘小龙译,桂林:漓江出版社 1986 年版,第 162 页。

③ 【英】彼德・琼斯:《意象派诗选》,裘小龙译,桂林:漓江出版社 1986 年版,第 6 页。

④ 【英】彼德・琼斯:《意象派诗选》,裘小龙译,桂林:漓江出版社 1986 年版,第 6 页。

⑤ 【英】彼德・琼斯:《意象派诗选》,裘小龙译,桂林:漓江出版社 1986 年版,第 166 页。

奏恰恰是他们技巧中最重要的特点，自由诗的定义是：一种建筑在节奏上的诗。音乐中的节奏是一回事，诗歌中的节奏完全是另一回事。”[①]在这些意象派诗中，“节奏要比散文的节奏更明显，更确凿，更连贯，但这些诗中的节奏又不像所谓的‘正规诗’那样强烈地或明显地落下重音。”[②]而这种节奏一方面起到串联意象的作用，另一方面使读者感受到“节奏的意象”[③]更明显、更生动。

那么，“节奏”究竟如何体现，又是如何“串联意象”的呢？意象派诗人认为诗歌的情绪节奏才是最重要的：“要清晰地呈现作者想要表现的一切。他也许会想表现一种犹豫不决的情绪，在这种情况下，诗也必须是踌躇难决的；他也许想要表现在读者眼前唤起那在一片风景上不断地变换着的光，或一个激烈的情绪中变化着的思想的不同姿态，那么他们的诗必须不断地转换变化着来清楚地呈现这一点。”[④]根据这种情绪节奏来决定诗歌的外在节奏，音乐性节奏，那么这显然是一种灵活不定的诗歌节奏，也是一种必须通过不停创造来形成的“新节奏”：“创造新的节奏——作为新的情绪的表达——不要去模仿老的节奏；老的节奏只是老的情绪的回响。我们并不坚持认为‘自由诗’是写诗的唯一方法。我们把它作为自由的一种原则来奋斗。我们相信，一个诗人的独特性在自由诗中也许会比在传统的形式中常常得到更好的表达。在诗歌中，一种新的节奏意味着一个新的思想。”[⑤]显然，这是一种与诗歌的情绪节奏紧密吻合、使之更为完整突出地呈现出来的外在音乐性节奏。同时，情绪本身又是由意象来表现的：一方面，意象的呈现和联结构成了情绪节奏；另一方面，意象又被安置在时间序列里，镶嵌在诗歌的外在节奏中，意象呈现在这种时间序列中与诗歌的外在节奏相结合，二者最终都指向诗歌的情绪节奏。而意象派诗歌的艺术使命，就在这节奏与意象之间的微妙关系中得以浮现和完成。

我们看到，意象派诗人对于节奏和意象之间关系的看法，与古代汉语诗歌理论的相关观点存在着某种惊人的相似之处。二者的主要不同之处就在于固定的格律与变化的节奏之间的差别——而这恰恰是能给

① 【英】彼得·琼斯：《意象派诗选》，裘小龙译，桂林：漓江出版社1986年版，第162页。
② 【英】彼得·琼斯：《意象派诗选》，裘小龙译，桂林：漓江出版社1986年版，第159页。
③ 【英】彼得·琼斯：《意象派诗选》，裘小龙译，桂林：漓江出版社1986年版，第171页。
④ 【英】彼得·琼斯：《意象派诗选》，裘小龙译，桂林：漓江出版社1986年版，第160页。
⑤ 【英】彼得·琼斯：《意象派诗选》，裘小龙译，桂林：漓江出版社1986年版，第158页。

现代派诗人以启示的地方,同时也是法国象征主义诗歌那种“暗示的”音乐性与之相通的地方。当然,不管汉语诗歌的节奏如何变化,如何由固定明晰走向活泛隐晦,也始终不能脱离“汉语言”这一具体环境,所以古代汉语诗歌的各种格律经验,各种节奏构成因素也必将成为现代派诗人们的宝贵遗产。

综上所述,不论是从节奏,还是从意象,还是从节奏与意象之间的关系来看,象征主义诗歌、意象派诗歌与古代汉语诗歌都有着种种相通之处,而它们之间的种种不同之处又都成为新诗的现代化这一十字路口的某种指示灯——这也许就是为什么现代派诗人将以上三种影响如此紧密地结合在一起兼收并蓄的根本原因所在,也恐怕就是现代派诗歌将新诗发展推向第一个“黄金时代”的根本的内在原动力之一。

三

我们看看现代派诗人关于诗歌创作的具体经验,就可以处处发现上述几种影响的交互混合的作用。

现代派诗人对于诗歌节奏的认识是在对现代汉语的特点充分把握的基础上,既打破单一的外在节奏论,强调把握诗歌的情绪节奏的重要性,同时又积极探索各种诗歌的外在节奏规律,赋予诗歌丰富多彩的音乐性。它是对此前 20 年关于现代汉语诗歌节奏认识的种种经验的集合与超越。我们不妨把这种对诗歌节奏的认识称为一种对诗歌节奏的“现代化”的认识。施蛰存的意见颇有代表性,他一再强调“现代的诗形”与“节奏”:“尽管大多是没有韵的,句子也很不整齐,但他们都有相当完美的肌理(texture)。他们是现代的诗形,是诗!”“散文与诗的区别并不在于韵脚……没有脚韵的诗,只要作者写得好,在形似分行的散文中,同样可以表现出一种文字的或诗情的节奏。”[①]“现代的诗形”虽然未必有脚韵等固定的格律形式,但是也要有“相当完美的肌理”,表现出一种“文字的或诗情的节奏”。显然这种“相当完美的肌理”“文字的或诗情的节奏”虽然不是“格律化”,但也不宜用简单的“自由化”或者“散文化”这样的字眼来概括。这一点戴望舒曾经专门指出过,他认为所谓的“自由诗”与“韵律诗”之间的区别,在于前者是“不乞援于一般意义上的音乐性的纯诗(昂德莱·纪德有一句话,很可以阐明我的意思……他说:‘……句子的

① 施蛰存:《施蛰存卷》,北京:华文出版社 1999 年版,第 34 页。

韵律绝对不是在于只由铿锵的字眼之连续所形成的外表和浮面，但它是依着那被一种微妙的交互关系所含着调子的思想之曲线而起着波纹的。’)，而韵律诗则是一般意义的音乐成分和诗的成分并重的混合体(有些人竟把前一个成分看得更重)”[①]。“不乞援于一般意义上的音乐性的纯诗”，这是戴望舒对于诗歌节奏的根本看法，他注重的“自由诗”是一种将诗歌内外节奏紧密地结合在一起同时又突破固定格律的限制，这并不代表它不注重音乐性，而是“不乞援于一般意义上音乐性”，而且是需要经过反复打磨、“长久推敲”的“纯诗”。“一般意义上的音乐性”在戴望舒这里应该指的就是固定整齐的格律形式。参照他写于 1944 年的《诗论零札》，我们可以更清楚地了解他的这一观点。

> 韵律整齐论者说：有了好的内容而加上“完整的”形式，诗始达于完美之境。此说听上去好像有点道理，仔细想想，就觉得大谬。诗情是千变万化的，不是仅仅几套形式和韵律的制服所能衣蔽……何况主张不论肥瘦高矮，都应该一律穿上一定尺寸的制服？
>
> 所谓“完整”，并不应该就是“与其他相同”。每一首诗应该有它自己固有的“完整”，即不能移植的它自己固有的形式，固有韵律。

“不乞援于一般意义上的音乐性”就是每首诗自己的“固有形式”“固有韵律”，这种韵律“不应只有肤浅的存在。它不应存在于文字的音韵抑扬这表面，而应存在于诗情的抑扬顿挫这内里”。而现代派诗人们一再强调的“诗情的抑扬顿挫”，与他们刻意追求的意象艺术有着直接的密切关联。

现代派诗人是一群对艺术高度敏感的诗人，是一群集体向着诗歌的“幽微精妙”处努力，同时对新月派和初期象征派的“通行狂叫、通行直说”或是生涩粗率都在“私心里反叛着”的诗人。戴望舒认为：“诗是由真实经过想象而出来的，不单是真实也不单是想象。”杜衡更认为：“诗是一种吞吞吐吐的东西，术语地来说，它的动机是在于表现自己与隐藏自己之间。”施蛰存也说：“散文是比较朴素的，诗是不可避免地需要一点雕琢的。易言之，散文较为平直，诗则较为曲折。”现代诗人众多的表述无疑昭示了诗派的共同艺术理想：在直白与晦涩之间取一个中介点，创造一种交织真实与想象、隐显适度的半透明的朦胧美。而这种朦胧美很大程度上建立在诗人们对意象的高度敏感的把握上。何其芳曾经这样描述

① 戴望舒：《谈林庚的诗见和“四行诗”》，载《新诗》1936 年第 1 卷第 2 期。

自己对于诗歌意象美的迷恋："我倾听着一种飘忽的心灵的语言。我捕捉着一些在刹那间闪出金光的意象。我最大的快乐或辛酸在于一个崭新的文字建筑的完成或失败。""我喜欢那种锤炼，那种彩色的配合，那种镜花水月。我喜欢读一些唐人的绝句。譬如那一微笑，一挥手，纵然表达着意思，而我欣赏的却是姿态。我自己的写作也带有这种倾向。我不是从一个概念的闪动去寻找它的形体，浮现在我心灵中的原来都是一些颜色，一些图案。"①正是由这些"颜色"、这些"图案"构成的"闪着金光"的诗歌意象，营造了现代派诗歌的"镜花水月"般的朦胧含蓄之美。

然而现代派诗人不仅仅满足于意象的提炼与捕捉，他们更强调一种对意象的精心组织、设计。这就涉及如何更好地用诗歌意象来表达情绪节奏以及如何处理诗歌的情绪节奏与外在节奏之间的关系等种种复杂的问题。戴望舒认为："诗应当将自己的情绪表现出来，而使人感到一种东西。诗本身就是一个生物，不是无生物。""情绪不是用摄影机摄出来的，它应当用巧妙的笔触描出来。这种笔触又须是活的，千变万化的。"②这是说诗歌的情绪节奏往往需要用各种意象表现出来，而各种意象之间不是简单率易的组合关系，而是存在着一种近似于生命体系的整合关系。诗人通过这种对意象群的整和关系赋予意象以"诗情的抑扬顿挫这内里"的节奏，同时也赋予诗歌以鲜活完整的生命力。但是，就如同任何成功的诗歌都不能离开高妙的修辞一样，"情绪的音乐性"和"文字的音乐性"这二者之间是无法真正划清界限、分出你我的。一些常用的修辞手段如排比、对仗、复沓、押韵等，既可以是造就诗歌文字音乐性的手段，同时又可以成为诗人串联辞藻、意象的工具，从而又成为表现情绪音乐性的手段。而当我们仔细考察戴望舒的诗歌时，就会发现戴望舒的诗歌兼有着"文字的音韵抑扬这表面"和"诗情的抑扬顿挫这内里"。他在音乐性问题上的几次反复，诗风的几次转变，都是围绕着诗歌的内外节奏结合的问题产生的。

正是沿着在现代汉语的基础上探讨如何将诗歌的内外节奏相结合这条路，卞之琳、何其芳等人成为继新月派之后对诗歌格律的又一批执着的探寻者。

何其芳曾于 1953 年 11 月 1 日在北京图书馆发表了《关于写诗和读

---

① 何其芳：《论梦中的道路》，载《大公报》1936 年 7 月 19 日。

② 戴望舒：《诗论零札》，载《现代》1932 年第 2 卷第 1 期。

诗》的讲演。这次讲演虽然按他自己的话来说是“最近一两年我才有了”的“一个比较确定的想法”，但实际上他关于诗歌格律的观点与他在20世纪30年代的诗歌创作实践是一脉相承的。他认为建立现代诗歌格律是有必要的：

> 但这种格律诗不能采用五七言体（我认为有些同志想用五七言体来建立现代的格律诗，那是一种可悲的误解，事实上已证明走不通），而必须适合现代口语的特点。现代口语的基本单位是词而不是字，而且两个字以上的词最多，因此我们的格律诗不应该是每行字数整齐，而应该是每行的顿数一样，而且每行的收尾应该基本上是两个字的词。中国古代的诗都是押韵的，中国的语言同韵母的字很多，押韵并不太困难，因此我们的格律诗应该是押韵的，而不必搬运欧洲的每行音组整齐但不押韵的无韵诗体。

简言之，何其芳认为现代诗歌格律应该建立在“顿”和“押韵”的基础之上。何其芳曾给中国现代格律诗下了一个简明扼要的定义：“我们说的现代格律诗在格律上就只有这样一点要求：按照现代口语写的每行的顿数有规律，每顿所占的时间大致相等，并且有规律地押韵。”[①]何其芳的以“顿”为节奏单位的观点更多地考虑到现代汉语口语的特点，他强调的是“顿”的均齐而非字数的均齐，这就比闻一多的观点更符合现代汉语的客观实际，更具实践可能性。何其芳提出的诗歌格律意见的贡献，不在于他提出了一种诗歌格律的模式，而是进一步指出了如何在诗歌语言形式中把握现代汉语的特点，使诗歌的外在节奏与诗歌的内在节奏吻合得更贴切、更自然。

同样地，卞之琳关于诗歌格律的具体意见是在20世纪50年代才提出来的，也是他多年来创作经验的总结。卞之琳关于诗歌格律的意见比之何其芳更为深入、细致一些，他赞同何其芳以“顿”为节奏单位的主张，但认为不一定要押韵，甚至不必有自由诗与格律诗的区分，他说：“我和何其芳同志在分类提法上有些不同：我不着重分现代格律诗和非现代格律诗，我不着重吟唱式（或者如何其芳同志所说的‘类似歌咏’式）调子和说话式调子。只要摆脱了以字数做单位的束缚，突出了以顿数做单位的意识，两种调子都可以适应现代口语的特点，都可以做到符合新的格律

---

① 何其芳：《关于现代格律诗》，见《何其芳文集》第5卷，北京：人民文学出版社1983年版，第17页。

要求。”具体来说,卞之琳对于诗歌格律的主张如下:

我们用汉语说话,最多场合是说出两三个单音字作一“顿”,少至可以到一个字(一字“顿”也可以归附到上边或者下边两个二字“顿”当中的一个而合成一个三字“顿”),多至可以到四个字(四字“顿”就必然有一个“的”“了”“吗”之类的收尾“虚字”,不然就自然会分成二二或一三或三一两个“顿”)。这是汉语的基本内在规律,客观规律。

由一个到几个“顿”或“音组”可以成为一个诗“行”(也就像英语格律诗一样,一行超过五个“顿”——相当于五个英语“音步”,一般也就嫌冗长);由几行划一或对称安排,加上或不加上脚韵安排,就可以成为一个诗“节”;一个诗节也可以独立成为一首诗,几个或许多个诗节划一或对称安排,就可以成为一首短诗或一部长诗。这很简单,可以自由变化,形成多种体式。①

关于诗歌外在节奏与诗歌内在节奏的具体关系,卞之琳也有多方面、多角度的探索,比如他认为利用“顿”的字数和组合方式的不同,可以营造出不同的情绪节奏:“在新体白话诗里,一行如全用两个以上的三字‘顿’,节奏就急促;一行如全用二字‘顿’,节奏就徐缓;一行如用三二字‘顿’相间,节奏就从容。”②对于西方的十四行诗,他认为是可以参考、选取的一种诗歌格律形式,其根本原因是因为这种体式结合了一种类似古代汉语诗歌的“起承转合”的内在节奏模式以及现代汉语可以参照的外在节奏模式:“十四行体,在西方今日似还有生命力,我认为最近于我国的七言律体诗,其中起、承、转、合,用得好,也还可以运用自如。”③此外还有一些音韵技巧、修辞技巧的运用,比如对拟声、谐音、复沓等的运用,使得卞之琳诗歌的音乐性呈现出精致细密的特点,同时又都是能使诗歌的内在节奏因外在音韵化而得以彰显的手段。又比如对于“跨行”这一手段的巧妙运用,卞之琳认为“行不是断在可以大顿一下的地方,而是为了把各行削齐或者是凑韵,硬把多余的行尾跨到下一行头上”,“那样间或

---

① 卞之琳《雕虫纪历·自序》,见《雕虫纪历 1930—1958》增订版,北京:人民文学出版社 1984 年版,第 11 页。

② 卞之琳《雕虫纪历·自序》,见《雕虫纪历 1930—1958》增订版,北京:人民文学出版社 1984 年版,第 13 页。

③ 卞之琳《雕虫纪历·自序》,见《雕虫纪历 1930—1958》增订版,北京:人民文学出版社 1984 年版,第 17 页。

有意做了，倒也可以达到特殊的效果”。[①] 而这种特殊的效果，实际上是针对诗歌的内在节奏而言的，更进一步地说，在我们看到的例子中，跨行不是随便在哪里都有必要“跨”的，它往往与诗歌的重要意象密切相关。

在江弱水的《卞之琳诗艺研究》中，曾就卞之琳“跨行”问题举了一个比较极端的例子，说明诗人用跨行作为“调控节奏的有效手段，造成了一种连绵的语式，仿佛在处心积虑地准备着情绪的变调”[②]。我们不妨照搬这个例子：

你细看白石，
只见长满了青苔，
仿佛半夜里
被秋风惊醒了
起来
用颤抖的手儿
揉揉酸溜溜的倦眼
在遥遥的烛影里
从箱子的深处
捡起来多少年不忍想起的一方素绢，
只见溅满了霉斑，
没有什么。

——卞之琳《白石上》

江弱水对此分析道：“接连 9 行延绵不断、缓缓进行的语调，巧妙配合着文字的意义，配合着恍惚的神情、优柔的动作，甚至幼细的呼吸。”我们不妨沿着江文的思路进行更进一步的分析：连续 7 次的跨行在这里的作用，着重体现在对两组意象的突出上——由长满了青苔的白石联想起溅满了霉斑的素绢，这两个中心意象之间“跨”了整整 9 行诗句，诗人似乎刻意要把思绪放慢、语速减缓，用一种舒缓悠长的节奏、恍如梦幻的意境、缠绵幽眇的情绪，以及生满了“霉斑”的“素绢”意象的突兀出现和“没有什么”这一“漠然”说明的戛然而止，完成了一种虚拟时空的巧妙转换和情感起伏的精确“命名”。而诗中的四个逗号（相对于大段没有标点符号的诗行，这四个逗号显得非常突出）分别出现在相隔很远的“白石”“青

---

① 卞之琳《雕虫纪历·自序》，见《雕虫纪历 1930—1958》增订版，北京：人民文学出版社 1984 年版，第 16 页。

② 江弱水：《卞之琳诗艺研究》，合肥：安徽教育出版社 2000 年 12 月版，第 113—115 页。

苔"与"素绢""霉斑"这两组意象之后，呈现出了鲜明的停顿效果，将情感的流连"不忍"与时间的流逝无情造成强烈的对比，使人如从恍惚的梦境中警醒于真切的现实，同时也留下了更多让人思考与回味的空间与时间。在这里，意象作为诗歌的内在节奏的重要表现成分，与诗歌的外在节奏巧妙地结合在一起，造成诗人所精心营造的"特殊的效果"，共同达成表现诗情的使命。

卞之琳的诗歌格律理论用他自己的话总结就是一种"音"和"意"的完美结合："看来还是循现代汉语说话的自然规律，以契合意组的音组作为诗行的节奏单位，接近而超出旧平仄粘对律，做参差均衡的适当调节，既容畅通的多向渠道，又具回旋的广阔天地，我们的'新诗'有希望重新成为言志载道的美学利器，善用了，音随意转，意以音显，运行自如，进一步达到自由。"①结合现代派诗人的具体创作实践来看，这种"音随意转""意以音显"的"音"与"意"的完美结合，更多地体现在"节奏"和"意象"之间的完美结合，而这可以看成是现代派诗人对于诗美的共同追求。该派的领袖人物戴望舒，正是这样一个典型。

—— 第二节 ——
戴望舒：节奏与意象之间的舞者

诗不是某一个感官的享乐，而是全感官或超感官的东西。

——戴望舒

在从用现代汉语写诗到寻觅现代诗形的路上，戴望舒经历了这样一种诗风转变：他从新月派的影响中走来，先是创作出了《雨巷》这样"替新诗的音节开了一个新的纪元"的作品，而后又受到法国象征派诗歌的影响，对诗歌外在音乐性扬弃的同时表现出对意象运用的高度技巧，而在他的末期诗作中，我们看到戴望舒诗歌中的节奏和意象都获得了一种真

① 卞之琳：《重探参差均衡律——汉语古今新旧体诗的声律通途》，载《明报周刊》1992 年 1 月号，第 138 页。

正的自由，绽放出深刻而纯粹的光芒。

一

戴望舒一生一共出版了四本诗集：《我底记忆》(1929)、《望舒草》(1933)、《望舒诗稿》(1937)和《灾难的岁月》(1948)。按照通常的分法，我们把戴望舒的诗歌创作分为三个时期：前期作品以《雨巷》为代表，而紧跟着《雨巷》之后的作品《我底记忆》却已经属于他诗风转变之后的作品了，这种转变后的诗风在《望舒草》中达到了成熟，而在他的最后一本诗集《灾难的岁月》中，诗人将这两种诗风巧妙地融汇在一起，带给我们一个新的艺术境界。

《雨巷》写于1927年夏天。具有典型意义的、象征的题旨和富于外在音乐性的艺术魅力使得这首诗甫一面世就获得了极大反响，戴望舒因此获得了“雨巷”诗人的桂冠。在这首诗中，悠长的雨巷，撑着油纸伞的彷徨的独行者，以及那个“丁香一样地结着愁怨的姑娘”，这三组象征性的意象被诗人组合在一种回环复沓的节奏之中，含蓄而细腻地表达出作者在失望中蕴含希望、在迷惘中有所期待的复杂情怀。

这首诗最为人称道的，还是它的外在音乐性节奏。诗中的全部意象，在第一节中就已“集体亮相”：

撑着油纸伞，独自
彷徨在悠长，悠长
又寂寥的雨巷，
我希望逢着
一个丁香一样地
结着愁怨的姑娘。

此后的六节(全诗一共七节)都为第一节的延伸或者重复。因此，如果仅从意象的角度分析的话，在这首诗的第一节里，就已经“意象具足”了。然而，诗人的笔显然已经被一种强烈的节奏感所控制，于是这些意象一次又一次被重复地嵌入到跃动的旋律之中：

她是有
丁香一样的颜色
丁香一样的芬芳
丁香一样的忧愁

在雨中哀怨
哀怨又彷徨。

她彷徨在这寂寥的雨巷
撑着油纸伞
像我一样,
像我一样地
默默彳亍着,
冷漠,凄清,又惆怅。

……

像梦中飘过
一枝丁香地,
我身旁飘过这女郎;
她静默地远了,远了
到了颓圮的篱墙
走尽这雨巷。

在雨的哀曲里,
消了她的颜色,
散了她的芬芳,
消散了,甚至她的
太息般的眼光,
丁香般的惆怅。
……

为了“维护”这几乎停不下来的节奏,诗人不得不严格按照第一节所建立的节奏原则来建构后面的诗行,全诗七节,每节六行;每行二至三顿,而以三顿为主;每节第三、第六行押韵,全诗一韵到底;首尾呼应,第一节和第七节之间只差一词,造成回环复沓效果。当然还不仅仅是这样。我们来看这首诗的平仄节奏,就看第一节好了:

撑着油纸伞,独自　　　　平仄平仄仄　平仄

彷徨在悠长，悠长	平平仄平平　平平
又寂寥的雨巷，	仄仄仄仄仄仄
我希望逢着	仄平仄平仄
一个丁香一样地	仄仄平平仄仄仄
结着愁怨的姑娘。	平仄平仄仄平平

我们惊讶地看到，这样既有一定变化而又蕴含和谐的平仄交替互对，几乎不让美于任何一首严格按律作出的旧体诗词。后面的几节也大概遵循着这种平仄交替互对的原则。每当出现句式相同的对句时，诗人往往会在对应位置上不同的那组词应用平仄原则，比如：

消了她的颜色，
平　　　平仄
散了她的芬芳，
仄　　　平平

又比如：

太息般的眼光
　　　　仄平
丁香般的惆怅。
　　　　平仄

这样分明的平仄节奏给了《雨巷》一种毫不含糊的、如闻一多所推崇的“铿锵”的旋律。此外，由于诗人反复地使用同韵的语汇（如悠长、彷徨、丁香等），造成了大量的句中韵，达成了“密韵”的效果；几处“顶针格”的使用，如“在雨中哀怨/哀怨又彷徨”、“她默默地走近／走近，又投出”，以及重复语句的运用，如“像我一样，像我一样地”，“像梦一般地/像梦一般地凄惋迷惘”，都促使整首诗的节奏感更加鲜明。七小节如此地回环往复，使得整首诗营造出一种“阳关三叠”般的音乐性节奏，这种音乐性节奏在整齐中富于变化，既有古典氛围又弥漫着现代气息，也就难怪叶圣陶会称许这首诗“替新诗的音节开了一个新的纪元”了。

其实，这样注重音乐性的艺术追求不是偶然为之的，不管是对古典诗歌传统的自觉传承，还是熏染于新月派的影响，还是受到法国象征派诗歌音乐性的启发，有相当一个时期的“戴望舒们”是颇热衷于这种“风尚”的。这一点杜衡说得很清楚：“……在当时我们却谁都一样，一致地追求着音律的美，努力使新诗成为跟旧诗一样的‘可吟’的东西。押韵是当然的，甚至还讲究平仄声。”“象征诗派的独特的音节也曾使他感到莫大的兴味,使他以后不再斤斤于被中国旧诗词所笼罩的平仄韵律的推敲。”①

然而戴望舒本人很快便不喜欢这首诗了。他不喜欢这首诗的原因正和人们当时喜欢这首诗的原因一样——音乐性太强。“他在写成《雨巷》的时候,已经开始对诗歌的他所谓‘音乐的成分’勇敢地反叛了。”②为什么会这样?也许是像我们前面分析的那样,这首诗的节奏感很强,而意象的部分除了第一节令人感到眼前一亮之外,余下的六节都没有新的进展,甚至过于分明的节奏、过于爽利而且过多重复的韵脚反而在某种程度上稀释了那种“朦胧悠邈”的意境,这对于深谙古典诗歌三昧同时又倾心于具有“暗示性”特点的法国象征派诗歌的戴望舒来说显然是个不可忽略的缺憾;也许这种将感觉直接言说出来的方式——诗人要表达的是一种“彷徨”“惆怅”的情感,而这些情感的“名字”都堂而皇之地成了诗中的韵脚,还不断重复——与诗人那种“既不是隐藏自己,也不是表现自己”的初衷相反;也许诗人在写这首诗时,他的情绪节奏竟被音乐性节奏所指引,也就是所谓的“因文致情”,以至于后来他发出“韵和整齐的字句会妨碍诗情,或使诗情成为畸形的”③感叹。

总之,戴望舒发生了他的诗风转变。

二

就在《雨巷》完成后不久,戴望舒创作出了一首跟《雨巷》风格截然不同的诗,这首诗的名字叫《我底记忆》。我们还是先来看看这首诗的节选:

> 我底记忆是忠实于我的,
> 忠实甚于我最好的友人。
>
> 它生存在燃着的烟卷上,
> 它生存在绘着百合花的笔杆上,
> 它生存在破旧的粉盒上,
> 它生存在颓垣的木莓上,
> 它生存在喝了一半的酒瓶上,

---

①② 杜衡:《〈望舒草〉序》,见《望舒草》,北京:人民文学出版社 2000 年版。

③ 戴望舒:《诗论零札》,载《现代》1932 年第 2 卷第 1 期。

在撕碎的往日的诗稿上，在压干的花片上，
在凄暗的灯上，在平静的水上，
在一切有灵魂没有灵魂的东西上，
它在到处生存着，像我在这世界一样。
……

与《雨巷》那种第一节的节奏就控制了全诗的节奏的状况正相反，《我底记忆》存心要摆脱一种惯性音乐性节奏的控制。于是我们看到了在节奏上几乎是完全不相干的第一节和第二节。更重要的是，在第二节里，我们看到了大片大片的意象。它们缤纷多姿，联袂而至，让我们目不暇接又为之心动神驰：燃着的烟卷，绘着百合花的笔杆，破旧的粉盒，颓垣的木莓，喝了一半的酒瓶，撕碎的往日的诗稿，压干的花片，凄暗的灯，平静的水……一切都那么具体而微，一切都那么清晰如现。诗人用一连串象征着时间的流逝的意象的铺排，既反复地唤起读者对"记忆"这个词的具体感受，同时又形象地描绘出了"我底记忆""到处生存着，像我在这世界一样"的诗情诗思。

如果说在《雨巷》里，读者不由自主地被悠扬跌宕的音乐性节奏所征服；那么在《我底记忆》里，读者的心弦则被这些触感微妙的意象所击中——这正是戴望舒所期望的，他这时的艺术追求是："诗不能借助音乐，它应该去了音乐的成分。""诗的韵律不在字的抑扬顿挫上，而在诗的情绪的抑扬顿挫上，即在诗情的程度上。""新诗最重要的是诗情上的 nuance 而不是字句上的 nuance。"也就是说，与诗歌的音乐性节奏比较起来，诗人认为诗歌的情绪节奏更为重要。而如何表现情绪的抑扬顿挫呢？诗人认为应该使情绪具象化，而且是精细深刻地具象化，艺术地具象化，"活"地具象化："诗应当将自己的情绪表现出来，而使人感到一种东西，诗本身就像是一个生物，不是无生物。""情绪不是用摄影机摄出来的，它应当用巧妙的笔触描出来，这种笔触又须是活的，千变万化的。"①

从《我底记忆》以后，戴望舒的诗歌创作便沿着这条运用意象来折射诗歌情绪节奏之路走下去，在以后的岁月中不断地完善这一诗风，直到晚年。他的诗歌因此而插上了想象的翅膀，从早期诗作的拘泥于外在音乐性节奏和局限于古典意象的圈子中跳出，具有了更多的"现代"的意味。在《旧锦囊》里，我们看到的是未脱尽词曲意味的意境和节奏，《雨

---

① 戴望舒：《诗论零札》，载《现代》1932 年第 2 卷第 1 期。

巷》虽然在外在音乐性上给了我们一种新的启迪,但那种“丁香空结雨中愁”的意象氛围亦稍嫌古典气息浓郁了一点。我们看看在《我底记忆》之后,尤其是在《望舒草》中出现的意象和以前有什么不同:

房里曾充满过清朗的笑声,
正如花园里充满过百合或素馨,
人在满积着梦的灰尘中抽烟,
沉想着凋残了的音乐。 (《独自的时候》)

怀乡病,怀乡病,
这或许是一切
有一张有些忧郁的脸,
一颗悲哀的心,
而且老是缄默着,
还抽着一枝烟斗的
人们的生涯吧 (《对于天的怀乡病》)

假若把我自己描画出来,
那是一幅单纯的静物写生。

我是青春和衰老的集合体,
我有健康的身体和病的心。 (《我的素描》)

这些意象已然是现代的意象,用“现代的辞藻”描绘出的“现代的情绪”。所谓的意象的功能,就是能令读者通过作者捕捉到的“意中之象”来把握诗中所要表达的“象中之意”。那么“意象”本身除了具有象征性之外,还具有一定的典型性、普遍性和时代性,正如戴望舒所说:“诗应该有自己的originalite′(法文,意为特征),但你须使它有cosmopolite′(法文,意为普遍)性,两者不能缺一。”[①]唯其如此,才能令读者产生深切的共鸣,也才能准确地表达现代人在现代生活中那种“被一种微妙的交互关系所含着调子的思想之曲线”[②]。在戴望舒这个时期的诗歌中,尽管仍保留了不少古典意象,但那往往是经过了现代诠释的,被赋予了新的意义

① 戴望舒:《诗论零札》,载《现代》1932年第2卷第1期。
② 戴望舒:《谈林庚的诗见和“四行诗”》,载《新诗》1936年第1卷第2期。

的古典意象。

善于提炼具有现代气息的意象还只是第一步。如何巧妙地处理这些意象使之能更熨帖地表现诗人的“情绪节奏”，是一个至关重要的问题。在这一点上戴望舒也迈出了坚实的脚步。我们将戴望舒比较典型的运用意象的技巧大致分为四种。

第一，并列式：戴望舒习惯将反映一个主题的多种具备相同性质的意象罗列出来，用以不断加深读者的印象从而调动读者的情绪，这是戴诗中最常见的一种手法。比如我们前面提到的《我底记忆》《对于天的怀乡病》，又比如《印象》：

是飘落深谷去的
幽微的铃声吧，
是航到烟水去的
小小的渔船吧，
如果是青色的真珠，
它已堕到古井的暗水里。

在这种意象展示中，每一个新的意象的出现都是对前面意象所达成艺术效果的叠加，直到呈现在读者眼前的“画面”越来越清晰、完整，最后达成与诗人“情绪”共振的艺术效果。

第二，抑扬式：当诗人的情绪发生“抑扬顿挫”的时候，诗人笔下的“意象”也反映着“抑扬顿挫”，不停地变换色彩，造成一种诗歌情绪上的“随物宛转”。比如《三顶礼》：

引起寂寂的旅愁的，
翻着软浪的暗暗的海，
我的恋人的发，
受我怀念的顶礼。

恋之色的夜合花，
佻达的夜合花，
我的恋人的眼，
受我沉醉的顶礼。

给我苦痛的螫的，
苦痛的但是欢乐的螫的，

你小小的红赤的蜜蜂，
我的恋人的唇，
受我怨恨的顶礼。

在诗人的"怀念""沉醉""怨恨"这三种不同情绪的"顶礼"下，"恋人"的意象也不同变换，而每一种变换都辉映诗人的情绪的变化，形象之至。

第三，递进式：有的时候，诗人笔下的中心意象也许只有一个，但是通过对这意象层层深入的描述，不停地带给读者一种情绪上的递进与延展。比如《乐园鸟》：

飞着，飞着，春，夏，秋，冬，
昼，夜，没有休止，
华羽的乐园鸟，
这是幸福的云游呢，
还是永恒的苦役？

渴的时候也饮露，
饥的时候也饮露，
华羽的乐园鸟，
这是神仙的佳肴呢，
还是为了对于天的乡思？

是从乐园里来的呢，
还是到乐园里去的？
华羽的乐园鸟，
在茫茫的青空中
也觉得你的路途寂寞吗？

假使你是从乐园里来的
可以对我们说吗，
华羽的乐园鸟，
自从亚当、夏娃被逐后，
那天上的花园已荒芜到怎样了？

诗人对这"华羽的乐园鸟"提出一个又一个问题，从"云游""苦役"到"佳肴""乡思"再到"寂寞"的种种追问，乐园鸟作为一种执着追求理想的象征性意象一步步深入、清晰，最后一句“那天上的花园已荒芜到怎样了？”将这首诗的情绪节奏推向高潮，给人以强烈的震撼。

第四，互见式：诗人常常在诗中并设两组意象，通过这两组意象的交替出现来达到一种内在情绪的对比映衬，从而使整首诗的情绪节奏不断推进。比如《游子谣》：

海上微风起来的时候，
暗水上开遍青色的蔷薇。
——游子的家园呢？

篱门是蜘蛛的家，
土墙是薜荔的家，
枝繁叶茂的果树是鸟雀的家。

游子却连乡愁也没有，
他沈浮在鲸鱼海蟒间：
让家园寂寞的花自开自落吧。

因为海上有青色的蔷薇，
游子要萦系他冷落的家园吗？
还有比蔷薇更清丽的旅伴呢。

清丽的小旅伴是更甜蜜的家园，
游子的乡愁在那里徘徊踯躅。
唔，永远沉浮在鲸鱼海蟒间吧。

这里，一组海的意象和一组家园的意象反复交替着在诗中出现，演绎出越来越浓郁的游子的乡愁。又比如《秋蝇》，秋叶的意象和秋蝇的意象交替呈现，既巧妙地描绘出垂死的秋蝇眼中秋天的景象在不断变化，又用秋叶斑驳的颜色、飘落的姿态等映衬出秋蝇即将告别生命的痛苦与无奈，从而形象地引发读者对生与死的思考。

为了更好地突出意象，也为了更自由地展示情绪节奏，诗人在这个时期的作品多半是一种散文体的自由诗，大量地运用日常口语使得诗歌呈现出一种柔和亲切的说话调子和新鲜活泼的口语化节奏，即便是有韵也很少一韵到底，总之诗人似乎不允许音乐性节奏强过了情绪节奏，或是干扰了情绪节奏。加之这时期的戴望舒的作品多半是表达一种复杂微妙的情感，与之相对应的音乐性节奏也呈现出相应的轻柔纤妙的特色。正如有些学者描绘的那样："(戴望舒)诗作的空间是寂静，在寂静中涌出精致的形象"，"从音乐的角度看，使人联想到魏伯恩和德彪西，此两人的艺术都介乎音响和沉寂之间。"[①]

抗日战争爆发后，面对着满目疮痍的祖国和伤痕累累的民族，戴望舒的思想和诗歌创作在时代洪流的召唤下，迸发出一股全新的生机。在他的最后一本诗集《灾难的岁月》里，我们看到一个饱含着爱国激情和庄严力量的戴望舒，一个与以往截然不同的戴望舒。长久以来那种低回的抒情、柔曼的节奏、伤感意味浓郁的意象都不见了，取而代之的是一种既朴素又明快的节奏和既简洁又精练的意象，而在这背后，改变最多的是诗人的思想感情，一改往日的阴郁缠绵而变得阳刚有力。内容决定形式，诗情决定诗形，套用诗人"诗的韵律不在字的抑扬顿挫上，而在诗的情绪的抑扬顿挫上，即在诗情的程度上"这句话，我们略改几个字，可能更符合这个时期戴望舒的情况："诗的韵律不仅在字的抑扬顿挫上，也不仅在诗的情绪的抑扬顿挫上，更在诗情的深度和力度上。"

戴望舒深厚有力的诗情来自他在那个"灾难的岁月"里熊熊燃烧的爱国激情。面对日寇的侵略，戴望舒从来就不是个懦夫。1938 年 8 月，戴望舒在香港《星岛日报》主编《星座》副刊，该刊成为当时团结了一批爱国作家的重要的文艺阵地。1942 年春，戴望舒被日寇逮捕入狱，在狱中受尽折磨，健康受到极大损害，但诗人并没有低头妥协，而是保持了一个正直知识分子的高尚气节。正是在经过了阴暗恐怖的牢狱生活之后，诗人写下了他一生中最值得骄傲的作品《我用残损的手掌》。

"器大者声必闳，志高者意必远。"[②]在深厚宏大的诗情的主导下，戴望舒诗歌中的节奏和意象都发生了深刻的变化。第一，诗人重新开始注重音乐性节奏的整饬。于是我们看到诗人这个时期的作品多半是格律体和半格律体。对自己之前诗"应该去了音乐的成分"这一观点，诗人有所修正："并不是反对这些词藻、音韵本身。只当它们对于'诗'并非必需，或妨碍'诗'的时候，才应该驱除它们"[③]。第二，诗人笔下的意象变得开阔、明朗、厚实、简洁，更富于一种充满了阳光感的生命力和激情。第

---

① 苏珊娜·贝尔纳:《生活的梦》，载《读书》1982 年第 7 期。

② 范开:《稼轩词序》。

③ 戴望舒:《诗论零札》，载《华侨日报·文艺周刊》1944 年 2 月 6 日。

三，戴望舒这个时期的作品的节奏和意象之间真正达到了一种天衣无缝的巧妙融合，对于这二者，戴望舒不再只执其一端。在他诗歌创作的第二个时期，他就曾经提出“诗不是某一个感官的享乐，而是全感官或超感官的东西”，并且在不同时期的作品中都体现了出了这一点。但在他诗歌创作的最后一个时期，我们更清晰地体会到诗人运用“通感”这一技巧的高超娴熟，确切地说，“通感”已经不单单是一种修辞技巧，而是一种诗思的伸展方式，一种诗情的流淌方向，一种诗形的建构途径。它使得诗歌的节奏和意象成为一个浑然天成的整体——就像戴望舒翻译的波德莱尔的那首《应和》中所说的：“香味、颜色和声音都相互呼应。”这也反映出戴望舒的诗歌艺术达到了一个新境界——在节奏和意象之间，戴望舒获得了一种真正的自由，他终于找到了“最合自己脚的鞋子”。

三

以上是我们从节奏和意象的双重角度，对戴望舒一生诗歌创作过程中诗风转变的描述和分析。然而这项工作我们还未做完。上述的描述和分析是一种“纵向”的在戴望舒诗歌的节奏和意象之间所做出的思考，而这条思路也是在戴望舒的诗学观点和他的创作风格的变化的指引下完成的。我们却不得不深思：诗人在他诗歌的音乐性几近完美的时刻突然宣称：诗应该去了音乐性的成分。这究竟是一种怎样的含义？如果我们就此认定诗人真的认为音乐性的成分不应该存在于诗中，那我们显然是“误解”了诗人。从某种意义上说，音乐性对诗人来说已经成了他生命中的一部分，更成为他原始的诗感中的一部分。即便在诗人将他的注意力放在对情绪节奏的把握和对诗歌意象的营造的时候，音乐性也无处不在，只是它们存在得更隐秘、更巧妙，更像“叶子长上树干一样自然”而已。当然，“诗人为何在音乐性问题上反复变化，我们目前所知道的也并不比他们更多”[①]。因为，规律不是在总结中生长出来，而是变动不居，存在于永恒的创造之中。我们能发现的，永远只能是一部分的规律或是规律的一部分。而在这个过程中，有一点很重要，就是节奏与意象之间的“横向关系”。关于节奏和意象之间的具体关系，我们虽然谈到了一点，却还不够深入。

戴望舒一生在节奏与意象之间徘徊，而在这个过程中，他也在对节

① 王毅：《中国现代主义诗歌史论》，重庆：西南师范大学出版社 1998 年版，第 97 页。

奏和意象的理解上不断升华。尽管他在理论建树上可能有点"顾此失彼"，但是他在创作实践中，毫不吝啬地给了我们丰富的启示——节奏和意象之间有着千丝万缕的联系，好的诗句常常是二者之间绝妙的融合；有些时候，他们甚至像孪生兄弟一样难分彼此、相伴相依。为了方便叙述，我们将戴诗中存在的节奏和意象之间的关系分为两大类。

第一，节奏化的意象。所谓节奏化的意象，就是诗人在处理他笔下的意象的时候，有意赋予这些意象一种节奏，或使这些意象在整个诗歌中融为一体，或使一些意象充分突出，从而更恰如其分地表现诗人的情感指向和情绪律动。诗人最常见的处理手段有两种：利用平仄节奏和跨行。

我们前面说过，《雨巷》时期的戴望舒诗歌中的平仄韵律感是比较突出的。这反映了诗人的一种风格，可见诗人在利用汉字的平仄特点这一点上十分敏感。在他中后期的作品中我们仍然可以看到这一点，尤其是在诗人处理他笔下的意象的时候。比如前面提到的《我底记忆》：

它生存在燃着的烟卷上，
　　　　平　　平仄
它生存在绘着百合花的笔杆上，
　　　　仄　　　　　平仄
它生存在破旧的粉盒上，
　　　　仄仄　仄平
它生存在颓垣的木莓上，
　　　　平平　仄平
它生存在喝了一半的酒瓶上，
　　　　　　　　　仄平
在撕碎的往日的诗稿上，在压干的花片上，
　平仄　　　　平仄　　　仄平　平仄
在凄暗的灯上，在平静的水上，
　平仄　平　　　平仄　仄

对排比句的平仄运用前面已经提到过，这里我们看见诗人把平仄节奏应用于排比句的意象群中。"燃"与"绘"、"破旧"与"颓垣"、"撕碎"与"压干"平仄互对，构成节奏变化；而"烟卷""笔杆"两个意象以仄声结尾，与下面三个以平声结尾的"粉盒""木莓""酒瓶"相对，形成先抑后扬的节奏，之后的"诗稿""花片"都以仄声结尾，未形成变化，于是平声的"灯"对上仄声的“水”，如同乐曲小节最后一个重音符，将这一段的节奏画上一个句点。在这种节奏的伴奏之下，我们发现，每当乐曲发生变化的一刹那就会出现一个新的意象，于是每个意象都被突出呈现出来，而全部意象又形成一个节奏和谐的、严密的整体。这样的例子很多，不一一列举。

在戴望舒的诗歌中，跨行是一种很常见的句式。跨行既是一种调节诗歌节奏的手段，也是一种可以用来调节意象的方式。比如《印象》：

是飘落深谷去的
幽微的铃声吧，
是航到烟水去的
小小的渔船吧，
如果是青色的真珠，
它已堕到古井的暗水里。

我们看到这里跨行的作用是双重的：它先是造成了一种相对平衡的句式，使得诗歌富于节奏感，同时让每次大的顿歇——句与句之间的空隙——都结束于一个意象（语助词忽略）：“深谷”“铃声”“烟水”“渔船”，从而给读者留下了对这些意象展开联想的充分时间和空间，有力地突出了这些意象本身。比如《对于天的怀乡病》：

怀乡病，怀乡病，
这或许是一切
有一张有些忧郁的脸，
一颗悲哀的心，
而且老是缄默着，
还抽着一枝烟斗的
人们的生涯吧

在第二个跨句中的“烟斗”被强调出来，和“忧郁的脸”“悲哀的心”一起成为一组更为鲜明的意象群。

第二，意象化的节奏。所谓意象化的节奏，就是说节奏本身的特点十分独特鲜明，本身就会使人联想起某种意象，而这种意象正是在诗歌中所要描述的或是已经描述出来的，从而有力地烘托意象、表达诗情。为了达到这种艺术效果，戴诗中常见的手法有拟人、拟声和拟境等等。

在《我底记忆》中，诗人用拟人的手法将“我底记忆”描绘成一个“忠实于我的”“老朋友”，它的特点是“胆小”、害怕“喧嚣”，常用“和谐”的“没有气力”的声音讲着“古旧”的“同样的故事”，而且这种“拜访”是“没有一定”的和“永远不肯休止的”。为了恰切地描绘出这个“老朋友”的意象，我们看到诗人采用了一种完全口语化的节奏，全诗除了第二节，每行诗句皆以“上”字（最后一句以“样”字）结尾，造成押韵效果之外，其余诗节都没有押韵，句子长短不一没有规律性，而且大胆地采用大量的日常口语化虚词如“的”“了”放在句子结尾，使得整首诗的节奏呈现出明显的散文化、口语化，然而我们又分明可以感受到这种自由化节奏的内在张力——这些诗句本身就好像是“记忆”这位“老朋友”在我们耳边闲散随意地窃窃私语，它使我们处处可以感受到“记忆”这位“老朋友”的种种特征。这样的节奏因具备一定的意象性而体现出独特的“风姿”，就像卞之琳指出的那样：“在亲切的日常说话调子里舒卷自如，锐敏、精确，而又不失它的风姿，有节制的潇洒和有功力的淳朴。”①

“拟声”是戴诗中另外一种将节奏意象化的手法。最典型的是这首《秋夜思》：

谁家动刀尺？
心也需要秋衣。

听鲛人的召唤，
听木叶的呼息！
风从每一条脉络进来，
窃听心的枯裂之音。

诗人云：心即是琴。
谁听过那古旧的阳春白雪？
为真知的死者的慰藉，
有人已将它悬在树梢，
为天籁之凭托——
但曾一度谛听的飘逝之音。

而断裂的吴丝蜀桐，
仅使人从弦柱间思忆华年。

这首诗从秋天裁剪秋衣的刀尺之音写起，联想到与“秋”这个中心意

---

① 卞之琳：《戴望舒诗集·序》，成都：四川人民出版社1981年版。

象有关的各种声音意象，并将人声、天籁与心声巧妙地交织在一起，如同一部悲凉幽婉的“秋声交响乐”。在这首诗中，我们发现韵母为“i ”和“ie”的语词出现的频率相当高，韵母是“i”的有“尺”、“衣”、“息”、“之”(两次)、“诗”、“即”、“是”、“知”、“死”、“已”、“一”、“谛”、“逝”、“丝”、“使”、“思”、“忆”；韵母是“ie”的有“也”、“叶”、“窃”、“裂”(两次)、“藉”。而声母是“s”、“sh”或“x”的(去除韵母是“i”和“ie”的)有“谁”(两次)、“心”(三次)、“需”、“雪”、“悬”、“梢”、“蜀”和“弦”。在这样大量具有拟声效果的语词的巧妙无痕的堆砌组合中，我们似乎能够不停地听到丝帛的撕裂声、秋风的窸窣声、丝弦拨弄的铮铮声、木叶坠落的簌簌声……而诗中的各种意象也在这种拟声化的节奏中一一呈现。

戴诗中还有一种将节奏意象化的手法是“拟境”。所谓“拟境”，就是指诗句的节奏会让人联想到某种情境，从而鲜活地衬托出意象。比较典型的有《白蝴蝶》和《微笑》。我们先来看《白蝴蝶》：

给什么智慧给我，
小小的白蝴蝶，
翻开了空白之页，
合上了空白之页？

翻开的书页：
寂寞；
合上的书页：
寂寞。

此诗短小精巧，却意味深长。我们不去分析它的象征艺术，只看第二节的四句，读的时候总会觉得翅膀一张一合的白蝴蝶就在目前——其原因就是这四句诗的顿节奏——长/短/长/短——就造成了这种一张一合的动感。而且这四句诗基本上是两次重复，只是第一句的“翻开”在第三句里换成了“合上”，于是我们更进一步体会到白蝴蝶一张一合动作的不停延续，如同电影镜头一样的鲜活灵动。《微笑》也有异曲同工之妙。我们看第一节：

轻岚从远山飘开，
水蜘蛛在静水上徘徊；
说吧：无限意，无限意。

前面两句以远山上飘开的轻岚和在水上徘徊的水蜘蛛来描绘微笑之"微"的轻幽微眇的意境。第三句乍读之下有些令人不解:谁在说?说什么?"无限"什么"意"?然而我们不必求其甚解,也许那是"微笑"的含义,也许那是大自然的启示,但不管怎样,当我们读到这句诗的时候,我们眼前会出现一道又一道极为细腻圆滑的波纹,如薄雾如涟漪一圈圈荡漾开去,就像微笑的曲线一样……这就是"无限意,无限意"这一复沓形式和其内涵的"平仄仄,平仄仄"的平仄节奏造成的节奏美感。云纹和水波,都是一种不停的复沓,也都是越来越轻,越来越浅,平声悠长而仄声短促,正好可以体现这种意境。诗人用笔,看似神来随意,但是推敲起来却都有内在的艺术技巧在里面。

除了这两大类关系之外,值得一提的还有前面谈及的"通感"。"通感"是戴望舒长期坚持的一种诗歌理念。正是这种诗歌理念使得戴望舒一次又一次突破自己在诗歌节奏和意象上所作的单向的求索,而最终将二者完美地融合在一起。所谓通感,并不单单是指文学文本中感觉体验的"挪移",更是指在艺术构思中打破感官之间的界线,力图赋予文字鲜活的生命力,从而达到一种全方位的审美效果。于是我们在戴望舒的诗歌中常常看到,节奏就是意象,意象就是节奏,这二者之间不再有明确界线。比如在《秋蝇》中,我们看到这样的句子:

木叶的红色,
木叶的黄色,
木叶的土灰色:
窗外的下午!

又如:

木叶,木叶,木叶,
无边木叶萧萧下。

这里"木叶"既是意象,又是节奏单位,意象的重复构成节奏特点——无数的木叶在窸窸窣窣地落下,甚至"木叶"这个词语的发音的不断重复也令人联想起叶落的声音;这种节奏特点又构成新的意象——由单个的木叶演化成无边的落木,并发出连绵不断的细微的声响。这和后面的诗句"迢遥的声音,古旧的,大伽蓝的钟磬?天末的风?"相互呼应,渲染出一种迷离恍惚的意境。又比如《灯》中末两句:"这里,一滴一滴地,寂静坠落,坠落,坠落。""坠落"是一个动作意象,同时也是一个节奏单位,"坠落,坠落,坠落"的复沓式节奏令人联想起液体不停坠落的声音。我们把戴望舒诗作中的这种“通感”手法比喻成掌控节奏和意象的“万能方向盘”亦无不可。在《我用残损的手掌》里，戴望舒调动起了全部感官的力量：“繁花如锦障”——视觉，“奇异的芬芳”——嗅觉，“这长白山的雪峰冷到彻骨，这黄河的水夹泥沙在指间滑出”——触觉，“南海没有鱼船的苦水”——味觉，还赋予了没有感觉的荔枝花“寂寞地憔悴”的拟人化“感觉”……当然，这所有的感觉都被统一在一种和谐的“听觉”效果之中——这首诗是半格律体，前面八句是四句押一韵，后面的诗句则是两句押一韵，于是所有的激发各种感官能动性的意象都被溶解于一种既富于变化又和谐统一的节奏之中。在这里，意象“指引”节奏，节奏“完成”意象，诗人确乎已经抵达了那个“香味、颜色和声音都相互呼应”的艺术境界。加之以诗歌本身蕴含的宏阔而内敛的激情，这首诗感动了无数的读者，更有学者做出如此高度评价：“一位身陷囹圄的现代诗人超人的艺术才华和炎黄子孙炽热的爱国感情一旦结合，竟会迸放出如此美丽而永不凋落的奇葩！”①

戴望舒并不是一个高产的诗人，然而他以为数不多的作品代表了中国新诗一个重要的艺术流派，这与他个人“超人的艺术才华”有关，更重要的是与他在那个新诗发展的特定阶段，在古典诗歌传统和西方诗歌艺术潮流之间，在诗歌的节奏和意象之间所做出的敏感、双向的努力有关。借用杜衡的话：戴望舒的诗歌“铺张而不虚伪，华美而有法度，倒的确走的诗歌的正路”②。正因为如此，戴望舒诗歌的独特魅力使他完成了一种寻觅新诗在脱去了“脚镣”之后的“舞姿”“舞韵”的历史使命，创造出了一种不可替代的“现代诗美”。

---

① 孙玉石：《戴望舒名作欣赏》，北京：中国和平出版社 2002 年版，第 316 页。

② 杜衡：《〈望舒草〉序》，见《望舒草》，北京：人民文学出版社 2000 年版。

第六章

体物连类：《十支水莲》的时空雕镂

看到一筐土豆
心里跟撞上鬼魂一样高兴。
高兴成了
一个头脑发热的东北人
我要紧盯着它们的五官
把发生过的事情找出来。

——王小妮

在30余年的创作中，王小妮的诗歌有着两大突出而一贯的特征：自然意象的高频出现，形式上的缜密的自然。前者表现为季候（气候）类意象和植物意象交织而成的“感时体物”的抒情结构，后者表现为“求其自然”的语言形式。从当下和日常出发，对“抒情传统”与“自然书写”进行创造性改写与化用，使王小妮能够在“潮流之外”“文脉之中”写下《十支水莲》这样具有“后东方式的现代主义”特色的经典作品。

—— 第一节 ——
抒情与自然：无关潮流

自20世纪80年代至今，诗人王小妮笔耕不辍，力作迭出，是当代诗坛上一棵无言自茂而“下自成蹊”的常青树。有趣的是，对她的诗歌，评论界有着两类貌似矛盾的观点：一是认为她长久地独立于潮流之外，以精确的语言、锐利的意象、朴素的伦理价值观为个人坚实底色，用“一只鸟的细目光”[①]的独特视角，“身处边缘”而“越写越好”[②]；二是从不同的时期、不同的角度来为她的诗歌文本进行“潮流化趋向”的解读，即朦胧诗派、女性诗歌、个人化写作、日常写作、口语化写作等等。也就是说，尽管王小妮的诗歌写作有其“身处边缘”“不趋潮流”的一面，但同时也多少与时代背景、文学潮流保持了一定的呼应。那么，究竟是什么力量，使她既能够敏感地汲取潮流之汛，又能够坚韧地溯洄于潮流之中，长成一束“一心把根盘紧”的、嶷然自足又可以不断完形的诗艺“水莲”？

这其实是一个关于文化背景、文学传统、文学潮流与写作个体之间关系的问题。也是一个诗人个体审美“内在的力量”的问题。王小妮说过：“真正的文学永远不可能是时尚”[③]，而当下的诗人们也必须更加强大，因为他们必须面对“越来越芜杂的商业生活。同时还要面对更加潜在、久远、庞大的传统”，并“迎接、消化这传统”。[④] 这当然也是一个不独属于王小妮和这个时代的问题。

叶维廉曾敏锐地指出，中国现代诗人是如何面对并努力来处理这类问题的。他用了一个精妙的譬喻来说明这个问题的来处（产生的文化根源）和去处（解决的可能途径），那就是——“四四方方的生活，曲曲折折的自然”[⑤]。

所谓“四四方方的生活”，指的是西方“垄断资本主义中极端工业化和城市化所带来的整体生命缩减和变形”，“在极端急遽工业化的社会

---

① 陈仲义：《在转弯里滑翔的，是一只鸟的细目光——王小妮诗歌论》，载《海南师范学院学报(社会科学版)》2006年第5期。

② 谢有顺、王小妮：《半个我正在疼痛》，北京：华艺出版社2005年版。

③ 王小妮：《随手》，北京：北京大学出版社2014年版，第69页。

④ 王小妮：《随手》，北京：北京大学出版社2014年版，第43页。

⑤ 叶维廉：《叶维廉文集》第五卷，合肥：安徽教育出版社2004年版，第1页。

里,我们看到不断分化支离、物化、固化的过程……”在这种情况下,现代主义诗人的写作就自觉承担这样的使命:“写作是一种知识追索的行程,通过犹存的‘感觉’,企图重新获取‘可感’的存在,这样也许就可以把被工业神权和商业至上主义砸碎的文化复活”,来抗拒“作为‘自然体’的‘我’的存在性和语言的存真性都受到重大的威胁”①的被动局面。如何重获作为“自然体”的“我”的“自然”?在西方现代主义文学中,它体现为“曲曲折折”的形式和内容的指标:非分析、非演绎的表达形式;空间的时间化和时间的空间化;灵活的语法和意义的不确定性;以物观物;自我的隐散,等等。② 总体上体现为一种“Lyric”式的剔除“叙事”和“说明”而聚焦于令人凝神的“瞬间”③的“抒情的艺术”④。而不管是“曲曲折折的自然”还是“抒情的艺术”,又恰恰都是中国古典诗歌语言和美学天然禀赋的最为根本、关键的特质。因而在叶维廉看来,中国现代诗人们虽然并不具备西方“垄断资本主义极端工业化和城市化”这样的文化背景,但因有着类似的“文化空虚”处境,也由此受到上述现代主义思潮的“唤醒”,同时深层次地反思五四时期重“说明演绎”的诗学指标,“并企图以中国古典传统的美学来调整西方现代主义的策略,想达成一种新的融合作为现代主义更广义的网络”⑤。概言之,这是一种在“西方潮流”影响下又续接了“传统文脉”的“东方式的现代主义”。

在笔者今天看来,现代诗人这种对西方现代主义策略的“东方式”调整可以用一个有趣的对比来说明。在里尔克的咏物名篇《豹》中,读者看到的是一只在“四四方方”的笼子里盘旋疲倦的动物——豹:

它的目光被那走不完的铁栏杆
缠得这么疲倦,什么也不能收留。
它好像只有千条的铁栏杆,
千条的铁栏后便没有宇宙。

而在中国现代主义诗人那里,盘旋仍在,动物也有,但更多地幻化成了他们更为熟悉的植物山水、风云雨雪,“疲倦”则偏重于体现“郁结”。这“四四方方”的“没有宇宙”的铁笼被诗人们用他们骨子里共有但又各

---

① 叶维廉:《叶维廉文集》第五卷,合肥:安徽教育出版社2004年版,第6页。
② 叶维廉:《叶维廉文集》第五卷,合肥:安徽教育出版社2004年版,第6—7页。
③ 叶维廉:《叶维廉文集》第五卷,合肥:安徽教育出版社2004年版,第225页。
④ 叶维廉:《叶维廉文集》第五卷,合肥:安徽教育出版社2004年版,第87页。
⑤ 叶维廉:《叶维廉文集》第五卷,合肥:安徽教育出版社2004年版,第7页。

具特色的东方基因——抒情与自然——悄无声息地打破了。在20世纪20年代中期象征派诗人李金发的《弃妇》中，它用文白交杂的晦涩语言，化身为那棵“与上帝之灵往返在空谷里”的“草儿”；在20世纪30年代中期现代派诗人卞之琳音律整饬但隐秘的《白螺壳》里，它是“黄色”的“小鸡雏”，“青色”的“小碧梧”，“玫瑰色”的“玫瑰”；在20世纪40年代“中年抒情者”冯至的中文商籁体《我们听着狂风里的暴雨》中，它是向往着“深山的矿苗”的“铜炉”、向往着“江边的陶泥”的瓷具，而在《鼠曲草》中，它是那丛“躲避了一切名称”又“不曾辜负了一个名称”、过着“渺小的生活”又“不辜负高贵和洁白”的“白茸茸的小草”。至少在20世纪40年代，中国现代主义诗人已经各具特色地完成了他们的“东方式的现代主义”的对“抒情与自然”的初次回眸。

不妨随着陈世骧的“中国文学的抒情传统论”的思路，把目光投向更早期的“抒情与自然”，可以更恰切地了解“抒情”与“自然”的含义，以及“抒情与自然”的关系。陈世骧认为：“以字的音乐做组织和内心自白做意旨是抒情诗的两大要素。”[①]具体来说，“关注诗艺中披离纤巧的细项经营，音声意象的召唤能力，如何在主观情感和移情作用感应下，融合成一篇整全的言辞乐章（word-music）”[②]。在此基础之上，“求其自然是中国诗歌准绳中的最高理想”[③]，这个“求其自然”绝不单单是指自然景物、意象的简单呈现，而是“自然与人生的‘高度的’交织交融”[④]。中国诗歌“之所以能在这几个音节的方寸之地内取得如此成就”，正在于抒情与自然的内在结合——“时空浩瀚无际的意象”加诸“个人内心深处的体验”。[⑤]

王小妮曾谈及她作品“潮流之外”的特点：“我的诗有抒情性……同时我又最民间”[⑥]；“写诗，我总希望人们立刻能感到我的原始冲动与情

① 陈世骧：《中国文学的抒情传统：陈世骧古典文学论集》，北京：生活·读书·新知三联书店2015年版，第22页。

② 陈世骧：《中国文学的抒情传统》，北京：生活·读书·新知三联书店2015年版，第8页。

③ 陈世骧：《中国文学的抒情传统》，北京：生活·读书·新知三联书店2015年版，第297页。

④ 陈世骧：《中国文学的抒情传统》，北京：生活·读书·新知三联书店2015年版，第297页。

⑤ 陈世骧：《中国文学的抒情传统》，北京：生活·读书·新知三联书店2015年版，第51页。

⑥ 王小妮：《随手》，北京：北京大学出版社2014年版，第204页。

绪。而这就对诗的形式有许多方面的要求。总的两个字就是‘自然’”[①]。沿着“抒情与自然”的视角,回过头来耙梳一下她跨越30余年的诗歌文本,不难发现两大突出并且一以贯之的特征:自然意象的高频出现,以及形式上的缜密的“自然”。细察之,前者又可以划分为两大类:季候(气候)类意象、植物意象——这两类意象相辅相成,建构了王小妮诗歌独特的“遵四时而叹逝,瞻万物而思纷”的多重诗学时空体系,突破了“个人化写作”“日常化写作”“家庭诗学”“女性诗歌”等“碎片化”框架的束缚;后者则体现在她既有简白利落的口语风格又饱含峭峻丰沛的哲思意蕴,同时又具有一种把精密谨严的诗思结构化于无迹之形的“自然形式感”,这便不是“朦胧诗”“口语化写作”这类标签所能覆盖完全的了。恰恰是这两大突出而一贯的特征,使她能够始终不局限于任何一种阶段性的、类别化的“潮流性标签”,而是能够寂然凝虑、悄焉动容地在汉语言的千古文脉中续写出一束独属于自我的“十支水莲”。

《十支水莲》是王小妮在2003年写下的一组独特的当代“咏物抒情诗”,同时也是能够总结性地代表她上述两大诗歌特征的作品。正如题目所隐藏的密码——“水莲”,这是一个含混的称谓,更准确地应为“荷花”或者“睡莲”这两种不同的水生花卉名称,而诗人选取“水莲”这个称谓,实则是强调“水”与“莲”的两个维度:“水”是“遵四时而叹逝”的“感时”之水,“莲”是“瞻万物而思纷”的“体物”之“莲”,“水”与“莲”在多维时空的交感共鸣、秘响旁通中,折射出诗人内心的深邃世界,以及在“抒情与自然”传统的潜在映照下,一个立足于当下又具有无限开放性的诗艺空间。

下面就以这一文本为核心,衍射相关的其他作品,从“抒情与自然”的“传统之续”“传统之变”“传统之化”三个方面做更详细的阐释。

—— 第二节 ——
传统之续:感时兴寄

宗白华曾指出作为中国文学自觉时期的魏晋之“自然”与“深情”的

---

① 王小妮:《随手》,北京:北京大学出版社2014年版,第3页。

关系:“晋人向外发现了自然,向内发现了自己的深情。”①,不妨借用古典诗学语汇来进一步解释这句话——“自然”可以“兴”,深情乃是“寄”。初唐陈子昂的“兴寄”观最有代表性,强调的是诗歌除了技巧文采,更应该有深情、有风骨,寄怀深远,有对现实的深度关注和诗人自身的伦理价值建构。对于古人来说,自然,无疑是最好的寄怀之媒介、风骨启迪者、深情代言人。而在以自然托兴寄的意象淬炼之中,“感时”——对时序或时势的感慨——是其中浓墨重彩的一笔。

异曲同工地,对于“自然”在“水泥丛林”中的隐匿和消逝,王小妮是身怀焦虑的。“山水”不再,“天地”萎缩——“实物的消失,想象的枯萎,我们周围的孩子被三十二开的教科书和十四英寸的电脑屏幕所限定。在优美的星空日渐消失以后,该怎么样向孩子们描述遥远虚无的银河?”②在都市的“有限自然”中,王小妮的目光执着地流连在黏合了天与地的“时气”之间。纵观王小妮的诗歌文本,“感时”意象可谓无处不在。大量的季候、气候性意象密布在她几乎所有的诗篇之中。季候性意象如四季——春、夏、秋、冬,以及各种时令(节气、月份、晨、午、昏、夜)等;气候性意象有日(光)、月(影)、风(气)、雨(水、云、雾、雪)等。在这其中,王小妮对“光”意象有着特别的执着追寻——对于各种日光、月光的描绘,对于各种“光”与“影”关系的刻画,以至于诗人在2015年专门编选了一本集子《月光》③,收选了自己2003年至2015年期间的93首“月光”之诗。徐敬亚的话可以为她的“光”之情结做个注解:“她靠纺织着那些光,额外地活着。她自造了帝王的骄傲,用来默默抵御着漆黑无边的庸碌和盲昧。”④

这里并不预备具体探讨王小妮的“光”意象,而是把它作为气候性意象中的一种,放归在她“感时”意象的大类之中,说明“感时”意象在她诗歌世界中所占的分量。不妨仅从春、夏、秋、冬四季这个最粗放的视角来做个佐证:

写春天的《最软的季节》:

在五月里

---

① 宗白华:《论世说新语和晋人的美》,见《宗白华全集》第二卷,合肥:安徽教育出版社1994年版,第273页。

② 王小妮:《随手》,北京:北京大学出版社2014年版,第60页。

③ 王小妮:《月光》,北京:东方出版社2016年版。

④ 徐敬亚:《王小妮的光晕》,载《诗探索》1997年第2期。

我看的最远
记忆像新虫
鼓动着向南的山坡
写夏天的《夏天的姿势》：
左手和右手倒剪着
走过这地球上
最吵的季节
写秋天刻骨铭心的《爱情》：
那个冷秋天啊
你的手
不能浸在冷水里
写冬天的各种狂风暴雪：
我写诗的时候
就看见人们站在冬夜
——《摇滚歌手在十二月倒下》
千万个雪片拥挤着降落
这世界
再也没办法藏身了
——《我看见大风雪》
膝盖以下
我摸到了四季的雪
寒冷把你藏在其中
——《你站在那个冷地方》
你说
灰蒙蒙的
那不是我们的雪
——《那不是我们的雪》
全城拥满了羽绒的衣服
没有一根羽毛还有力气飞翔
只有我
单薄地鼓着冷风
——《我的退却》
还有对四季的总结：

我看见了白天也是黑夜
春天正是秋天
四季
它有眼无珠
——《我亲眼看见》

在对四季的描写中，王小妮下笔最勤、用情最深的意象是“冬”以及与之相关的气候性意象“风”“雪”。这两类意象跟“光意象”一样，于她无疑有着特殊的意义。她曾做过这样的自我剖白：

我终于明白了我是不折不扣的北人。这其实很重要。对于风雪寒冷、空旷自由的迷恋是血液中早就隐伏的潜意识，在那中间我才能得到最后的安全感。①

对“风雪寒冷”的迷恋与对“空旷自由”的追求一样，是王小妮骨子里的基因，是一种“潜意识”。所以“风雪寒冷”由外部固定（或大体固定）的时——冬，外部变化的气——雪，转化而为诗人——我——的内在的隐秘心音：空旷、自由，而那“最后的安全感”结合具体的诗歌语境可以理解为一种朴素的、澄澈的伦理价值观。因而她对极端的冷和干净的雪才格外心念系之、笔墨萦之；反之，对“不是我们的”、“灰蒙蒙”的雪、“有眼无珠”的“四季”、无力飞翔的“羽绒”则施以锐利干脆的讽刺与批判。这也是徐敬亚所说的“额外地活着”、“默默抵御着漆黑无边的庸碌和盲昧”之“光”的内在机理。

而“冬／雪／人”这一“时／气／心”的时间框架也构成了王小妮诗歌的基本的“多维时间模式”、独特的“感时”肌理、“兴寄”的开启枢机。在这样的“多维时间模式”中，写作获得了开放性，具有了从日常、个体的角度向历史纵深处、人性延展处追寻的力量。这样的写作无论怎样的“个人化”“日常化”“家庭化”，都注定了不是一种“轻”与“小”的写作，它始终不曾把视线从沉甸甸的社会现实凝视中轻松地抽离，从严肃的伦理建构与批判中做含混的游移。

在《十支水莲》中，“水莲”之“水”，正是这样的一种“感时”之水、“多维”之水。它同时作为“莲”赖以生存的背景（时）、无法逃脱的命运（气），以及“水莲”之畔的“我”内心的起伏波澜（心），“水”无声流淌又四处弥散，精细地雕镂了《十支水莲》的时间结构和抒情密钥。

---

① 王小妮：《世界何以辽阔》，天津：百花文艺出版社2001年版，第6页。

《十支水莲》组诗一共 6 节:《不平静的日子》《花想要的自由》《水银之母》《谁像傻子一样唱歌》《我喜欢不鲜艳》《水莲为什么来到人间》。主角似乎是“莲”,但诗人给予了“水”几乎同等分量的书写。处于中间位段的第 3 小节《水银之母》是理解整首组诗的关键,而这一节的每一个字都在直面写“水”:

洒在花上的水
比水自己更光滑
谁也得不到的珍宝散落在地
亮晶晶的活物滚动
意外中我发现了水银之母

“洒在花上的水”与“水”析分成两个概念——具体的(也是当下的),和抽象的(也是永恒的)。而“水银之母”便是对这一对概念的进一步揭示:“水”有“许多层明暗”——它是“花的性命”,也是“毒药”;“买花人”因此每天“做着有多种价值的事情”。再进一步,不同层面的水都流进了历史之“河”和诗人之“心”:“走遍河堤之东 / 没见过歌手日夜唱颂着的美人 / 河水不忍向伤心处流 / 心里却变得这么沉这么满。”在历史长河的抽象的、超验的时间之流里,我在具体的“洒花之水”的这一刻当下,在“出门买花”的日常经验中,放射性地承担起作为多种价值事件之行为主体的“这么沉这么满”的内心体验。这一节对“水”的描述正是“时 / 气 / 心”的多维时间模式的一个集约式展示。这种多维时间结构在此凝结并发散——既承接和深化了前两节“水呀水都等在哪儿”(《不平静的日子》)的疑问、“水不肯流”(《花想要的自由》)的质询,完成对“水”与“莲”多重“时与物”关系的辨析。同时开启后面三节“我与水莲”在静观互照之中层层递进的抒情演绎:“谁升到流水之上”(《谁像傻子一样唱歌》)之“一心把根盘紧”的“安静”,“我去水上取十只暗紫的水莲”(《我喜欢不鲜艳》)之“不鲜艳”“不存在”的“存在”,“水动而花开”(《水莲为什么来到人间》)之“花遇秉烛人”的“沉得住气”。

正因为有着这种在多维时间映照下的多重深邃体验的表达,《十支水莲》能够在“不绝的水”的层叠流动中绽放出“莲”的“短促”与“存在”,才有了近似于陈子昂《登幽州台歌》“前不见古人,后不见来者。念天地之悠悠,独怆然而涕下”的“感时兴寄”之遥邈深情,“个人化历史想象力”[①]之峻拔力度。

第三节
传统之变:体物连类

早在刘勰的《文心雕龙》里,“情”“物”“辞”与“自然”四者之间的关系就得以被反复提出、多方演绎。《明诗》篇:“感物吟志,莫非自然”,是说情与物之间的契感关系要“自然而然”。《诠赋》篇:“铺采摛文,体物写志”。《物色》篇:“诗人感物,联类不穷”。这是说“体物”的具体技巧为“铺采”(铺陈辞采)、“联类”(联想类比)等等。尽管这些概念都有着古典文学的具体语境,但不妨从中提取几个“体物”关键词——铺采、联类、自然,在更广袤的词义(剔除古典文学中象征、隐喻的局限和音韵、格律的束缚)中置之于现代汉语语境,也完全可以开放性地理解为这样一种诗歌理想:如何在对“物”的逼近凝视、立体透视与抽象俯视中,攫取到一种复杂而又新鲜的艺术经验;而这种“攫取新经验”的隐秘途径、圆融图景,其臻境也在于手法和风格上的“自然而然”。

王小妮对此深有感触:“诗人以外的人们,已经学会了科学、客观,又踏踏实实地看世界。他们都自称是富有经验的人。而诗意,就是绕过那些经验。诗人能看见的世界,绝不可能和以前任何人所形容的重合。”[②]为达到这一点,诗人选择的途径是:“抵抗不自然的‘诗意’气味。”[③]更进一步,这种“自然的诗意”是和“本能的感知”联系在一起的:“我常常想怎样单单纯纯地‘做回一个人’,越简单越好,越本色越好。我们要恢复的,是人这种动物的感知。”[④]

而“恢复人这种动物的感知”,使得王小妮在自然之“物”的描写中,对日常生活中的植物书写以及书写方式的自然有着特别的青睐。在王小妮的诗集中,如同“感时”意象“普照四时”,“植物”意象也是“葱茏遍

① 陈超:《个人化历史想象力的生成》,北京:北京大学出版社 2014 年版,第 17 页。
② 王小妮:《随手》,北京:北京大学出版社 2014 年版,第 63 页。
③ 王小妮:《随手》,北京:北京大学出版社 2014 年版,第 63 页。
④ 王小妮:《随手》,北京:北京大学出版社 2014 年版,第 109 页。

地”:它们并非什么奇花异草、琼林玉树,而多是来自日常生活中最常见的一些花草树木、禾麦秫黍、瓜果菜蔬,并且被赋予新鲜的、“最大容量”[①]的诗意。这种王小妮式的变异“体物”常常表现为以下两个层面。

第一,“铺采”静观与“物”之瞬间。“诗意只发生在瞬间”[②],诗人往往单取叙事化的语言、技法而不取叙事化的结构,抽取植物在现代化时空网络中日常“存在”方式的一个突兀断点,使之剥离出来并施以放大或显微似的“静观凝视”,提炼出一种近于本能又“溢出”本能的诗意:

看到一筐土豆
心里跟撞上鬼魂一样高兴。
高兴成了
一个头脑发热的东北人
我要紧盯着它们的五官
把发生过的事情找出来。
——《看到土豆》

一张横竖交错的桃木椅子
我藏在木条之内
心思走动。
世界应该突然大降尘土
我宁愿退回到
那桃木的种子之核。
——《一块布的背叛》

春天跟指甲那么短
而我再也不用做你的树
一季一季去演出。
——《最软的季节》

谁和稻子在一起
谁就是稻子的波浪。
——《到乡下去》

桌上有芒果
放射着一团黄色。

---

① 王小妮:《随手》,北京:北京大学出版社 2014 年版,第 3 页。
② 王小妮:《随手》,北京:北京大学出版社 2014 年版,第 265 页。

我打开今天的窗。
房子拥塞着
香到心里去的芒果。
——《很纵深的房子》
植物的声音
在桌上光滑地演奏。
……它苍白至死
我第一次听到植物的呼救。
——《许许多多的梨子》

在这些诗句中，有着“五官”和“故事”的土豆，从工具性的“椅子”分蘖为“木条”再“退回到桃木的种子之核”的桃树，不再“演出”的“树”，反客为主以人为“波浪”的“稻子”，照亮“纵深的房子”的“芒果”，发出呼救的“梨子”……都是作为从日常生活中“巨大的履带之外的游离者”[①]的植物意象，只和诗人“自己的感受在一起的”植物意象，呈现出“变态瞬间”的植物意象。

《十支水莲》中的水莲意象，便是由一连串的“变态瞬间”交织而成的：

猜不出它为什么对水发笑。
站在液体里睡觉的水莲。
跑出梦境窥视人间的水莲。
兴奋的把玻璃瓶涨的发紫的水莲。
——《不平静的日子》
我看见植物的苦苦挣扎
从茎到花的努力
一出水就不再是它了
我的屋子里将满是奇异的飞禽。
——《花想要的自由》
今天无辜的只有水莲
翡翠落过头顶又淋湿了地。
阴影露出了难看的脸。
——《水银之母》

---

① 王小妮：《随手》，北京：北京大学出版社 2014 年版，第 7 页。

就在这个日光微弱的下午
紫花把黄蕊吐出来。
……我和我以外
植物一心把根盘紧
现在安静比什么都重要。
——《谁像傻子一样唱歌》
水啊水
那张光滑的脸
我去水上取十支暗紫的水莲。
——《我喜欢不鲜艳》
天光将灭
它就要闭上紫色的眼睛
这将是我将要见到最后的颜色。
现在它们默默守在窗口
它生的太好了
晚上终于找到了秉烛人。
——《水莲为什么来到人间》

诗人对水莲的“兴奋”“挣扎”“无辜”“安静”“不鲜艳”“沉得住气”这一连串的6个“变态瞬间”的静观凝视，可分可合、既断又连——既剥离了这些植物意象曾经拥有过的那些古典或革命的“传统象征性意蕴”，又解放了这些植物意象在科技理性映照下的工具符号性所指，但又非还原到前现代文明下的“植物本能”，而恰恰是把所有这些因素都联系在一起的一个“反思交集点”，一个具有动态性和过程性的、“最大容量”的“变态瞬间”。

第二，“连类移情”与“三度空间”。诗抓住瞬间又绝不能止于瞬间。每一个瞬间其实都代表着一种时空交错，王小妮笔下“变态瞬间”自带的动态性与过程性的目的，实则是通过“连类”和“移情”的手法，呈现出“物”的多重空间属性，从而来赋予诗句“结实”的意蕴。

不妨借用一下学者冯雷“三度空间”概念：所谓的三度空间，是指生物空间（生物个体以身体为中心形成的前后上下左右的空间）、社会空间（以种群方式在社会中发生的空间关系）、文化空间（对前二者符号化的、反思的空间)。[①] 一般情况下,人作为灵长类高级动物总是实时性地同处于这三度空间之中而"习以麻木",而动植物往往只能拥有前面两种空间形式。但在王小妮这里,恰恰让生物等级最低的植物通过"连类"和"移情"的方式在三度空间往来穿梭,从而带来一种唤醒"庐山中人"的反讽效果。

"引譬连类",就是用联想类比的方式来譬喻并引发感兴。而刘勰《物色》篇所说的"联类无穷"(这里的"联类"通"连类")是指"物色"之类序与情辞之契合二者回旋叠映,起伏无穷。按照郑毓瑜的解释,"引譬连类"的根本,在于"情"之"比兴对应"与"物"之"类聚辐辏"上的交互编织,它同时涉及身心感应、知识体系和文化环境、当时的书写模式等几个层次。[②] 因此,"连类"也可表现为"越界"乃至"跨类",拥有对时间和空间局限的双重"免疫",成为千百年来在身心、知识、文化之间不断重塑、延伸"感时观物"的视域和技法。这种视域和技法不注重逻辑推求,其重点在"身体与世界对谈出整体知觉"[③]。而在"越界"和"跨类"的比喻手法之中,"移情"无疑是其中很重要的一种。

王小妮曾言:"角度的旋转,是诗人作为旁观者反复打量世界的一个过程。角度的变幻,使诗人成了这个世界最好的洞察者和代言人。"[④]结合具体文本,这个"角度的旋转"与"角度的变幻"可以理解为诗人用"连类"(或跨类)、"移情"(或移觉)的方式对"情与物"在三度空间——生物空间(身心本能)、社会空间(知识体系)、文化空间(符号与反思)的穿梭透视、俯瞰反思。

以《十支水莲》第一首的前三小节为例:"猜不出它为什么对水发笑。"这是从"买花人"(生物空间的、个体的层面)视角"静观打量"一个"变态瞬间"的角度,因为人面对鲜花的淡淡喜悦移情到了"水莲"——"它"在"对水发笑"。"站在液体里睡觉的水莲/跑出梦境窥视人间的水莲/兴奋的把玻璃瓶涨的发紫的水莲。"从移情而移觉,视角变成了"水莲"从个体生物空间"窥视"人间——社会空间——的角度。而装着兴奋如婴儿般的水莲的玻璃瓶,又不知不觉被"类比联想"成医学院的"试管"或"玻璃罐",那么"水莲"就很可能成为试管和玻璃罐液体中贮存的"样

① 冯雷:《理解空间》,北京:中央编译出版社 2017 年版,第 130—136 页。
② 郑毓瑜:《引譬连类》,北京:生活·读书·新知三联书店 2017 年版,第 13—15 页。
③ 郑毓瑜:《引譬连类》,北京:生活·读书·新知三联书店 2017 年版,第 8 页。
④ 王小妮:《随手》,北京:北京大学出版社 2014 年版,第 37 页。

本”或“试验品”;进而又由“医学院”“连类”到了“外科病房”,“水莲”又有可能成为一束病床前的慰问品。“是谁的幸运/这十枝花没被带去医学院/内科病房空空荡荡。”所以这里又转成了旁观者(知识者)漠然冷观的角度,这个旁观者同时打量着“买花人”“水莲”和“可能的病人”,因为“水莲”的另一种命运无论在医学院还是病房都是在社会空间内被知识化的工具,那么,这究竟是“谁的幸运?”买花人,水莲,还是没有生病的人?“没理由跟过来的水莲”,又转成买花人(知识者层面)的角度,我不为具体的目的,没来由地买了一束花。“只为我一个人/发出陈年绣线的暗香”,这是买花人(含混的文化认同者层面)审美的角度,移情加移觉,“陈年绣线的暗香”,是因为水莲这种植物带来的审美气息,有着传统文化背景的氤氲,但又是属于当下的“我一个人”的真切感受,不是一种混沌的“集体记忆”。而“陈年绣线”又由具体之“物”的实线“跨类”到抽象之“情”的虚线,所以接下来很自然的一个譬喻——究竟“什么该和什么缝在一起?”又彻底回到买花人(冷静的文化反思者与诗人层面)俯瞰审视、反思批判的角度。这里我们看到“买花人”借由与“水莲”之间的“连类移情”,展现出多重视角与身份——生物空间的日常生活个体的身份,社会空间的“知识者”的身份,文化空间的认同者与“反思者”(诗人)的身份。呼应前面对“水”的多维时间模式的诠释,“买花人”作为一个“多种价值”实践者的矛盾体和反思体的形象鲜活生动,呼之欲出。

这三小节是这第一首诗的前半部分,也可以说是整部组诗六首诗的总开头,却在数行之间就能不动声色地“连类移情”、“跨类”穿梭于“三度空间”,情与物之间的触类兴发、秘响旁通造成的深邃诗境和精警诗意,用寻常语却藏玲珑心,已然令读者目不暇接、心惊意驰。而全诗,大抵“结实”如此,“自然”如此。

—— 第四节 ——
传统之化:交感共鸣

如上所述,诗人的笔触在“感时”的多维时间与“体物”的三度空间之间细密交织,造成精微隐秘的艺术结构,即使用浅白如话的语言,亦能指向情绪的跌宕起伏、意境的绵缗无际。而其中浩渺自然与坚执自我的整合，在无涯的时间之内攫取一点刹那的“物我相融之空”，通过植物与人同一化的瞬间展开绽放与凋零、缺欠与完形的辩证统一，都促成了王小妮的诗歌从日常出发而不止于“说明演绎”，从口语写出而不止于“叙事及物”，始终能从最朴素的“当下与日常”找到抒情、寄托遥深的语言燃点——一种极为自然的但又仿佛时时刻刻能从现实时空中逸出并燃爆开来的语言力量。

这力量的形成，除了上面所说对“时”与“物”以及“时与物”之间关系的精描细刻，还在于诗人对语言形式的独特驾驭——“总的两个字就是‘自然’”①。

在王小妮这里，语言的“自然”是指一种在口语中暗藏了独特的结构和节奏的语言。这种独特的结构与节奏，可以用“时间与律动”的关系来说明。“时间”是叙事性、不可逆也不可预知的，它主导着诗歌的内在情绪结构；“律动”是抒情性也是重复性、可以感知的，它体现在诗歌的外在音乐性节奏。王小妮的诗歌中的“时间”前面已经论及，往往是取诸眼前又兴发无际的“多维时间模式”，并且在多维的时间模式内又镶嵌进情与物的“三度空间”，二者编织了诗歌的内在情绪结构。而王小妮的诗歌中外在音乐性的“律动”是独出机杼的：它基本上是用“静止”——“句号”——的形式来完成“律动”这一使命的。

王小妮诗歌的语言形式有两个很明显的特征：标点中对句号的偏好；节奏中对押韵的排斥。她对句号“情有独钟”：除了分行之外，极少用到逗号和其他标点，“我喜欢句号。在句号后面出现的一定是下一个句子，是必须的递进。”在她看来，分行只是自然的停顿，“而句号相当于一个完整句子的标识”②。这是诗人的一种语言策略，她排斥了押韵的“油腻腻的感觉”，而取“多维时间模式”主导的诗歌内在节奏的自然流淌，也可以说是暗示的节奏；那么句号带来的“停顿”“凸显”与“递进”就是明示的节奏，并用这种策略促成诗歌外在节奏“有形”而自然的“律动”，以及内在情绪起伏延展的“完形”。

而王小妮诗歌中的句号，多半使用在描绘“时与物”交集瞬间的那些具有“递进”性质的诗行中，“停顿”则是为了更好地“凸显”与“明示”。而

① 王小妮：《随手》，北京：北京大学出版社 2014 年版，第 3 页。

② 王小妮：《随手》，北京：北京大学出版社 2014 年版，第 268 页。

除此之外的诗行与段落,往往是为此做铺垫或转折的。这样的例子在她的诗集里俯拾即是:

森林巨大的窝漩
把人连夜磨成一盏长明灯。
——《在安静里失眠》

到冬天的西北去
抱一棵白菜
立刻就能飞了。
——《抱大白菜的人仰倒了》

我看见我行走在洪水之底
满世界都成熟着葵花
黑实的种子。
——《会见一个没有了眼睛的歌手·歌唱》

在酱色的农民身后
我低俯着拍一只长圆西瓜
背上微黄
那是我以外弧形的落日。
——《白纸的内部》

这些句号用在“时与物”交集瞬间的诗行,形成明显的句群、意群段落,而这些句群、意群段落又如上文所述是具有动态性与过程性的一个断片的凸显,在全诗中承担某种递进和聚焦的功能。这样就造成了诗歌的内在节奏与外在节奏之间的应和交响:一连串不连贯的时空画面的辐辏和一种不对称的、不完满的“残缺感”节奏。如果说古典诗歌式的押韵、格律的外在形式与其内在节奏的起承转合可以称之为一种“工稳”“对称”的闭合结构,那么王小妮显然将其化用为一种自然赋形的“树形结构”:在“句号”与空白中展开多维时空的交感共鸣,谨严而又随机、精巧而又自然,结合内在意绪的碰触翻转、递进延伸共同构成开放式结构。对应这种开放式结构的,是一种带有残缺美的“抒情与自然”的“现代语言经验”:摒除古典诗歌有形的韵律感、超越口语化诗歌流畅的叙事感,在停顿、空白中,在无涯的时间、物我相融的静观之中,为“不绝的水”与“短促的花”交织而成的“残缺式绽放”“不鲜艳之存在”的艺术经验赋形。

概言之,诗人总能从日常叙事聚焦到静观凝视,再由“连类移情”的穿梭透视进阶到俯瞰反思境界——也可以说是一种后东方式的现代主义的境界——在后工业时代、后现代性语境前提下，对“人与自然交叉互明”之文化、文学传统的改写和化用。借“水”之属与“莲”之类的“时与物”的交织瞬间，看“不绝的水”——对人类文明过往的追溯和耙梳、对当下的命运与处境的检视、对内心世界的淬炼与聚焦；描“短促的花”——具体的前现代文明的自然之花、抽象的古老与现代文明命运烛照下的人文植物之花，以及日常个体对“曾经作为人类风景的一部分和作为动物性的陪衬”进行反思、重识的“后人文植物”(posthuman- plants)之花的结合体——它闪烁着“陈年绣线”的微光，但更是一个“粉颤颤的孩子”；它是“暗紫”的“不鲜艳”，但能“一心把根盘紧”。“水莲”，是刹那的花，也是完形的“华”。“学习植物简单地活着”，其实又何曾简单。

“活着的滚滚流水线，周而复始，没有起点没有终点。从某个角度看，它没有缝隙，没给任何人腾留出空间”[①]，就像那“水”；“作为一条巨大的履带之外的游离者，我自己退出来……只和自己的感受在一起”[②]，如同那“莲”。“水莲”如诗亦如诗心，这种“残缺经验的自然完形”给诗人带来内心的满足与平静，因其完成了一个作为“自然造物之一”的个体在文化长河中、文学潮汐里以无限深情对有限经验“见证”“述说”与“想象”的使命：

所以水莲在早晨的微光里开了
像导师又像书童
像不绝的水又像短促的花。

① 王小妮：《随手》，北京：北京大学出版社 2014 年版，第 7 页。

② 王小妮：《随手》，北京：北京大学出版社 2014 年版，第 7 页。

第七章

采物凝思：臧棣的『入门』系列

而我正写着的诗，暗恋上
松塔那层次分明的结构——
它要求带它去看我拣拾松塔的地方，
它要求回到红松的树巅。

——臧棣[①]

臧棣的近作“入门”系列诗歌坚持了他一贯的诗学主张——对语言的追寻以及对认识的追寻；同时也反映出他近年来诗歌创作的新变化——一种具有浓郁后现代特征的、互文性的、对中国文学抒情传统与自然书写的再造与化用，由此形成一种辨识度极高的“咏物的智性抒情诗”风格，对现代汉语诗歌文体建构做出了个性化的开拓。

① 臧棣：《骑手和豆浆——臧棣集 1991—2014》，北京：作家出版社 2015 年版，第 108 页。

—— 第一节 ——
嵌套互文性文本:《期末考试入门》

臧棣的诗作《期末考试入门》,在 2018 年第 1 期《人民文学》发表之后,引起读者关注和争议。有些读者认为读不懂,有些读者认为是臧棣近期较好的诗作之一。放下这些争议来看诗歌文本本身,不难发现这些关注和争议的缘由所在——这的确是一首"引人注目"的诗作,勿论它晦涩难懂还是造诣精妙,它都无疑是语言特色极为鲜明、文体辨识度极高的一个文本。

这种鲜明的个体特色、诗艺的高度完形,来自这首诗歌独特而细密的"嵌套互文性"结构。什么是"嵌套互文性"?不妨从互文性概念的沿革说起。克里斯蒂娃提出了广义的互文性概念——"一个词(或一篇文本)是另一些词(或文本)的再现"[①],但这个概念的界限太模糊,使得一切"无往不在互文之中"。继而吉拉尔·热奈特、安东尼·孔帕尼翁、米切尔· 里法泰尔等分别从写作和阅读的狭义角度概括出互文性的主要表现形式——引用、戏拟、模仿、拼贴、动态的阅读过程(包含模仿阅读和符号阅读)等等,这些狭义的互文性概念使其对文本批评的操作性大大增强。乌里奇·布洛艾奇则结合后现代语境进一步做出细化补充:作者之死、读者的解放、模仿的终结与自我指涉的开始、碎片与混合、无限回归等等。其中,"无限回归"是指"每一个文本都指向前文本,而前文本又指向更前的文本,如此循环,以至无穷","无限回归往往能取得一种套盒(Chinese boxes)效应,即它能将现实的各个层面无限制地嵌入作品中"。[②] 臧棣的《期末考试入门》即是运用了典型的"无限回归"的互文性技巧,铸就诗歌的"嵌套互文性"结构,从而达到"将现实的各个层面无限制地嵌入作品之中"的目的。加之对语言的高度敏感,诗人在结构和语言两者之间精细雕镂,达成对现实的"绵里藏针"的讽喻,和讽喻背后隐秘的"智性抒情"。

全诗不长,抄录如下:

---

① 【法】蒂费纳·萨莫瓦约:《互文性研究》,邵炜译,天津:天津人民出版社 2003 年版,第 4 页。

② 王瑾:《互文性》,桂林:广西师范大学出版社 2005 年版,第 132 页。

下在外面的,是夜雨
流在里面的,你永远也不会猜到
臭椿,71 分;连翘,92 分;白皮松,86 分
迎春花,87 分;蜡梅,70 分;诸葛菜,84 分
负责监考的,没准就是穿裤子的云
所以,厕所里永远没有老师
只有道在屎溺间。紫藤,95 分
黄栌,62 分;圆柏,85 分;独行菜,69 分
假如我们的羞耻不曾误会过
我们的世界观:七叶树,82 分;忍冬,90 分
石榴,88 分;水杉,75 分;铁线莲,91 分
环节多么暧昧,假如我们的回报
不曾误解人生的轨迹。泽芹,81 分
益母草,99 分;红梣,89 分;牡丹,79 分
或者,假如我们的委屈不曾模糊过
生活的印记:樱桃,77 分;榆叶梅,80 分
旋覆花,94 分。多么深奥的激励
假如我们的成长源于
我们的天赋都曾被深深误解过
野豌豆,78 分;黄金树,90 分
或者,假如北方的天气不曾误会
我们对权力的幻觉:梧桐,66 分;雪松,74 分
红蓼,83 分;紫薇,97 分;栾树,73 分
或者,假若我们的运气不曾误会
我们曾如此矛盾于人生如梦
香蒲,69 分;打碗花,82 分;盒子草,68 分
鸢尾,96 分;中华小苦荬,93 分
现在燕园时间:清晨六点。蒲公英,64 分

纵观全诗,《期末考试入门》是一个多层嵌套互文的文本。

首先是一个带有传统叙事性特征的文本:时间、地点、人物、事件、结果——凌晨六点(可退溯到"夜雨")、燕园、教师和学生、期末考试阅卷、

评分。当然,这其中"阅卷人"在评分过程中以散文化的笔法"夹叙夹议",对教师之"传道""授业""解惑"与学生的接受、成长、领悟的教与学之现状进行了一些内省和反思。很明显,这种反思不止于具体情境(教学、考试与评分)而具有更广泛指向的抽象性。

但这种散文化的叙事性被不停地打断:读者很快就感应到另一种博物名录性质的"燕园草木志"文本的存在。稍有植物学知识的读者就会觉察,诗人在提及各种草木之名(并以各种草木之名指代不同的学生个体)的时候非常"专业",完全使用了各种植物的精确学名而非日常口语化或意象象征化的称谓,换句话说,这种命名方式更注重"物"的类性、物理本身而淡化它或曾拥有的"日常生活色彩"和"历史人文色彩",很容易令人联想起"植物学辞典"之类的科普化文体。事实上,诗人提及的这些草木是有事实根据和科学依据的,并非随意选取命名,它们是北京大学出版社在2012年出版的一本北京大学校园植物名谱《燕园草木》[①]156种中的35种。在植物学基础之上如果再对"燕园"这一具体环境比较熟悉的话,就会大概了解这些植物在燕园的空间分布——东西南北、陆地水生,以及时间分布——春夏秋冬、节气时令。有趣的是,这种与《燕园草木》或广义"草木志"的潜在互文性又暗藏了这样的符码:从《诗经》的"多识草木鸟兽之名"的"诗教"传统、魏晋时期自觉成熟的"人与自然"的抒情传统,到《燕园草木》中对植物通过图片、植物学性理说明、燕园历史文化对该种植物的人文演绎短文这三种方式并存的互文性介绍(这种互文性介绍把自然草木和燕园人文相映成趣),再到《期末考试入门》客观、冷静、单调的名录陈列,读者不难发现,诗人在草木志似的"空间化植物展示"中用着"背面傅粉"的力道,隐藏了一种阴文似的"文化地理"语境、一条若隐若现的"时间线索"、一缕压抑克制的"抒情脉络"。

而第三种文本的呈现又给第二种"草木志"的文本加上了干扰和噪音:一种中草药方式的戏仿文本——当各种木本植物、草本植物的名称后面加以多少分的排列组合形式大量出现之后,在"燕园草木志"的科普化文体之外又很容易让人进一步联想到中草药方的医学实用性文体,排除那些叙述性、议论性的成分,这首诗也可以说是"戏仿"了一张中药方子。这些草木志名录下的花草树木在被剥夺了人文象征含蕴的光芒之后,进一步被剥夺了自然界本身的"姹紫嫣红"和"馥郁芬芳",成了一堆

---

① 许智宏、顾红雅:《燕园草木》,北京:北京大学出版社2012年版。

失去生命活力和色彩的药材。而这些被“药名化”的学生个体形象和“几钱”“几分”的物理计量化标注，其中工具化、物化之讽喻意蕴是不言而喻的。

但这还没有结束。等读者的目光从这首诗的第一个字挪移到最后一个字，第四个文本浮现了（虽然有很大的可能只是在潜意识中浮现）：一种具有波普化艺术效果的视觉文本。35 种草木之名，35 个分数数字的排列组合并没有什么特定的、线索明显的规律，至少读者在“臭椿，71 分；连翘，92 分；白皮松，86 分 / 迎春花，87 分；蜡梅，70 分；诸葛菜，84 分”这一系列的罗列中找不到其中的“逻辑性”所在——为什么“连翘”比“腊梅”多 22 分？思之无解之后，草木之名和数字两者的相加罗列的不断呈现就变成了一种复制性质的“符号”，难免有单调、枯燥、重复之感。而全诗这样的单调、枯燥与重复达到了 35 次之多，超过了全诗文字比重的 50%。随着诗行的向前推进自然而然地形成了一种比较隐晦的重复、复制的“图像诗”（这里也许用“建筑诗”的说法更为恰切，因为语言和符号的独特排列组合形式建构了一种立体的“诗歌建筑”）效果。如果说 20 世纪 60 年代的安迪・沃霍尔的“玛丽莲・梦露”、“可乐罐”系列作品，用基本元素（包含微弱的不同）的大量重复和复制，是一种典型的对消费社会进行记录和评点的后现代艺术的表现方式，“他选择了以消费社会作为主题，并以消费社会的法则对其进行利用”以“试图对这个贪婪而痴迷于名声的世界进行评论”[①]，那么《期末考试入门》的波普化艺术效果的意义显然更为复杂和尖锐，可以说是诗人针对后工业社会、数字化时代、信息化时代对个体价值空间挤压、缩减、变形的一种形象化反映和一种带有东方文化色彩的“以子之矛攻子之盾”的批判。

然而更为重要的是，以上四种文本之间的交织互文是随着诗行逐行展开、时间的顺时次序以递增和嵌套的方式呈现的——叙事文本、草木志文本、中草药方文本、波普化视觉文本——每一种新出现的文本几乎都是对前面一种文本的解构或干扰，不断制造着意义的多元化的碎片。但随着这种解构和干扰有规律地重复出现从而呈现出一种“律动”，所有错时出现的解构和干扰就有了一种实时共振从而不断地返回前文本乃至潜藏的“更前的文本”，并且随着诗句的行进越来越清晰，最终从背景

---

① 【英】威尔・贡培兹:《现代艺术 150 年》，王烁、王同乐译，桂林：广西师范大学出版社 2017 年版，第 381 页。

中此起彼伏的芜杂噪声变成了一种从晦暗中逐渐浮现的共鸣旋律。这种共鸣旋律围绕着“燕园草木”的中心意象，它从四个看似不同的角度（叙事、科普、应用、图像）出发，最终却巧妙地完成意义碎片的马赛克“完形”嵌套，在这种镶嵌中诗歌的每个汉语言文字都最大限度地释放出潜在的能量和张力，闪烁着多维的光泽：从当下的日常叙事出发，以戏仿的方式暗接时间背景中隐隐浮现的“抒情传统”、续写空间文化地理意义上的“自然书写”，又借助后现代艺术技法添加了“东方式”的催化和蜕变，从而化叙事为咏物，化咏物为“克制的抒情”和“智性的讽喻”——在欲望化、商业化文明泛滥的后工业时代对马尔库塞所说的“对自然的经验、改造和组织，都仅仅作为统治的材料”[①]的“单向度”之现象的反省与批判的同时，对东方色彩的抒情传统和自然书写的隐秘呼应、一种 21 世纪“咏物的智性抒情”诗艺的特色建构。

从这个意义上说，“燕园草木”，作为上述“嵌套互文性”的多维意义之核、多重技法之和的载体，可谓是“入门”之门。

—— 第二节 ——
文本间互文：咏物的智性抒情

或许是创作时间的原因，《最简单的人类动作入门》[②]这部臧棣最新出版的、一共收录 175 首“入门”之诗的诗集里，并没有收录《期末考试入门》这首诗。但这丝毫不妨碍这首诗与其他“入门”系列诗歌之间强大的互文关系。甚至可以说，如题所示，这首《期末考试入门》堪称是“入门”系列诗歌的一个“总结”——浓郁的互文性特征、对抒情传统和自然书写的后现代式（也可以说是后东方式）呼应，以及这一切浇铸而成的“咏物的智性抒情”风格。

《最简单的人类动作入门》分为五卷，从诗歌题目来看，每一卷大概

① 【美】赫伯特·马尔库塞：《单向度的人——发达工业社会意识形态研究》，刘继译，上海：上海译文出版社 2016 年版。

② 臧棣：《最简单的人类动作入门》，南宁：广西人民出版社 2017 年版。本文中除了特别标注，“入门”系列诗歌皆出自此版本。

围绕着一个主题性的分类，虽然诗人并未明示这种分类。第一卷（31首）比较杂，《向伟大的口罩致敬入门》《以玛丽莲·梦露为例入门》《冬天的福楼拜入门》《冷食入门》《小孔成像入门》《切肉入门》等等，基本上是对日常生活（包括一个高等教育职业者和写作者的不够“大众化”的“日常”）中行为状态描绘的“入门”之诗，不妨借其中一首的题目“最简单的人类动作入门”为之分类；第二（23首）、三（48首）、四（41首）、五（32首）卷就比较简明了，可分别归类于“时令入门”（《立冬早市入门》《三月三入门》《七夕入门》《元宵节烟花入门》等等）、“山水入门”（《白园入门》《白马寺入门》《苍山夜雨入门》《玉龙雪山入门》等等）、“植物（包含极少的动物）入门”（《黍麦入门》《芝麻菜入门》《秋葵入门》《红果冬青入门》等等）、“异域羁旅入门”（《人在蒙特，或比雪白更寓言入门》《基训河入门》《不来梅的黎明入门》《红磨坊入门》等等）。而第二、三、四、五卷的时令、山水、植（动）物、异域羁旅——这一切还可以“一词以蔽之”：自然。再回过头来看第一卷“最简单的人类动作”——还是可以归之于：自然。概言之，这整本诗集的主题可以概括为：“自然书写入门”。

毋庸置疑，在“入门”系列里，诗人对自然意象、自然主题的书写是极为偏爱的，这种自然书写贯穿整部诗集。此自然不是传统意义上的彼自然——否则也就不需要“入门”了。且看诗人对“入门”一词的自我诠释：“我们事实上已经很无知。我们陷入的是一种近乎单向循环的怪圈：我们知道的越多，越无知于我们很无知……诗的本意即我们随时都可以换一个角度重新去接触这个世界，并与万物相处于生命的欢欣之中。”[①]“换一个角度”重新来书写自然、书写万物，又是怎样的一个角度呢？诗人在诗句中或已给出答案：

静物大于景物，只可能在这一刻发生。

——《珠颈斑鸠入门》

“景物”可以是纯粹的自然之景物，也可以是被文化、文明浸染过的“人文自然”之景物，但这都不是诗人所要书写的重点，他关心的是“静物”，一种“放下茶杯”“转向他的内心”的“静物”。因为“世界被运作的太快了”，所以诗人想要慢下来，静下来，沉下来：“在诗歌面前，大胆地承认

---

① 臧棣：《诗歌与进入》，见《最简单的人类动作入门》，南宁：广西人民出版社2017年版，第312页。

我们还远远没有进入世界，走进万物，也可归于一种最迫切的自我救赎。"①

而臧棣这种要求慢下来的"自我救赎"的"走进万物"的书写，与传统意义上的"自然书写"和大众文化意义上的"及物书写"都有关联，但也都有区别。

中国文学传统意义上的"自然书写"可以上溯至《诗经》，但其自觉成熟的时期大体在魏晋。成熟的标志是把人类的世界与自然的世界从混沌一体中做出某种程度的区分，发现"人"的独立价值和审美需求、自然的审美价值，正如宗白华在《论〈世说新语〉和晋人的美》中指出的："晋人向外发现了自然，向内发现了自己的深情"，"他们对于自然有那一股新鲜发现时身入化境浓酣忘我的趣味；他们随手写来，都成妙谛，境与神会，真气扑人"。② 在此基础之上，一种"寄物陈思"的自然描写——"将感情、思想寄托于自然的表现方法"③逐渐成熟并形成传统，如刘勰《文心雕龙·明诗》篇的"感物吟志，莫非自然"，陆机《文赋》中的"遵四时而叹逝，瞻万物而思纷"，莫不阐发乎此。而陈世骧更清晰地指出"自然书写"与"中国文学的抒情传统"之间的关系：首先，中国诗歌具备"以字的音乐做组织和内心自白做意旨"④的典型"抒情性"；其次，其特色更在于抒情与自然的内在结合——"之所以能在这几个音节的方寸之地内取得如此成就，其奥义在于并存其间的完全的自然和真淳"，"开阔的视界与渺小的事物并存""时空浩瀚无际的意象"加诸"个人内心深处的体验"。⑤

臧棣对中国诗歌的自然书写和抒情传统的"回望"，对当代诗坛存在的对现代西方诗学技艺单向度模仿现象的再思考，是一种进入 21 世纪以来愈发清晰的自觉意识。从 20 世纪 90 年代末开始，臧棣面对"中国当代诗人过度迷恋西方的现代诗或现代性的模式"的质疑，"重新认真地读了一些古代诗人的诗"，尤其是类似"陶渊明写的场景诗"，他认为这类诗歌的特点是："内心里不需要很复杂的翻来覆去的编弄才能呈现，在我看来那都是应该对快捷的追求。"而这种"快"又是"快中有慢"的："迅速

---

① 臧棣：《诗歌与进入》，见《最简单的人类动作入门》，南宁：广西人民出版社 2017 年版，第 312 页。

② 宗白华：《宗白华全集》第二卷，合肥：安徽教育出版社 2008 年版，第 273—274 页。

③ 【日】小尾郊一：《中国文学中所表现的自然与自然观》，邵毅平译，上海：上海古籍出版社 2014 年版，第 24 页。

④ 陈世骧：《中国文学的抒情传统》，上海：上海三联书店 2015 年版，第 22 页。

⑤ 陈世骧：《中国文学的抒情传统》，上海：上海三联书店 2015 年版，第 51 页。

的能够把你的那个最初受到这个题材,或者打动你的这种东西,给它找到一种语言"的文体结构或方式。这个方式"比较接近中国古代诗人,中国汉语诗歌的一种诗心的存在,或者人和生命之间,或者人和山水之间的比较朴素的,或者比较本真的那样一个东西",它的特点是"四两拨千斤","不在乎它短,也不在乎它快,通过它的那种东西,能够反映很大的东西"。[①]

当然,这种把"人和生命之间"与"人和山水之间"联结起来的"四两拨千斤"的文体,终究要表达的当下的经验,是后工业社会的人的真实的生命状态、复杂的内心体验以及由此延伸开来的反思。所以它注定是在对"抒情传统"与"自然书写"的回望、审视与前瞻之间展开的,是一种新的"心灵结构的发明",表达的是在对传统的延续和碎片化、快捷化的当下之间的更加矛盾化、复杂化的艺术经验,一种对"抒情与自然"的重新命名,另辟蹊径的再次"入门"——它从前文所说的"静物"性质的"咏物"开始,正如臧棣在2001年写的一首诗中所暗示的:

而我正写着的诗,暗恋上
松塔那层次分明的结构——
它要求带它去看我拣拾松塔的地方,
它要求回到红松的树巅。
——《咏物诗》[②]

"回到红松的树巅",实则是一种对时间性、动态性、过程性的强调,一种多维时空映照下的真实而立体的、复杂而深邃的体验的捕捉和表达。一方面,它当然不同于中国传统的"天人合一""道法自然"的宇宙观、自然观覆盖下的审美经验、古典的自然意象象征体系,也不同于现代的革命化自然意象象征体系;另一方面,它又不止步于"当下"的"碎片化""空间化""反抒情化"的自然意象的直叙与铺陈——这种带有抒情性的"咏物性"写作与大众文化背景下日常化写作中的强调叙事性、口语化的"及物性"写作的区别是不言而喻的。它更具有多维性、锋利度和辨识度——取自工业化时代的日常生活叙事而归于浩渺无际的自然宇宙时空之间的抒情,取自当下的个体经验却凝结了多重时空(古今中外)体系下的文化、文学传统经验(这其中包括了映照、反思与前瞻),取自现代汉

① 臧棣、胡续冬等:《一个便携式的折叠宇宙——臧棣新诗集〈最简单的人类动作入门〉分享会回顾》,参阅 http://mp.weixin.qq.com/s/iev80T4omNShPYAsA1JFeQ。

② 臧棣:《骑手和豆浆——臧棣集1991—2014》,北京:作家出版社2015年版,第108页。

语的散文化质地、结构却能打造出近似于古代汉语诗歌“诗有天机，待时而发，触物而成，虽幽寻苦索不易得也”[①]的精巧坚实密度。这是一种臧棣式的“咏物的智性抒情诗”风格。

而诗人自2014年写起的“入门”系列诗歌继《咏物诗》以及“协会”系列、“丛书”系列之后，进一步把这种“咏物的智性抒情”之中的“智性”的成分，用“互文性”技巧渲染得淋漓尽致。其根本原因在于“互文性”是最适宜于诗人来展现“知识和智性”与“抒情和自然”、“传统”与“当下”之间的交织镂刻之“匠心所在”的。蒂费纳·萨莫瓦约曾借用福柯的一段话来说明互文性与“知识”之间的内在关系：“这篇作品从一开始就形成于知识的空间里：它本身就处于和其他书籍所保持的基本关系之中……”[②]由此推论，“世界是一个书海”，而这个“书海”又存在于“历史的层叠”。所以对臧棣来说，“知识”与“智性”是“抒情”的底色：“在范式的写作上，诗歌仍然是一种知识，它涉及的是人的想象和感觉的语言化……在现时代，人类的一切活动都不可避免地是通过知识的方式体现出来的。”[③]在这种“知识体系”之上，臧棣认同华莱士·史蒂文斯所说的，诗歌是一种“最高的虚构”，它“咏物”而不止于“及物”：“环顾今日的生存状态，我们或许比以往任何时候都更需要一次航行”，“在我们的生存中，制造一种剥离；并通过这剥离，制造一种出发”。[④]

所以读者看到了这样的“入门”系列诗歌：它是回望传统的“自然书写”的“咏物”的文本，又是后现代色彩浓郁的、互文性特征极强的文本；它是饱含知识养分的“智性”文本，同时又是携带鲜明的“抒情传统”因子的文本。不妨借《小孔成像入门》的“小孔”“窥一斑而见全豹”，再次辨识一下这种互文性的“咏物的智性抒情”：

这似乎是游戏的
一部分：方比圆更敏感于
来自于榆木的试探。
不就是在墙上杵一下嘛
透不透光，最后又不是

① 谢榛：《四溟诗话》。

② 【法】蒂费纳·萨莫瓦约：《互文性研究》，邵炜译，天津：天津人民出版社2003年版，第117页。

③ 臧棣：《当代诗歌中的知识分子写作》，载《诗探索》1999年第4期。

④ 臧棣：《诗歌船：从必要的开端到奇异的航行》，载《中华读书报》2014年9月3日。

小洞说了算。但从外面看去，
稍一性感，芦荻的形状
其实也很启发芦苇的性状。
——《小孔成像入门》

“墙”的世界、“榆木”的试探，“芦荻”的形状、“芦苇”的性状，对“透不透光”这件事说了不算的“小洞”，“性感”与“感性”之间的戏仿与调侃，“游戏”的“启发”——这里的每一个词都“语带多关”，又“寄托遥深”。自然界“榆木”之坚硬与工业化“墙”之封闭显然是一个对照，而“芦荻”与“芦苇”之间的差异就比较微妙复杂了。首先从文学的角度来看，“芦荻”和“芦苇”都具有浓郁的“前文本”特征：前者明显带有更多的中国古典文学、传统文化色彩——多与“赋比兴”之“赋”的手法相关，与“悲秋”意味相关——如白居易《琵琶行》之中的“枫叶荻花秋瑟瑟”，后者则跨越古今中西的文本，虽五色斑斓却带有浓郁的“象征”与“革新”色彩——从《诗经》的《蒹葭》到艾青从法国诗人阿波里内尔手中借过来的“芦笛”，再到惠特曼《草叶集》中的《芦苇集》（也常译作《芦笛集》）。其次从植物学的角度来看，“芦荻”与“芦苇”外形相近，区别在于茎秆的“孔径”大小。“芦荻”的茎秆中空小，是相对之“小孔”；“芦苇”的茎秆中空大，是相对之“大孔”。再结合从“小孔”芦荻之“形状”到“大孔”芦苇之“性状”，是一种物理学上“量变”到“质变”的“启发”。而“小孔成像”（光线通过孔洞会造成影像倒映和缩放）的光学原理又是“启发”的另一维度（后文中出现的墨翟，既是两千余年前“小孔成像”光学原理的发明者，他与诗中出现的另一位文化名人孔子又构成一种文化互照关系）。“性感”是在“感性”视角下的印象捕捉，也可以理解为“感性”的调侃式表达，它与“游戏”的理性（科技）规则构成一种悖论，而这种悖论正可以和“传统与革新”“量变到质变”“倒映和缩放”的多重“启发”相呼应。短短数行诗句之间，文学、植物学、物理学、光学等各种视域下的“静物”意象在多维时空中“知识性”地交缠错织、“互文性”地感兴讽喻——对于这样力图“四两拨千斤”的“咏物的智性抒情”之诗歌文本，不作“世界是一个书海”“层叠的历史”的互文性解读几乎是不可能的，究竟能够互文性解读到何种程度也是不可预估的：这正是互文性技巧在臧棣手中兼具后现代式和后东方式表达的鲜明特征：作者“隐散”，读者解放；“小洞”无言，“小孔成像”。

第三节 两种论争背后的互文——语言的追寻与认识的追寻

在《最简单的人类动作入门》诗集的后记《诗歌和进入》中，臧棣用一种曲折的方式，婉转地表达了他对曾参与过的“两种论争”——发生在20世纪90年代末的“知识分子写作”与“民间写作”之间的“盘峰论争”，发生在21世纪的“知识分子写作”与“知识分子批评”之间的论争[①]——的回应：一个诗人的使命，在臧棣看来，始终是对“语言”和“认识”边界的不断刷新。今天看来，与其关注论争本身，不如随着时间的流逝，把目光投向仍然活跃在诗歌创作第一线上的诗人们笔下的文本，是否还在“有效”地对时代做出回应、坚持自我特色的同时又不断突破自我；是否担得起一种在十几年前对不同“阵营”诗人们的积极期待——“在把‘当代’（进行时）作为‘历史’叙述对象的情况下，提供多种叙述加以比照，总应是‘利多于弊’”[②]。

那么，臧棣通过他进入21世纪以后的“协会”“丛书”和“入门”系列，已经渐渐呈现出他的答案：他的确是在对“语言”和“认识”的追寻中不断行进着、探索着。在臧棣看来，对一个人来说，他必定面临两种追寻——“以现实为界限的追寻，以内心为可能的追寻”，而在一个诗人身上，他选择把这两种追寻转化成为“汉语自身的追寻”以及“重新认识世界的可能”。[③] 而这种对语言的追寻和对认识的追寻的结合，不妨看成是一种超越了个体生命局限的“互文性”努力，同时也以一个诗人的身份个性地演绎了“把‘当代’（进行时）作为‘历史’叙述对象的情况下，提供多种叙述加以比照”的应有之义。

在“入门”系列中，这种对于“语言的追寻”与“重新认识世界的可能”二者之间的互文性表现得尤为突出，其特征个性鲜明也瑕瑜互见，可约略概括为以下三点。

---

① 指的是21世纪以来臧棣与北岛、林贤治之间的论争，论争的焦点在于二者之间对于“知识分子写作”在价值身份担当和写作技艺追求之间关系的不同理解上。参阅白杰：《诗歌批评的知识本位与知识分子身份》，载《社会科学论坛》2017年第5期。

② 洪子诚、刘登翰：《中国当代新诗史》，北京：北京大学出版社2005年版，第283页。

③ 臧棣：《诗歌与进入》，见《最简单的人类动作入门》，南宁：广西人民出版社2017年版，第311页。

第一，词与物的互文。在诗歌文本中出现词与物的多重知识性、互文性映照，是臧棣“入门”系列诗歌最突出的特点。词与物之间的各种语义勾连、碰触、延异、翻转，推翻了叙事性、情绪性乃至意象性节奏，而代之以一种全新的、作者与读者之间的一场智力（知识）角逐，而这个角逐的过程本身（而不是终点或结果）即是诗人想要传递的信息——唤醒读者拓展“认识”边界视域的欲望。格外引人注意的是，在这种智力（知识）角逐的过程中，诗人创造性地运用了一些包含了“硬知识”（自然科技类知识）因素的意象，尤其是涉及自然界植物学、博物学知识的一些意象，而对词与物之间关系的重塑则往往通过“软知识”（人文艺术类知识）与“硬知识”之间的“互注”“互释”来进行。这与诗人自身的知识结构和修养是分不开的：“哲学、人类学、动物学、植物学、民俗学方面的书，我都喜欢读。我不在乎学科的行业术语……”归根结底，诗人是为了更好地“从新异或陌生的角度去重新打量身边的事物”[①]。这样的结合了诗人所说的“身边的奇迹”与英国作家马尔廷所说的“道旁的智慧”的例子在“入门”系列中俯拾即是。比如，“……每个变形记/似乎都爱上了忠实于你中有我/来自海龙科家族的样本/如果是活体的/喜欢将马头侧偏过去/以便你能在你的奇遇里/更好地把握它雄性的奇特”（《台风海马入门》）。从台风“海马”到自然界中的水生动物“海马”再到人类，每种生命形式都逃不出“变形”，但每种“变形”中也都蕴含着“摇撼的风暴”。又如，“旁边/苹果树的叶子/快落光的时候/似乎发生过/一场竞赛：山楂树的叶子/几乎是在一夜之间/全部落尽的/而柿子树的叶子/则在喜鹊的好奇中/挣扎了很久”（《冬天的判断力入门》）。自然界不同树种的准确落叶时间不同，这是它们各自的物性特征，不仅不可改变，而且区别十分明显；而人类面对光秃秃的树枝，“冬天的判断力”相比春夏之时就会受到更大的挑战，乃至可能犯下“最低级的错误”。正如诗人在诗歌中所言的“将寂静作为白色的舞蹈/是我们这些喜欢在词语的黑暗中/砍伐树枝的人/对这个世界/所做的最好的发明”（《援引约翰·杜威入门》）。这种在软硬知识之间的自由切换以及由此带来的词与物的互文，实在是对现代汉语诗歌语言形式经验的一种拓展，也是对“世界的认识”的一种不断祛蔽、拭尘的过程。

第二，“咏物”与“抒情”的互文。诗人在对“自然之物”的反复打量和

① 臧棣：《诗道鳟燕》，西安：陕西人民教育出版社 2017 年版，第 137 页。

多维的“知识性”刻绘中，其目的并非只在“格物致知”——如《大学》中所说的“即物而穷其理”，也非单纯地将人与自然和谐一统的“感物言志”，而是借助多维视角的“物理”“物性”的认知，在“致知”与“言志”的交错互文中力图唤醒处于后工业时代“技术至上”社会中“单向度的人”（即丧失否定、批判和超越能力的人），进行“思想和想象的自由游戏”[①]。其实质目的是正视“我们自身的麻木的切口”，所以，“入门诗系列看上去写得很温柔，触及和关注的仿佛都是世界的细节，但骨子里它们也都带有投枪的影子，是针对人世的堕落的连环反击”[②]。从这个意义上说，诗人并没有淡化“知识分子”的精神立场，而是用“知识写作”的个性化方式来站在“知识分子写作”的立场上，比如诗人对“蒲公英”的观察：

蒲公英的无辜，表面看
很简单，但实际上却很暧昧——
它们可食可药，慷慨得就像
刚刚反驳过谁说天下
没有免费的午餐。其实
就药性而言，等到四月再采
作用会更明显。手里拎塑料袋
退休老者的无辜，仿佛也经得起
早春阳光的照耀。不就是
提早半个月挖了点野菜吗
反过来，大地上要是没有人
弯下腰，那问题才严重呢
——《无辜者入门》

诗人笔下，“无辜”的“新冒出的绿意”“蒲公英的呼吸”在还没有长大、成熟到有足够的“药性”的时候，就被“退休老者”以“入肝解毒”“舒筋固齿”等入药的理由采挖殆尽，而老者也自有他们“无辜”的理由。所以，对“蒲公英”“药性”的探讨，以及两种“无辜”之间的对照，呼应前文“太阳照常升起来之后/无辜者/并未露出更清晰的棱角”。诗人以“植物药理学”为切入点，对人类文明、文化进程中新旧交替之间的暧昧与错位的讽

① 【美】赫伯特·马尔库塞：《单向度的人——发达工业社会意识形态研究》，刘继译，上海：上海译文出版社2016年版，第199页。

② 臧棣：《诗歌与进入》，见《最简单的人类动作入门》，南宁：广西人民出版社2017年版，第312页。

刺与批判不可谓不犀利遥深。又如诗人借"七叶树"之意象的讽喻:

比如,半棵七叶树就可以
将我催眠到你正趴在
我身上,专心雕刻着
一千年前的花岗岩狮子。
其实也没什么好解释的——
最好的导游,永远是脸膛
比你更黝黑的,手拿铁锹
穿着蓝布褂的园丁。
——《完美的闲置入门》

"七叶树"与佛教名树"菩提树"之间的植物学关系,是"似是而非"的,而这种细微的差别却往往被世人忽略,最终造成"名实不副"的误读与借用。所以,"最好的导游"是脸膛黝黑的、手拿铁锹、穿着蓝布褂的沉默的"园丁",而非真正的"导游"或是其他的什么人。对"树"的误读如是,对"世界的认识"的误读又何尝不如是?然而大多数的人,仍然在麻木地被"催眠"着,不曾看清这种"误读"和"借用"背后的世俗功利性目的——"古刹的门栏远远低于/售票处只收人民币"(《完美闲置入门》)。诗歌借"树"喻"世",匠心独具中自有情意殷殷,锋芒所指。概言之,诗人从"咏物"到"抒情",大抵可分为三个层次。首先,"揭秘事物之间的隐秘的关联,扩展生命的内在灵视,可以说是诗的最核心的任务"①。其次,"诗的语言必须在存在中显示出一种反抗意蕴。而且我认为这种反抗性不能流于反讽"②。最后,诗歌在"心灵的秩序和人类的价值如此失衡的今天","恰恰可以发挥它最古老的抒情功能"③。这是诗人以"知识写作"的内在机制铸就的个性化的"知识分子写作"特征:咏物背后,实在"抒情";"知识"的繁枝密叶之下,根柢在对"人世的堕落"的"连环反击"。

第三,"自然"与"晦涩"的互文。令人深思的是,诗人表达这一切的方式,却又提醒了人们这样一个令人警惕的事实:这个世界里的自然与万物,的确是离我们越来越远了——以至于诗人用各种互文性的"自然书写"来回望古典文学抒情传统之努力,只能以如此晦涩"多知"的、技术性特征极外化的方式来进行,无形中"婉拒"了一大批可能的知音者和同

① 臧棣:《诗道鳟燕》,西安:陕西人民教育出版社 2017 年版,第 189 页。
② 臧棣:《诗道鳟燕》,西安:陕西人民教育出版社 2017 年版,第 153 页。
③ 臧棣:《诗道鳟燕》,西安:陕西人民教育出版社 2017 年版,第 150 页。

路人。那么这种“技术”本身，是不是还有如他自己所说的“就汉诗的传统而言，我们的诗在总体上的确还需要过描述性这一关”[1]之弹性呢？“燕园草木”作为“入门”之“门”，是否还可以进一步开敞，以及更富于生机与活力呢？毕竟对语言和认识边界的拓展，其臻境说到底也在于“没有边界”。

此外，把自然科技类“硬知识”和人文艺术类“软知识”做结合的现代主义文本先例以前不是没有，这些文本也许可以从另一维度给出某种启示。如20世纪30年代的卞之琳就很擅长把科学性意象放在诗篇中造成一种“古典诗歌传统”与“现代主义技法”相结合的“智性诗歌”和“冷抒情”的审美效果，如他对爱因斯坦“相对论”在《断章》《距离的组织》《白螺壳》等著名诗篇中的应用。卞诗也有“晦涩性”“个人性”的特征，但卞之琳对这一点是有自觉检讨的：“小处敏感，大处茫然”，“总像是身在幽谷，虽然是心在巅峰”[2]，缺乏对历史事件、时代风云的更进一步的“宏观性”的思索与刻绘。与此同时，卞诗又有精打细磨、注重诗歌音乐性建设的特点，这使他对自己作品的要求非常苛刻，在编选《雕虫纪历》时窄选而阔删，以至于诗集出版后广受读者抱怨，不得已才又“补入”三十首，凑够一百首。概言之，诗歌作为一种最能敏锐地体现时代精神、历史风貌，同时又是最能把视觉艺术和听觉艺术完美结合的文体，读者对臧棣“咏物的智性抒情”的诗歌风格提出更高的要求也在情理之内、文脉之中。在诗人呼唤着“理想的读者”的同时，读者也在渴望着“理想的作者”。也因此，在更宏观与敏锐的境界和臧式兼具“连环反击”之“智性抒情”与考察“世界的细节”之“咏物”的诗艺之间，还有着可待进一步发掘的艺术空间。

但无论如何，“入门”系列诗歌已经让读者看到这类诗歌文本存在的独特理由和稀缺价值——也许，芊蔚草木、大千万物，是时候再一次给予人类丰富的启迪了。臧棣与他的诗歌，也值得当代诗坛投以这样的认真期待——在“入门”之后，走得更稳更远：

以便我们能更好地参考
我，有可能就是你。
——《玉龙雪山入门》

---

① 臧棣：《骑手和豆浆——臧棣集1991—2014》，北京：作家出版社2015年版，第386页。

② 卞之琳：《雕虫纪历·自序》，见《人与诗：忆旧说新》（增订本），合肥：安徽教育出版社2007年版，第283页。

第八章

格物致实：欧阳江河与徐冰的《凤凰》交响

为什么凤凰如此优美地重生，
以回文体，拖曳一部流水韵？
鸟儿飞经的所有时间
如卷轴般展开，又被卷起。

——欧阳江河《凤凰》

21 世纪之初，两个现象级文艺作品——欧阳江河的长诗《凤凰》与徐冰装置艺术《凤凰》，二者诗艺互文的实质，可概括为共同以“词与物的互文”的理论与实践来诠释“一种叫作凤凰的现实”的表达立场和策略。即在诗艺互文中重释古老的“名物”“格物”文化，汲取其中关于自然、经验的启示，面对当下的文明现状与时代症候，拓建一种兼具科学性和隐喻性的现实主义精神。二者在为“凤凰”赋形、释名的过程中，在新的文明前景下用更贴合本土经验的文艺形式激发出宏观的思维远景，表达出对集体力量、文明开拓之现实的沉实把握，并蕴含着“格物致实”的内在诗学伦理:在自然、经验与现实主义精神的融汇中,提示了一种文艺发展的新拓向——聚焦于当下的问题意识、溯源于本土艺术经验、突破了以往现实主义艺术风格的“新的现实主义”。

第一节
观念与修辞:词与物的互文

对欧阳江河的与徐冰装置艺术《凤凰》具有互文性的长诗《凤凰》,李陀的序言、吴晓东的注释和专论,都赋予其文明史视野下与时代的同构性、对话性意义。而李陀在序言中指出的诗歌应直接地向“文化大分裂”及其背后“更深层的动力和逻辑”“宣战”①的观点,吴晓东在专论中提到的“把握现实的方式可能必须是隐喻的”②的观点,启发了笔者的衍生性视角:是否应更加重视“诗”与“艺”的同构性,并以此为出发点来讨论这种互文的现实意义?“文体”这一概念,本来包含语言、文学、文化三个层面,即涉及修辞手法(结构语言学)、审美风格演化(文学史意义上的历时文体学)、文化经验(文化背景)③乃至对时代社会经验的一种总体把握与映照方式。那么,在21世纪这样一个数字时代、技术世界、后工业文化背景下谈及具有现象级意义的《凤凰》长诗或装置艺术风格及其意义,确有必要进一步打通“文学”和“艺术”之间的学科壁垒了。

欧阳江河的长诗《凤凰》,是与徐冰装置艺术《凤凰》互文的文本。事实上,欧阳江河《凤凰》长诗中明确提到或隐文涉及的徐冰作品还包括《天书》《地书》《鸟飞了》《动物》系列、《英文方块字书法》系列、《文字写生》系列、《木林森》系列等。或者可以说,《凤凰》长诗几乎囊括了徐冰自20世纪80年代以来所有重要的装置艺术作品。考虑到徐冰在当代艺术界持久的影响力,也可以把这种关注扩大到当代艺术史的30年。

---

① 李陀:《凤凰》注释版序,见《凤凰》注释版,北京:中信出版社2014年版,第13页。

② 吴晓东:《凤凰》注释版注释,见《凤凰》注释版,北京:中信出版社2014年版,第119页。

③ 这里关于“文体”概念的几个层面参照了陶东风对“文体”意义的界定:“语言学的视野、心理学的视野以及文化学的视野”是探讨“文体”问题的“三驾马车”。参见陶东风:《文体演变及其文化意味》,昆明:云南人民出版社1994年版,第14页。

聚焦于这一点并细察二者的关系,就不难发现它们之间存在着相当明确的同构与互文性:欧阳江河对装置艺术或者说对当代艺术史发展的关注,与其诗歌文本内在的一种“格物诗学”相呼应。这里的“格物诗学”指的是一种笼统的经由格物——考察物理、推究物性、溯源物的知识考古(或曰关于物的名实之辩)等——以纪实、志史的具有浓郁现实主义精神的诗学逻辑,它与中国传统文化中的“名物”或“格物”概念相关,但不拘泥于具体历史文化情境中的经学色彩、史学考据。参照安敏成的观点,“格物”概念在中国文学史上的应用要义——“认识万物”的重点在于经由客观精神对自然和外部世界的探索,引向具有浓郁现实主义伦理色彩的“道德关怀”:“它隐喻的是一种精神境界,通过沉思默想,作者使自我从主体性的遮蔽中摆脱出来,从而向‘道’自由地敞开。”[①]

以“格物诗学”视角来看两个《凤凰》作品,其同构与互文性体现在二者共同的关注焦点:对词与物关系的处理,以及对现实的深切关怀。

首先,欧阳江河与徐冰二者诗、艺观念的核心,都直指词与物之间的关系。

徐冰的多件装置艺术作品的主题都是围绕词与物之间的关系展开的,典型的如《鸟飞了》《天书》《地书》《文字写生》系列等,而他处理这些关系的方式,是“将汉字理解为具有多重含义的、多重潜在可能性的形象”[②],同时把黑白纸上二维书写的文字,转化为三维立体彩色的时空之物。这样做的目的,是表现“词语在两个极点、两种抽象的运动之间延展”[③]。而在这种运动与延展之中,时空是交叉的,抽象化和具象化是同时发生的,词与物之间的关系也充满了数据库般的“复义”。自 20 世纪 80 年代中期始,受安迪·沃霍尔波普艺术的启发,徐冰的一个突出的艺术特色是对“复数性”概念的认知与运用——“当代标准化生活使‘复数’以鲜明的特征强迫性渗入人的生活及意识中……却给传统法律、道德、价值观、商业秩序提出了难题”[④],对此,徐冰在《天书》等作品中大量运用“复数性”的因素,并在其中渗入关于词与物之间的、知识考古学的多重

---

① 【美】安敏成:《现实主义的限制——革命时代的中国小说》,姜涛译,南京:江苏人民出版社 2001 年版,第 16—17 页。

② 【加】托马斯·拉玛尔:《无为:徐冰与绘画之非感知的生命》,见《背后的故事:徐冰“背后的故事”评论集+影像志》,北京:生活·读书·新知三联书店出版 2017 年版,第 78 页。

③ 【加】托马斯·拉玛尔:《无为:徐冰与绘画之非感知的生命》,见《背后的故事:徐冰“背后的故事”评论集+影像志》,北京:生活·读书·新知三联书店出版 2017 年版,第 81 页。

④ 徐冰:《我的真文字》,北京:中信出版社 2015 年版,第 34—35 页。

关系的思辨，由此达成对社会现实的总体把握、对时代精神以及社会变革趋势更为有效的“复义化”艺术表达。反映在作品里，“空间性”往往是用类型化碎片（并非毫无规律可言的“随机”碎片）马赛克式拼贴的；而“时间性”则多半是对那种把所有时间都缩减、格式化为技术性时间的时间性的反思。这种反思具有强烈的、充分结合了本土经验（包括历史经验、现实经验和艺术经验）的现实关注意义，如徐冰所说的“你生活在哪儿，就面对哪儿的问题，有问题就有艺术”[①]，“对我有帮助的，是民族性格中的内省、文化基因中的智慧”[②]。简言之，在全球化视野下充分统摄民族性与地域性的知识性经验，并客观直面现实问题。也因此，徐冰被称为“学者型的艺术家”。

具体在《凤凰》装置艺术中，“凤凰”之“瑞应鸟”的神话色彩与现实中建筑工业垃圾无数“复数性”碎片组装而成的滞重“物身”，凤凰的“翙翙其羽”“不可方物”的轻灵飞翔姿态与必须借助精密的现代器械经过严密运算、工业技术以及建筑工人手工操作的庞杂“吊装”实景，凤凰的“丹穴山”“梧桐”“澧泉”之理想居所与其实际所在的北京 CBD“摩天大楼”群之间的种种悖论式张力，都说明了这种通过耙梳“词与物的关系”来认知世界、把握世界的既宏观又个性化的努力。

异曲同工地，欧阳江河诗歌艺术中最核心的部分，也是这种对词与物关系“运动式复义”的“数据库式”信息的处理，诚如诗人在《凤凰》诗中所言：“为词造一座银行吧”，“并且，批准事物的梦幻性透支”。[③] 具体表现为如下两个层次。

首先是诗歌观念。欧阳江河有着这样的理念：“一个当代诗人……处理与现代性、历史语境、中国特质及汉语性有关的主题和材料时”，需要“把诗学方案的设计、思想的设计、词与物之关系的设计考虑进来”，而这种诗学角度，“简单地说就是坚持文学性对于技术带来的标准化状况的优先地位，同时又坚持物质性对于词的虚构性质的渗透”[④]。概言之，词与物的关系涉及全球化背景下的现代化发展进程、复杂纷繁的历史文

---

① 徐冰：《我的真文字》，北京：中信出版社 2015 年版，第 104 页。

② 徐冰：《一个艺术家的文字观》，见《我的真文字》，北京：中信出版社 2015 年版，自序第Ⅻ页。

③ 欧阳江河、李陀、吴晓东：《凤凰》注释版，北京：中信出版社 2014 年版。本文中所引《凤凰》诗句皆出自这一版本。

④ 欧阳江河：《站在虚构这边》，成都：四川文艺出版社 2018 年版，第 84 页。

化背景、中国现实的物质性或在场性、汉语言文字蕴含的不可磨灭也未被穷尽的特性等,要把所有这些因素都考虑进去。"词与物的关系"正是一个阿基米德意义上的支点,撬动起一个既为现实中"事物的多重价值性买单"又发出超时空"天问"的思维宇宙。

其次是修辞手法。欧阳江河比较知名的"词源考古学""声音考古学""拆字法",实则都可归纳为一种"博词法"。这个"博词法"也正是建立在"词与物关系"基础上的"格物之词"与"博义之词"的综合,其运动过程与徐冰的"词与物"两极之间的运动过程是同构的。用欧阳江河自己的话来概括便是:"词与反词在经验领域的对立并非绝对的,它们含有两相比较、量和程度的可变性、有可能调解和相互转换等异质成分。"[①]而在诗歌文本中的具体实践,则往往表现为"能在一事物中包藏众多事物,能使一个瞬间演变成无穷瞬间的多重理解"[②]。概言之,"词与反词"之间运动的核心是沿着词的考古学展开的"博义化"与关于物的知识考古学之"格物性"在文本中的叠加或者"观念的重影":在"词与物"之间既包罗万象又不断延异,最终达成具象与抽象之间悖论式、辩证式的综合。区别在于,徐冰的《凤凰》直接要处理的是各种物质材料与"词"之间的关系,欧阳江河的《凤凰》所要处理的是各种"物象"与词之间的关系,后者不论是空间维度还是时间维度,都同样具有操作的复杂性、挑战性与开拓性。

不过,这种"操作模式"也并非无迹可寻。哈罗德·布鲁姆的《读诗的艺术》切中肯綮地探讨了这种"操作"规律——"修辞的秘密之一":"可以说就是在字源上做文章",而语言"在相当大的程度上是隐蔽的修辞"。他借用肯尼斯·勃克的观点,把"诗本质上是比喻性的语言"这一诗学逻辑进行了更精确的细化:讽喻(irony,言此意彼,表达相反的意思)、提喻(synecdoche,部分代整体,一种未完成状态)、转喻(metonymy,邻近——主要指替代物与原物之间空间上的接近——代替了相似)和隐喻(metaphor,严格意义上把一个词所具有的通常的含义转移到另一个词上)[③]。而这么做的目的,是为了把"思想和记忆十分紧密地融合在一

---

① 欧阳江河:《站在虚构这边》,成都:四川文艺出版社 2018 年版,第 10 页。

② 欧阳江河:《站在虚构这边》,成都:四川文艺出版社 2018 年版,第 186 页。

③ 【美】哈罗德·布鲁姆等:《读诗的艺术》,王敖译,南京:南京大学出版社 2010 年版,第 1—5 页。

起”[①]，使诗歌在精密运算的轨迹中将历史感与现实感予以混成，从而获得更大的思想容量和艺术感染力。

《凤凰》长诗正是通过上述修辞技法，来进行词的“格物性”“博义化”处理。诗人将四种修辞手法或分别使用或两两叠加，运用在包罗万象的“神”“人”“物”“现实前景”“历史远景”“文本语境”的复杂图景结构中，结合《凤凰》中包含的跨界越类的各类互文本：有前文已提到的徐冰近30年的装置艺术作品；有音乐、美术界各类影响广泛的艺术作品；有前辈诗人、哲学家跨越广袤时空的经典引言、引文或影射文本；有同辈诗人、友人的诗歌或关乎诗歌、艺术的各种文本；有诗人自己在不同时期、不同语境下写作的其他诗歌文本；还有各种历史“本事”构成的“潜文本”，更有一些关于现代科学、工业、商业资本领域内知识和典故的“隐文本”……这种体量巨大、视野宏阔、笔力千钧、气贯神凝的“词与物”之间各种关系的解构、重构、辐射与延伸，构成了一种词的类型化美学——大量在“空间性”层面类聚类型化、系列化的词汇，如在“资本”这个“母词”下，诗人频繁使用了劳动、银行、透支、抵押、消费、金钱、积蓄、花光、拆迁、民工、单据、车票、地产商、印花税、银根、落槌、交易等“词与物”；词的解剖化美学——在类型化的基础上打破时间和空间的局限而形成的“多维立体剖面”效果，譬如在“搭建”这个母词下，诗人使用了天外天、脚手架、景观、思想废墟、人之境、问询处、鹰的独语、大理石的永恒等各种时空交叉、跨界越类的“词与物”，以及词的数据库美学效应。这里的数据库美学指的是前两者在21世纪这个信息技术更为发达的多媒体时代的混成，它造成了艺术与数据库（数据或信息的结构集合体）之间更深入广泛的联系，并日渐形成一种诗学、美学和伦理学的新趋势。譬如艺术家乔治·莱格拉迪1998年的作品《追踪》，即是“采用了不同类型的数据库形式以便创造‘一种可根据多重主题之联系来组织故事／事物的信息结构’”[②]。诗歌在对“凤凰”进行描述时，几乎罗列了诗歌史、艺术史乃至革命史上所有关于“凤凰”的书写：《尔雅》的“凤凰”、庄子的“凤凰”、贾谊的“凤凰”、李白的“凤凰”、韩愈的“凤凰”、李商隐的“凤凰”、武昌辛亥革命的“凤凰”、郭沫若的“凤凰”、俄罗斯作曲家伊戈尔·斯特拉文斯基的芭蕾舞剧

---

① 【美】哈罗德·布鲁姆等：《读诗的艺术》，王敖译，南京：南京大学出版社2010年版，第9页。

② 【美】佐亚·科库尔、梁硕恩：《1985年以来的当代艺术理论》，王春辰、何积惠、李亮之等译，上海：上海人民美术出版社2010年版，第417页。

中的“火鸟”……概言之，数据库美学效应反映在“词与物的关系”上，可造成更大的“词与物”的语域场、语义库，从而能使诗歌的思想包容量和传递信息的语速感有力地对应时代文化语境的厚度、现实的复杂性和技术世界的时间速度，并通过“词与物的关系”穿透历史与日常之魅，达成宏观透辟的现实关注。

除了吴晓东和欧阳江河自己在长诗文本中已经注释过的部分，《凤凰》还有无数可以细读、扩展进罗杰·加洛蒂所说的“无边的现实”的辞章片段，它们无一不在进行词的“格物性”和“博义化”的叠加，其根本用意在于“把辩证唯物主义的根本原理移植到美学领域中来”，从而能“赋予现实主义以新的尺度”“把这一切新的贡献同过去的遗产融为一体”[①]。这里仅举几例以“窥斑见豹”：

第1节：“树上的果实喝过奶/但它们／更想喝冰镇的可乐／因为易拉罐的甜是一个观念化。”这里“易拉罐的甜”指一种人造的甜，用各种化学配方工业化批量生产的“甜”，隐喻着后工业化时代那种短时效性的、充满泡沫的、“间接”的幸福感。“易拉罐”也好，“甜”也好，本身不具有这么丰厚的意义，诗人通过“树”（这里的“树”同时还涉及徐冰的另一作品《木林森计划》）、“果实”和“奶”这些自然性的，具有神话原型色彩的原初意义之物与突兀而现的“冰镇的可乐”“易拉罐的甜”，制造出对比、紧张、变异的氛围。关于“易拉罐的甜”的提喻意蕴（部分代整体——“易拉罐的甜”与工业化）和进一步的隐喻意蕴（由一词的通常含义转移到另一词——具象的泡沫之“甜”与“观念化”的短暂幸福感）就绽放出来了。

“鸟儿以工业的体量感／跨国越界/立人心为司法／人写下自己：凤为撇，凰为捺。”这一句是欧阳江河常用的“拆字法”，但“拆字”的同时更是在上下文语境中展开“格物”与“博义”的过程。“鸟儿”指代的是“凤凰”一词的多义性：它一方面是跨国越界、有多文化语境背景的神话之鸟，一种“瑞应”的图腾，可以为“人心”立法；另一方面“以工业的体量感”这一状语，又提示这是作为徐冰装置艺术作品的一对分别长28米和27米、重12吨的“凤凰”，它是具有强大中国现场感的“凤凰”——来自这个全球化的后工业时代的建筑垃圾堆里，是作为具体之物的艺术装置。但它仍然具有不言而喻的“威力”，这里明显是讽喻的效果（言此意彼，互为

---

① 【美】罗杰·加洛蒂：《论无边的现实主义》，吴岳添译，天津：百花文艺出版社2008年版，译者前言第4—6页。

对峙与补充)。而人的书写表现为“凤为撇,凰为捺”,人字的结构恰如雌雄互补、阴阳对比混成的太极图,强有力地把前文所蕴含的神话与现实、抽象与具象、完美与残缺等“词与反词”之间的两极对峙通过转喻进行了一个加速的信息量放大而带来更大的语言进攻性。

再如第 2 节:“凤凰飞起来/茫然不知/此身何身 / 这人鸟同体/这天外客/这平仄的装甲。”这也是典型的“讽喻”和“转喻”相叠加。《凤凰》长诗中,欧阳江河一直诠释着“神鸟合一”“人鸟同体”以及“飞在不飞中”的辩证性主题,所以第二节承接着第一节的结束语“人写下自己:凤为撇,凰为捺”,进一步把第一节的“神鸟同体”推进到第二节的“这人鸟同体”,并把“飞翔的冲动”与“把钢钎往心的疼痛上扎”联系在一起,把“飞翔的寸心”与“牺牲”和“麦粒”联系在一起。在这样的上下文语境中,这一句“这人鸟同体/这天外客/这平仄的装甲”就有了极强大的信息量和语速感。“装甲”,既是一种机械化武器,同时又可以拆为“装”与“甲”,“装”是“装置艺术”的“装”,“甲”是《凤凰》装置艺术上用来体现凤凰形态的各种钢铁、器械碎片、劳动工具(如凤翅上的羽毛鳞片,是大量建筑工人用旧了的铁锹)。在徐冰的理念中,他要保持“凤凰的动物生猛”,要表现一种劳动本身被遮蔽的时间性、过程性与劳动者的艰辛和力量。大量的铁锹以极粗糙的材料排列组装成极有序而美丽的凤翅,寓意着底层的劳动者也可以拥有有力的飞翔。所以这个“装甲”由《凤凰》的制作方式又转喻为艺术家的表现立场——居住者和劳动者不该彼此断裂于同一个时代的话语体系中。而诗人神来之笔的“平仄的装甲”又把装置的《凤凰》引申到诗歌的《凤凰》——“平仄”是“字”或“词”,“装甲”是“物”,作者再一次用“平仄的装甲”的隐喻提醒读者,这些看似陌生的词与物,其实是人类历久不去又无法回避的日常:人鸟同体的、“把钢钎往心的疼痛上扎”的“寸心的飞翔”,这种“飞翔”不仅存在于艺术家和诗人的心中,也在那些生锈的铁锹的主人——农民工的心中。这样,第一节的“为人心立法”,就有了更强悍和宏阔的意义。

概言之,欧阳江河的《凤凰》在观念、修辞上对各种“词与物”关系的处理,背后实则是词的“数据库式复义”,或曰一种贯穿了“格物”精神的“博词术”,并与徐冰装置艺术包含的格物视野和现实批判精神构成了一种高度的同构与互文。那么,作为空间艺术的装置艺术究竟包含着怎样的“格物诗学”?在诗人必须要依赖时间性艺术完成的诗歌文本中,它可以起到怎样的提示作用?

第二节
结构与节奏:赋形与命名之旅

不管是装置艺术《凤凰》还是长诗《凤凰》,其要处理的创作对象"凤凰"都需要一个"时间"层面的表达:关于"凤凰"这一非实存物种却又以各种"日常形象"存在于数千年历史中的神话意象,如何"赋形"并在当下"人鸟同体",是必须要面对的"结构"与"节奏"的问题,也是对"凤凰"进行"格物"演绎的过程——"给从未起飞的飞翔/搭一片天外天/在天地之间/搭一个工作的脚手架"。在艺术家和诗人共同用"思想的原材料"与"字和肉身"搭建的"脚手架"上,一场关于"凤凰"的格物之旅开启了。

诗人与艺术家的努力,都有一个共同目的:用一种全新的感知模式去把握时代与现实,与之对话的同时又发出个性化的声音。在两个《凤凰》中,这种感知模式都可以概括为"博观约取"与"格物致实"——一种百科全书式结构与知识视野下对现实进行克制、理性观照与批判的现实主义精神。

装置艺术,在 H. H. 阿纳森的《现代艺术史》中,被称为"装配的艺术",强调物与物、物与特定场所之间的密切关系。自 20 世纪 80 年代装置艺术在中国登陆、衍生并蜕变,它几乎对应了整个 80 年代以来的中国当代艺术史。① 它与传统的绘画、雕塑虽然有一定关系,但有两点格外不同:一是它由"现成物"装置而成;二是它更注重艺术的"衍生性"与"互动性",体现了一种"立体与平面的交叉融合以及空间与时间交叉并置的状态"②。因此,装置艺术呈现出多种艺术乃至与科学之间的交叉性。

作为一种具有鲜明"格物"色彩的艺术,装置艺术的核心特征就在于集中体现了"类型化美学""数据库美学""把历时性过程共时性表达"的"解剖化美学"(因其同时打破了完整空间模式和线性时间模式)。说到底,装置艺术是各类"物"的拼接组装与构建组合,也是物与物之间关系的解构与重构、物与人之间关系的祛蔽和照明,以及空间与时间关系的交叉与互文,是一种自然与人文相结合的"格物绎艺"。

而"名物"及"格物"文化自《诗经》起,就一直熔铸着中国文艺的现实

---

① 管怀宾:《装置艺术的系谱(上)》,《艺术当代》2018 年第 3 期。

② 管怀宾:《装置艺术的系谱(上)》,《艺术当代》2018 年第 3 期。

主义精神。人类认识自然、认识社会、认识自身并把握现实始自“多识鸟兽草木之名”的“名物之旅”。参照扬之水的观点，这种“名物”的范围不止于自然博物之“鸟兽草木”，而是“自天文地理，宫室器用，山川草木，鸟兽虫鱼，靡一不具”①，因而从一开始就带有浓郁的多识博闻、校名述异的色彩，是自然科学与人文经验的结合。与“名物”传统伴生的，还有“格物致知”“感物言志”的哲学观与文学观。二者从现实批判和抒情传统的两个方面，标识了以《诗经》为代表的现实主义精神成为中国文学最根本的内生力量之一。其中，“格物致知”更多地包含了“饥者歌其食、劳者歌其事”朴素的唯物观、历史观以及注重历史、现实背景的政治伦理与人文社会经验；“感物言志”则更多地表现为由自然、人生互动激发而来的真挚而具有超越力量的情感与情怀。二者的互动与互文，构成安敏成所指出的具有独特中国文化色彩的“格物——现实主义精神”的内在诗学逻辑，而其中的“实”，“不是要创造或发现新的事实”，而是“意味着作为文明奠基的基本道德信条”②，由此而来的“格物致实”，是一种自然、经验视野与现实批判、超越精神的结合。

“格物致实”今天在文艺领域内的意义，在于提供一种科学理性和人文色彩并重的视角，突破那种与自然、历史和时代关系割裂的局限于感性私我的写作，再现客观和宏观的历史及现实架构下的诗学伦理。其实质是把“百科全书”式结构、全球性视野和民族地域性经验与对现实细部的把握有机结合在一起，从而铸就一种以“问题主义”为核心、“关注现实、直面问题”，同时又“超越风格、突破样式、有感而发”的“新的现实主义”③。

这种“格物致实”的内在诗学伦理尤其对作品的结构、节奏以及历史感起着决定性作用。如果说之前的观念分析、修辞技巧的分析，还侧重于诗歌的“空间性”领域，那么，《凤凰》长诗一共 19 节的庞大“体量”，其阅读过程恰如缓缓展开一幅长卷，这里面节奏与总体结构把控，其核心问题在于作品的“时间性”艺术。而不管是欧阳江河的《凤凰》还是徐冰

① 扬之水：《棔柿楼集·卷一：诗经名物新证》，北京：人民美术出版社 2016 年版，第 2 页。

② 【美】安敏成：《现实主义的限制——革命时代的中国小说》，姜涛译，南京：江苏人民出版社 2001 年版，第 23 页。

③ “一种新的现实主义”的说法，来自廖上飞对徐冰“有问题就有艺术”艺术观的概括：“我认为‘问题主义’是一种全新的现实主义”，“我认为一种新的现实主义艺术应该是关注现实、直面问题、超越风格、突破样式、有感而发的”。参见廖上飞：《我们需要一种新的现实主义》，载《中国美术报》2018 年 10 月 29 日。

的《凤凰》，二者在“时间性”层面，仍然体现了一种词与物关系更深层次逻辑化的“组合”与“装置”的鲜明特征，从而力图完成一种文明史意义上的、对“凤凰”的命名与赋形之旅。

徐冰在处理《凤凰》的结构感和节奏性时，颇费了一番思量：首先是其历史形象，几经考证后以汉代的凤凰形象为蓝本，取其气宇轩昂；其次是如何把凤凰的平面形象转化为立体“圆雕”形象；然后是如何处理凤凰各个部位的组合、连接。徐冰在接受采访时说：“比如说什么东西和什么东西衔接应该是有一种逻辑关系的，应该是怎么样的一种节奏感……都要考虑得非常精密……才能够帮助调动起人们的一种‘经验节奏’。”[①]再之后是每一个细节的物化处理以及所有环节之间的相互呼应，因为这和图纸不一样，每一个细节从材质到线条到色彩全部都要“物化”，而且是结构化的“物化”。作品呈现出来的主题可概括为资本与劳动及艺术之间的颉颃，主材是建筑垃圾及建筑工人的劳动、生活用具，手法是在西方的装置艺术和中国传统文化及民间艺术经验之间的一种综合性拓新，最后体现出艺术家立于当下、关注现实的“中国态度”。

同样地，在欧阳江河的《凤凰》里面，19 节长诗的庞大体系之内，如何让凤凰从神话到现实飞跃千古、“名实相副”进而“同体”于人，也是一个精密工程。在这个过程中，长诗《凤凰》不仅与装置《凤凰》有着同构性和互文性，甚至溢出了这种同构性，营造出宏阔的与文明史对话的语域。

关于凤凰形象本身，传统文化中有几种代表性说法。如《尔雅·释鸟》郭璞注：“凤，瑞应鸟。鸡头，蛇颈，燕颔，龟背，五彩色，其高六尺许。”[②]简言之，凤凰形象本身就是一种非实存的“跨类装置艺术”。另外在《论语谶·卷四》中提到凤凰的“六像九苞”，其中六像是指“一曰头像天，二曰目像日，三曰背像月，四曰翼像风，五曰足像地，六曰尾像纬”[③]。民间艺术经验则有言凤凰有几长：喙长、目长、颈长、尾长，等等。如果读（观）者把上述这些对凤凰的经验性描绘集合起来，不难发现，徐冰的《凤凰》和欧阳江河的《凤凰》共有的结构感和节奏感的奥妙：一场关于神话与现实、自然与社会、资本与劳动和艺术、“众人与个别人”如何在漫长历

---

① 周瓒编著：《彷徨于飞——徐冰〈凤凰〉的诞生》，北京：文化艺术出版社 2012 年版，第 31 页。

② 《尔雅》，管锡华译注，北京：中华书局 2014 年版，第 616 页。

③ 《七纬(附论语谶)》下，赵在翰辑，钟肇鹏、萧文郁点校，北京：中华书局 2012 年版，第 781 页。

史中完成对“凤凰”以及“飞，是观念的重影，是一个形象”认知的格物之旅。

譬如令几乎所有观者都惊叹的“凤头”“凤颈”的设计，徐冰选择了一个挖掘机的机械臂，它简洁有力而且足够“长”，其固有的曲折关节又恰如“蛇”形而更具结构感，凤头则是一个挖掘机长臂顶部的破碎锤，足够强悍、尖锐，形如“鸡喙”，而当挖掘机的长臂高高举起，又暗合“头像天”的“鸡鸣”“天问”姿态。

欧阳江河的《凤凰》的第 1—9 节，是对“凤凰”主体形象的一个全方位刻画。第 1 节中，他正是取了“凤头”“鸡喙”“头像天”的几种象征意义的混合，开启整部《凤凰》的形象之旅：“给从未起飞的飞翔 / 搭一片天外天 / 在天地之间/搭一个工作的脚手架。”之后的第 2—8 节，都环环相扣于一种内在逻辑：第 1 节的神鸟之“神”，来自凤头、凤喙的“天外天”的突兀之问、为人心立法的激越之“鸣”；第 2 节的“人鸟同体”之“心”之“激动”与“生活保持原大”的对峙；第 3 节，无数个“慢慢”的“时间”片段，和“梯子”“登上”等意象，如同长长的“凤颈”，连接的是“头像天”与“足像地”之间的紧张与悖论；第 4 节，“地火”“雪踩上去”“鸟爪”“鸟迹”“钢筋”“基建”等，令人联想到长长的“凤腿”“足像地”的庞杂现实；第 5 节，“景观”“目力”“眼瞳”“泪水”等，令人联想起凤目之长以及“目像日”的自然与宏观视野；第 6 节，“临时工”“恐高”“登机”“新月”“晚霞”等意象，指涉工人们登上“凤凰”的“身体”为“凤凰”上“防腐剂”的过程，因此这些只有“暂住证”的农民工，“临时”做了一回“骑凤人”，体验了一种“飞翔”，而忘记了童年的“恐高症”，同时这一节也暗合凤凰形象的“背象月”“翼象风”；第 7 节，“鸟儿飞经的所有时间 / 如卷轴般展开/又被卷起”，这几乎就是“尾象纬”“凤尾长”的另一种表述了；第 8 节，是凤凰“腰部以下的现实”，那些令飞翔黏滞的现实部分，与飞扬的“鱼尾”、飘逸的“屋漏痕”书法线条以及“鸟眼睛”里形成的“鸟瞰”之间再度形成一种整体性的对比，凸显现实的繁复与飞翔的艰涩；第 9 节，呼应第 1 节的“天问”“铁了心的飞翔”，那个在第 8 节里已经把各个部分搭建、组装完成的但是静态的凤凰，在这里发出完形之问：“如果这样的鸟儿都不能够飞，还要天空做什么？”

长诗的第 10—16 节，则分别是对历史或文本的凤凰形象的演变转徙、现实中徐冰《凤凰》几度波折、历尽艰辛的诞生的陈述。这样的陈述承接第 1—9 节“凤凰”主体形象意义的完形，是一种对“飞翔”姿态、意义的多重描述。最后的第17—19节则再次回到“人鸟同体”，在现实中继续研讨整部艺术史、人类文明史所面对的凤凰究竟“飞与不飞”的问题，凤凰如何“重生”的问题，长诗开篇即提出的“去留悬而未决”的“天问”的问题。这些章节仍可以看作是“凤尾”的延续，抽象的“飞翔”痕迹。如同“凤尾”之长，关于“飞翔”的这种多重描述也几乎是穷尽了时间和空间的各种维度。

概言之，从结构和节奏的角度可以清晰地看到：“凤凰”的诞生与飞翔在千年时空里延伸、转换，并用一种百科全书式的内在结构、数学般精确计算的方式、博物学般博观约取的知识性视角，汲取艺术史上及现实“生活世界”中的种种经验，并尖锐而犀利地处理资本、工业、技术等艺术史之外的、直击现实的题材，在创造内在的音乐感、节奏感的同时传达文化语境的厚度，也同时形成对现实信息传递的集束性与速度感，构成长诗的深度时间性、现实性和肌理辐辏的结构。凤凰的丰沛浩渺的时间性维度和它的繁复芜杂的空间性形象一直紧紧相扣，深入到时代的各个角落、现实的各个环节，沿着一条中心线索——“词与物”之间及“词与反词”“物与非物”绞缠而成的“踪迹线”——越拧越紧，形成一个充满悖论、富于张力的结，最后在“飞与不飞”之间凝定在空中，构成全诗的“格物凝思”结构的“脚手架”，描绘出长诗中“一种叫作凤凰的现实”的“格物致实”之逻辑“天梯”。从这个意义上说，欧阳江河的《凤凰》确与徐冰的《凤凰》，双双在一种对“凤凰”的命名和赋形之旅中，形构出巨大的历史感、现实性信息包容量以及锐利的人文思考维度。

—— 第三节 ——

自然与经验：“乡愁”里生长的现实主义

引人深思的是，不管是欧阳江河还是徐冰，二者关于“词与物关系”的认知与探索，都深受中国文化、古典文学以及民间艺术经验的影响，同时又把这一切艺术经验与纷繁芜杂的社会现实强有力地“焊接”在一起。概言之，这种“百炼之后，钢铁变得婀娜”的“焊接”的实质是中国人文传统的自然、经验与现实主义精神三者的融汇。

如上文所言，两个“凤凰”作品要处理的现实经验，都可隐喻为“一种叫作凤凰的现实”。那么，究竟什么是诗人和艺术家所描述的“一种叫作凤凰的现实”？概言之，二者之间最根本的、可以将前面三个互文层次都一以贯之的核心同构点是艺术的中国态度和聚焦于“问题主义”的现实批判精神。“一种叫作凤凰的现实”，实则是通过对“凤凰”的格物之旅来凸显时间(历史感)与空间(现实感)之间互为贯通的关系与鲜明的问题意识：前者透视出一种知识考古学上的“观念的重影”，从而能更为清晰地耙梳文明史的“笔迹”“鸟儿飞经的所有时间”；后者把历史感、时间性聚焦并显示为当下中国的文明症候、现实问题。

时间(历史感)与空间(现实感)的贯通这一点集中反映在中国艺术经验对线性逻辑的解构与重构上。在徐冰看来，“传统的力量”之大，目前还没能引起足够的重视。就拿“词与物之间的关系”这个今天看似比较前沿的话题来说，其实是中国历久弥新的“传统”：“因为中国人是读图的种族，而不是线性逻辑的……世界主要语言都是黏着语系，说话一串一串的，只有汉语是单音节发音，这让中文成为一个音对位一个字的体系……别小看这一点不同，这影响了我们这个民族后来的几乎所有事情……说今天是‘读图时代’，而我们已经读了几千年了。”[①]具体到作品中，徐冰虽然借鉴了西方现代“装置艺术”的概念和形式，骨子里却深嵌和涌动着大量传统文化、民间文化的艺术经验，从而能把握住现实中国在全球化激流中既“与时俱进”又凝重沉实的独特脉象。譬如《凤凰》中尾羽的设计，徐冰就借鉴了民间艺术的皮影以及蜡染的艺术特色，因二者都是强调光与影的对比之下形成的镂空几何效果。这样，不管是日光下线条繁复的凤尾，还是入夜后有如“银河系”轮廓的凤尾，都能有效地唤起观者的历史感和国族想象；更进一步的是，纯粹的“传统”和“民间”并不是目的，徐冰追求的是一种既古老又现代、既世界又民间的“不纯”的艺术。细察之，观者不会忽视这些“镂空”是由具体的工业之“现成物”装置出来的：一片尾羽上的斑点、线条，聚合着各种尺寸的、从建筑废品里淘回的、锈迹斑斑的齿轮、钢盘、链条——这再形象不过地隐喻着这个技术世界的空间性、庞杂性与复合性，结合着凤凰的神圣意蕴与其长长的凤尾本身所隐喻的飞翔了几千年的古老时间感，形成一种悖论、混杂的张

① 徐冰：《一个艺术家的文字观》，见《我的真文字》，北京：中信出版社 2015 年版，自序第Ⅶ页。

力。难怪观者刘家琨发出惊叹："这个凤凰，又烂又炫……这次的作品不光是对艺术史，也是对徐冰自身的一个突破。"因其把握住了当下中国的"涌动、骚动、能量"①。

进而推之，这种对经验的重视，是徐冰艺术观念里最核心的"中国态度"："现在看来，对我有帮助的，是民族性格中的内省、文化基因中的智慧，我们获得的有关社会主义试验的经验，以及学习西方的经验"，"我们传统中有价值的部分，必须激活才能生效"。② 他进一步对这种"经验"进行阐释。

一是这经验取自对现实的政治伦理关怀。徐冰认为："作家、艺术家像是作品与社会文化之间的传导体……价值取决于你带入的东西是否优质的、大于文化界现有思想范围的、对人有启发的"。③ "多数人的经验更具有普遍性和阐释性，是必须面对的，否则我们就什么都没有了。"④因此，徐冰一再强调要在艺术作品中最大限度地调动起人们的经验节奏。

二是这经验得益于中国传统的人与自然、人与物之间的默会交融，从手头做的事，从与自然材料的接触中，主客交融、知行合一地认知世界、了解世界。波兰尼在其著名的"个人知识"哲学理论中指出"默会知识"的重要性：人类具有一种通过身体、感官在非理性、非语言层面上积淀而来并"日用而不知"的"默会知识"或"意会知识"。这种默会知识强调人作为一种能动中心在与实在世界发生真实接触、在具体情境下解决问题、"获得对于外界之控制的求知热情"⑤的经验。徐冰在谈及齐白石的"工匠之思"和"民间智慧"对他的启发时，其实涉及的正是这种"默会"知识。他探讨画家、宣纸与水墨之间的关系，亦即艺术与自然、经验之间的关系：一方面，"纸是自然凝结之物，每一个细处都是天成的"，这是"最早找到了'纸'"的中国人独特的"天人合一的自然观"；另一方面，"中国人与纸为伴的过程，又强化了民族的文化性格"，形成种种经验。⑥ 因而

---

① 周瓒：《彷徨于飞——徐冰〈凤凰〉的诞生》，北京：文化艺术出版社 2012 年版，第 45 页。

② 徐冰：《一个艺术家的文字观》，见《我的真文字》，北京：中信出版社 2015 年版，自序第Ⅻ页。

③ 徐冰：《一个艺术家的文字观》，见《我的真文字》，北京：中信出版社 2015 年版，自序第Ⅻ页。

④ 徐冰：《我的真文字》，北京：中信出版社 2015 年版，第 26 页。

⑤ 【英】迈克尔·波兰尼：《个人知识——朝向后批判哲学》，徐陶译，上海：上海人民出版社 2017 年版，译者前言第 6—7 页。

⑥ 徐冰：《我的真文字》，北京：中信出版社 2015 年版，第 96 页。

这三者之间是相辅相成的——“是下笔的经验、预感力与‘自然’互为的结果”[①]。齐白石的工笔草虫，用一种近似昆虫教科书的精细描绘，体现了“科学家的工作与工匠的技能”混成的“工匠之思”，而其“兼工带写”之“写意”的部分，则更多来自经验——包括“走街串巷靠斧斤生活的体验和视角”，一种“民间智慧”，一种把“自己手里做的‘活’与现实是一种怎样的关系”了然于心，以及“把传统手法与当下生活拉近”的能力[②]。

徐冰在制作“凤凰”装置时，也有着这样的“工匠之思”和“民间智慧”。比如凤羽间的飘带：“飘带是用施工围栏布……用那种彩条布是重要的，因为彩条布给大家特别强的施工感……实际上整个过程中，我一直强调一定要强化施工现场感、建筑感的材料。”[③]这种强调“施工感”的实质是让观者身临其境时，能第一时间调动起生理、心理上的自然情感和复杂经验，进而“默会”到一种强大的现场感，那种带着累累伤痕但又有尊严的、在都市空间中常常被省略掉之“劳动阶层”的个体生命感，那种呈现劳动转化成飞翔的动力之现实的、与社会环境发生互文的深意。

同样地，在欧阳江河处理“词与物的关系”的内在逻辑里，也包含着这样的一种贯通了时间（历史感）与空间（现实感）的“中国态度”，以及与自然、经验之间的“默会融合”关系。在欧阳江河的长诗《凤凰》这里，“平仄的装甲”这一对《凤凰》装置艺术的注释，是一种既跨越古今时空的宏观与客观统照，同时又指涉当下“生活世界”之实在症结的双重隐喻。也因此，欧阳江河笔下的“凤凰”，亦是强调着中国现场感的“浑身都是施工”的凤凰，“飞与不飞，两者都是手工的”凤凰。除了前文已经不断涉及的欧阳江河对“词与物”在古典文学、传统文化与当下现实之间的“漫游”与“考古”，可再举一个与徐冰时间性处理技法具有同构性的例子来说明。在长诗《凤凰》整个节奏把控中，对“时间性”的处理多处借鉴了传统的中国诗学经验。

第6节的“鸟群从字典缓缓飞起/从甲骨文／飞入印刷体/飞出了生物学的领域／艺术史被基金会和博物馆／盖成几处景点/星散在版图上”，这几行诗固然是与徐冰《鸟飞了》的装置艺术作品互文，但其溢出狭义文本间性互文的那些字眼——艺术史、基金会、博物馆、景点、版图等等，令人联想起中国的名物传统和继之而来的格物文化，这样就极大地

---

① 徐冰：《我的真文字》，北京：中信出版社2015年版，第70页。

② 徐冰：《我的真文字》，北京：中信出版社2015年版，第75页。

③ 周瓒：《彷徨于飞——徐冰〈凤凰〉的诞生》，北京：文化艺术出版社2012年版，第41页。

扩充了“鸟飞”的历史文化语域和时代文化语境，并赋予其更鲜明的当下性与现实性。与之相关的对时间性的描述，还有如下句子：

为什么凤凰如此优美地重生，
以回文体，拖曳一部流水韵？
鸟儿飞经的所有时间
如卷轴般展开，又被卷起。
漏出些手脚，又漏出鱼尾
和屋漏痕……
而山河，碎成鸟影，又聚合在一起。
革命和资本，哪一个有更多乡愁？
但凤凰既非第一只这么飞的鸟，
也非最后一只：几千年前，
它是一个新闻，被尔雅描述过。

所有这些关于“飞翔”的“时间性”痕迹都被一一“空间化”并裹满了历史和文化的包浆。“时间”与“空间”互为贯通而造成的“词与物”之复杂关联，最后达成的“雪崩般的镂空”——剔除日常芜杂表象，拎取概括化伦理经验，落实在作者对当下现实的宏观把握上，以及这一切结合而成的“立人心为司法”的“中国态度”：

当代长诗写作该如何回应原有的文化资源，在经历了转型时期的扭曲和变形之后，变成了什么，要回应这么一个大的问题。要考虑新的转型导致的中国现实的复杂性，中国和世界的联系，灵魂和物态的联系，批判性写作和日常性、历史资源的联系，以及非联系。①

长诗作为一个笼罩的装置，能否把它投放进思想的密集劳动矩阵去生产……投放进善恶情仇去发挥，去派遣和萧散，去形成新的乡愁，新的旧情。②

诗人在诗中（革命和资本，哪一个有更多乡愁）和诗外（去形成新的乡愁，新的旧情）提到的，引领“凤凰”飞翔的“乡愁”到底是什么？这就把诗眼最后落实到了“问题意识”和“现实批判”精神——或者诗人在诗中已给出答案：“它是一个新闻，被《尔雅》描述过。”《尔雅·释鸟》中描述的凤凰，是一种不世出的“瑞应鸟”。在沈从文的考古研究中，与同为传说

① 欧阳江河：《长诗集》，南京：江苏凤凰文艺出版社 2017 年版，第 407 页。
② 欧阳江河：《长诗集》，南京：江苏凤凰文艺出版社 2017 年版，第 411 页。

中瑞应物的、代表了权威的龙相比较，凤凰形象的意义更为开阔，更接近民众的日常生活，“给广大人民以生活幸福的感兴和希望”[①]。因此凤凰虽是一种想象的灵禽，“在艺术创造中却表现多方，有万千种美丽活泼式样存在”[②]，并如凤凰涅槃的传说一样，在世世代代的艺术中永生。与“龙”相比，“凤凰”更接近于集体性的、“日常生活”的现实。“凤凰”飞翔引领的“乡愁”“万古愁”，则基于一个民族不可磨灭的文化基因和心理经验，同时又在不断变化的时代所必须直面的现实中，那种集体寻求文明发展的来处和去处的努力。所以这“乡愁”，实是诗人所言的“为人心立法”的“平仄的装甲”，也即对“浑身都是施工”、叠印着“观念的重影”的“一种叫作凤凰的现实”的概括与表达——对当下现实的总体把握的内在逻辑与外在形式。

一方面，诗人选择了让“凤凰”如同自然物那般在诗中以“格物”的方式逐渐赋形、副名，“考虑长诗写作内部的植物性质。写作慢慢从根部上升到树叶，花的骨朵，果实。它吸入阳光，雨水，听风声鸟语”[③]。在《凤凰》中，从文化资源中汲取足够的养料来滋养“词与物”在当下的表达，是“长诗”之“长”的根本原因之一。“长诗手卷中，弥漫着器物漫游的、语源考古的、语义辨认的，多少有些蛊惑的仪式感”[④]；这种“仪式感”的根本目的，是为了让“读者”在当下现实里活得“清白”。诗人与徐冰同构地、直接地处理现实中最为复杂棘手的主题：劳动、资本与艺术之间的关系，以及由此生发的文明症结之拷问与反思。在技术世界和资本逻辑下，人类虽然拥有了越来越精尖的科学技术，却未必能够处理好文明前行的困惑和犹疑：

> 金钱已经分裂成符号、话语、权力、虚无、实体，这些碎片……资本对于零花钱，是假钱。但有些暴发户和成功者，想把这两个不同领域（资本和零花钱）加以合并。这是我们这个时代最不可思议的奇景和疯狂。[⑤]

在这样的“奇景和疯狂”中，“大我”被“小我”丢失了；“众人”与“个别人”之间无可避免地隔阂；“造房者和居住者，彼此没有看见”。诗人拂去

① 沈从文：《龙凤艺术》，北京：北京十月文艺出版社 2010 年版，第 57 页。
② 沈从文：《龙凤艺术》，北京：北京十月文艺出版社 2010 年版，第 48 页。
③ 欧阳江河：《长诗集》，南京：江苏凤凰文艺出版社 2017 年版，第 401 页。
④ 欧阳江河：《长诗集》，南京：江苏凤凰文艺出版社 2017 年版，第 405 页。
⑤ 欧阳江河：《长诗集》，南京：江苏凤凰文艺出版社 2017 年版，第 398—399 页。

信息时代、技术世界、资本逻辑下、现实之上的重重雾霾：人与物之间的隔——“默会”经验的缺失，造成个体生命完整信念的危机；人与人之间的隔——造成信仰与共鸣的社会经验缺失和危机；群体与群体之间的隔——居住者和造房者的彼此“看不见”，造成现实经验和文明经验的错位与吊诡。但“凤凰”之所以还在“手工”“搭建”中“重生”，是因为“伤痕累累的手艺和注目礼”，使飞翔本身变成了“观念的重影”，并且“为感官之痛，保留了人之初”。诗人和艺术家一起，在古老的“凤凰”形象中，看到自然和经验的力量，看到了“人鸟同体”之凤凰“飞在它自己的不飞中”现实主义精神的价值。

概言之，“自然”与“经验”如同两口泉井，艺术家从中汲取养分，并上升到文化学与社会学的层次，进而有意识地、主动地“试用中国的经验审视现代艺术的问题”，呈现更多“带有较强中国现实意识”的作品，“直面自己身边的现实和时代敏感地带，探寻艺术与生活更真实的关系”。[①] 这种艺术的最终价值，是为了寻求“一种新的、有效的思想方法及新的文明方式”[②]，正如安敏成所指出的那种中国特有的“格物——现实主义”的最终旨归——寻求作为文明奠基的基本道德信条。

这种经验、自然与现实主义精神三者之间相互交融的古已有之、今亦弥新的关系，杜威在 20 世纪 20 年代才明确提出的“自然主义的人文主义”的思想可以为之佐证。杜威强调人、经验与自然界三者之间关联的重要性。他认为“经验既是关于自然的，也是发生在自然以内的”，并且“假使经验实际上呈现出美感的和道德的特性，那么这些特性也可以被认为是触及自然内部的”[③]。归根结底，在杜威看来，一个经验的方法对自然界是保持忠实的，它可以“鼓舞心灵”，使人类在新世界的惶惑面前具有创造新理想和价值的勇气和生命力。用这样的哲学观点观照文学艺术的批评概念，实则非常接近韦勒克所概括的作为时代性概念的现实主义，一方面表现为“当代社会现实的客观再现”；另一方面又是动态的、发展的，“教谕性的、道德的、改良主义的”[④]。这是一种在自然和经验

---

① 徐冰：《我的真文字》，北京：中信出版社 2015 年版，第 108—109 页。

② 徐冰：《我的真文字》，北京：中信出版社 2015 年版，第 119 页。

③ 【美】杜威：《经验与自然》，傅统先译，北京：中国人民大学出版社 2012 年版，第 3—4 页。

④ 【美】勒内·韦勒克：《批评的诸种概念》，罗钢、王馨钵、杨德友译，上海：上海人民出版社 2015 年版，第 237 页。

之间，随着人类文明的发展遭遇各种新问题的涌现而在“乡愁”中不断生长的“手工”的“现实主义”。

如是，在诗人揭示“飞与不飞，两者都是手工的”，“但为感官之痛，保留了人之初”的敏锐，艺术家呈现“资本、积累、发展与劳动、底层之间关系”，以及“中国人的带着伤痕与磨难的愿望”[①]的犀利中，经验关乎“词”，自然关乎“物”，联系这两者的是“人”，三者在互动中诠释了历史和现实、技术世界和民间文化的嵌合、拼接与装置——一种让“过去”和“现在”、“居住者”和“造房者”都能彼此看见的“叫作凤凰的现实”。而这，正是能够诠释中国当下纷繁庞杂现实的、最坚实的、在“天外天”处找到的立脚点、工作室、“脚手架”，如同那些被徐冰镶嵌在“凤冠”之上的无数建筑工人戴旧了的、伤痕累累的“安全帽”，如同欧阳江河在长诗结尾处那一句“凝定成一个全体”。

21 世纪已经过去了将近 20 年。新的世界必然引发文学艺术上的改革与拓新，也必然导致艺术表达对文化背景资源得时无怠的汲取与提炼。而《凤凰》长诗与《凤凰》装置艺术的互文性表达，用一种现代性的“格物致实”的文艺观，重释传统文化、民间文化之中的艺术经验，从而能在新的时代背景下用更贴切透辟的艺术形式和更敏锐宏观的思维图式，呈现出人类对集体力量、文明开拓的认知、重构与想象。在技术时代数据库般精确运算的“平仄的装甲”中，最终飞起的是既古老又现代的“装置凤凰”。其内在的诗学伦理是：诗与艺的探索，不仅关乎文艺史，更贯穿着中华文明史上永恒不逝的自然、经验与现实主义精神三者之间的融汇。它因此也提示了一种文艺发展的新拓向：聚焦于当下的问题意识，溯源于本土艺术经验，又突破了以往现实主义艺术风格，延续了史诗特征，同时又糅合了更广阔隐喻镜像的“新的现实主义”。

读者需要一种新的阅读、批评视野，一种能打破传统学科分类的、思维图式的开拓。也许这才能跟得上这个“读秒时代”的运行速度，才能跟得上诗人和艺术家们日新月异的表达与探索。与此同时也需看到：诗人和艺术家的作品除了“快”的一面，更有“慢”的一面，那就是如何在飞速运转的技术世界里保持自己的初心，在文化资源、民间经验和活态现实中汲取充沛的养分，同时在全球化的大背景下树立一种中国文艺盘石桑苞、观往知来的坚韧与沉实。

---

① 周瓒：《彷徨于飞——徐冰〈凤凰〉的诞生》，北京：文化艺术出版社 2012 年版，第 117 页。

第九章

『中国经验』叙述：全息性叙事与冲淡反讽

一个悖论罗列着两种真实，并非由一种真实去矫饰一种虚假。

——D. C. 米克[①]

对"中国经验"的叙述，以及向古典文学资源中寻求有益的哲学元素和美学元素，从而更清醒和犀利地面对21世纪这个后人类主义的时代中人类的存在困境与精神症结，是进入21世纪以来一部分作家有意识的、自觉的选择。本章选取的作家贾平凹和苏童在这方面都做出了独创性的写作实践。虽然从文体风格和主旨探寻上讲，两位作家各有其鲜明的特色，但剖之以内在肌理，一种具有中国美学特色，同时又带有现代西方文论之"悖论"色彩的"意象叙事"皆贯穿于二者的作品之中。本章试图对此做出一些不同于以往研究视角的尝试：从"全息性"视角看贾平凹《极花》的意象叙事，以及从"冲淡反讽"的视角看苏童的小说意象美学，

① 【英】D. C. 米克：《论反讽》，周发祥译，北京：昆仑出版社1992年版，第46页。

或小说诗性美学。

第一节
全息性视角:《极花》的辩与讷

作为一位古典美学色彩浓郁、擅长采掘“中国经验”乡土题材的作家,贾平凹指出,他的写作(尤其是21世纪以来的小说)追求“看似没秩序、没工整,胡摊乱堆,整体上却清明透澈”的艺术效果,并力求能表现人物的“郁勃黝黯”“孤寂无奈”。[①] 总的来说,细节芜杂而整体浑然,既有写实的黏泥又有务虚的跳脱——这是贾平凹对当下中国人“孤寂无奈”精神世界的独特表述方式。

而在细节与整体、写实与务虚之间,贾平凹获得自我平衡的方式既是“辩而能讷”,也是“时辩时讷”。辩讷二字,出自中国传统哲学经典。孔子云:“辩而能讷,博而能浅,明而能暗。”庄子云:“夫大道不称,大辩不言……道昭而不道,言辩而不及。”概而言之,辩讷既可是事物的两端,也可以是本质与现象、内涵与外延。这是一种中国传统文化特有的“经验式”智慧,透露出一种既缥缈又厚重的历史忧患感。

“很多问题不一定能看清楚,好多事情你要往大里看,好多事情又要往小里看”[②]。《极花》正是这样一部在辩讷之间游走的作品,“拐卖妇女”只是小说主旨的冰山一角,作家由这一具有社会现实、新闻价值的事“实”,旨在书写“废乡”之“虚无”、忧患,对人性深切之悲悯。其看似单一散漫的、“唠叨”(讷)的叙事方式,实则包含着一整套深具“全息性”的内在规律、结构和隐喻意义(辩)。从“全息元”“全息叙事方式”“全息美学观”三个角度来解读《极花》,可使作者在辩讷之间游走的路径得以浮现和明朗。这里借用了物理学上的全息概念。其核心观念为宇宙是一个由无数部分相互关联而成的有机整体,而每个部分都携带着对应整体的全部信息,每个部分的发展史也都对应着整体的发展史。而其中在结构

---

① 贾平凹:《古炉》,北京:人民文学出版社2011年版,第607页。

② 孔令燕:《回不去的田园:〈极花〉之痛》,载《光明日报》2016年5月10日。

和功能上有着相对完整性、独立性的部分称之为全息元。在一部艺术成熟的小说中，全息元可能就是一组关键词，或是一类点题句，或是一种句子结构，等等，它们在小说中绝不会孤立存在，而是有明显的相似性和重复性。结合小说的6章意象式标题引领下的串联式结构，《极花》形成了一种独特的"意象化"以及"全息性"的叙事模式。而贾平凹的小说，因其格外注重细节与整体、"小里看"与"大里看"之间的呼应关联、氤氲渲染，借用全息理论来观照就会获得一个特别而清晰的视角。

同时可见，当作家借力于"辩而能讷"这样古老从容的东方式智慧面对后现代语境下传统伦理与现代理性的"短兵相接"这样棘手的问题时，他是"两难"的、"时辩时讷"的，这种作家自身的困惑不免导致小说艺术上的得与失、题旨上的明与"隔"。

一

首先是"全息元"的读解。《极花》一共6章，分别为"夜空""村子""走山""招魂""空空树""彩花绳"。我们可以将上述6个标题看成是小说6章叙事的意象式串联结构。而在这6章中，一个"哪不都是"(也可称之为"哪儿都是")的句型出现了6次，分别出现在每一章故事情节发展、人物心理活动演化的关键位置。它们分别是"夜空"一章的"在哪还不都在星下"①，"村子"一章的"待在哪儿还不都是中国"②，"招魂"一章的"睡在哪里都睡在夜里"③，"走山"一章的"你在那儿了，那儿都是你的地方"④，"空空树"一章的"我睡在哪儿瞌睡了都在夜里"⑤，以及"彩花绳"一章的"在中国哪儿都一样"⑥。

夜空。这一章主要写圪梁村的"风景画"。从这个村名就可以看出来，这当然是一片"荒野"，却不是单纯由于自然环境的恶劣造成的荒野，而是正如黑亮所抱怨的那样：城市吸走了他们的钱、物，吸走了他们的女人，也有时代的因素在里面。所以在被绑架拐卖的胡蝶眼中，这就是一面荒坡，那些阴暗潮湿的土窑内，埋着一些活死人。而她自己，也是这样

---

① 贾平凹：《极花》，北京：人民文学出版社2016年版，第13页。
② 贾平凹：《极花》，北京：人民文学出版社2016年版，第29页。
③ 贾平凹：《极花》，北京：人民文学出版社2016年版，第75页。
④ 贾平凹：《极花》，北京：人民文学出版社2016年版，第91页。
⑤ 贾平凹：《极花》，北京：人民文学出版社2016年版，第166页。
⑥ 贾平凹：《极花》，北京：人民文学出版社2016年版，第200页。

一个“埋了还没死的人”。她恍惚了自己身在何处，是死是活，而老老爷，一个乡村传统伦理权威，告诫她“在哪还不都在星下”。

村子。这一章主要是写圪梁村的风俗画、风情画。这是一些怎样的乡规土俗、风土人情呢？这个村子里有许许多多还停留在“前现代意识”的讲究，比如手的中指不能指天，夜里出门要不停地吐唾沫、稀稠的饭吃过了要舔碗，等等；比如村里靠山吃山、得过且过、法制淡漠、(道德)信仰溃败的运行模式，村民卑微低贱、希望渺茫的生活状况，等等。这次用“哪不都是”句型来告诫胡蝶的是黑亮，买她的男人：“待在哪儿还不都是中国？”

招魂。这一章写胡蝶通过被强奸(近乎群奸)的方式成了事实上的圪梁村的女人，她自己眼中风景的一分子。因此她分裂了。她有了两个“我”：一个魂的“我”看着一个肉体的“我”被撕裂、强暴，被圪梁村的黑暗一点点吞噬。于是麻子婶来给她招魂，并以个过来女人的身份，安慰并告诫她：“睡在哪里都睡在夜里。”

走山。胡蝶怀孕了，圪梁村地震了。在胡蝶与圪梁村的撕扯、较量中，二者也在无声无息地渗透进对方的血液里。老老爷再一次启发胡蝶：“你在那儿了，那儿都是你的地方。”

空空树。随着胡蝶对圪梁村的逐步了解，她也开始用一种圪梁村人和城市人的双重眼光反思城市的一切：城市是个大磨盘，碾碎一切；而她因为腹中的新生命得到一种力量，让她觉得“在这土窑里我就是神”。麻子婶剪出了一个意味深长的“空空树”剪纸。这一次“哪不都是”句型是胡蝶自己说出来的：“我睡在哪儿瞌睡了都在夜里。”

彩花绳。在半梦半醒中，胡蝶脚上绑着老老爷编的彩花绳被解救回城了，又绑着彩花绳回到了圪梁村。这是一种什么样的绳子，能够让胡蝶“作茧自缚”呢？原来，绳子上的五色，就是五毒。而吃了五毒在肚子里的中国人，也因此而“百无禁忌”了。所以胡蝶沿着那个人性的黑洞又飞回去的时候，她不再怕了，她觉得自己就变成了一只蝙蝠。最后一句她是这样说的：“在中国哪儿都一样。”无谓城，无谓乡。

对应着《极花》6 章标题，这 6 句话完全可以看成是 6 章标题和内容的注释，进而也可以看作是全书主旨的一个注释。正是这 6 句反复出现、不得不引起读者注意的“哪不都是”，提示着这并不是一个把重心放在“拐卖妇女”或者“贫困乡村剩男生存状态”的实在主题，也不是执念于一人一事、一地一俗，《极花》说到底讲述的是一个“废乡”与“乡愁”的故事。

而“废乡”之“废”，聚焦性地体现在“胡蝶”之“痛”。按照马斯洛的需求层次理论，胡蝶是在第三、第四个层次（情感和归属需要、尊重的需要）的生存状态下被生拉硬拽回第一个层次（生理层次的需要）的生存状态中。作者借助遭遇极端命运的胡蝶的身与心，穿越于三四线城镇乡村、一二线城市再到深山老林、穷乡僻壤、残山剩水，放大并衍射出一种多层次的、立体的浮躁与迷茫、空虚与失重，它指向整个当下中国的多维文化、文明生态版图中的隐痛症结所在：农业文明、工业文明、后工业文明，前现代文化、现代文化、后现代文化，在中国不是线性的、均衡的发展而是共时的、良莠不齐的互生，传统的伦理道德固然已经难以呼应这个时代的发展需要，而作为现代理性范畴的愚昧、保守、暴力、专制与文明、开放、理性、自由等这些对立的因素也往往很难二元对立地认取，而更多的是一种混沌的存在。这种混沌让无论在城在乡的人性都或多或少地面对价值失衡、信仰困顿的危机，因而作为一种精神家园缺失象征的“乡愁”便无可避免地滥觞了。曾穿行于这个文化、文明金字塔的数个层次，最终沦陷于最低层（圪梁村）的胡蝶，在被动和不自觉的情况下承载了“乡愁”中最沉痛惨烈的那一部分。

正因为胡蝶之痛非一己一身之痛，废乡之废非一地一俗之废，所以就有了那个让人难以接受、吊诡的结尾：这样的惨痛经历似乎给胡蝶带来了一种“领悟”，她对眼前的世界与自我的认知却比之前明确了，隐隐约约地接近了第五个层次（自我实现的需要），“在这土窑里我就是神”。置之死地而后生的胡蝶，甚至具备了一种超越于她生存状态的哲思能力，仿佛是一个暗夜的通灵者，同时也更接近自然和生命本真，在圪梁村的毛驴与鸡、荞麦与土豆，在麻子婶的“空空树”剪纸艺术中重绽生机，有了一种作者企慕的“大自在”境界的生命修行者意味。这就是胡蝶历经九死一生之后反而能淡漠或淡定地说出“在中国哪儿都一样”的原因，因圪梁村这残山剩水的一角，这最凝重、最黑暗的一角，成为一种烛照，使她从原本不自觉的浮躁与虚无之境中获得一种鲜血滴滴的落地感。

而这，恐怕也是作者迟迟十年不动笔，将这个故事拧成一根稻草绳，意图捆到的那只“螃蟹”。[①] 也是作者贯穿《极花》全文的“往大里看”的“辩”。

---

① 贾平凹：《极花》，北京：人民文学出版社 2016 年版，第 208 页。

二

《极花》采用了以胡蝶为视角的第一人称的“唠叨”的叙事方式，这种叙述的特点是以一个处于弱势的外来者、异乡人（他者）的身份和眼光，来进行一种限知视角的但又是全方位的、陌生化的叙述，也可以称之为“讷”的一种叙述方式。当然，这个“讷”不是单纯的一讷到底，而是“辩而能讷”和“时辩时讷”的结合体。所以我们看到了围绕着“哪不都是”的全息元和“废乡”与“乡愁”之“辩”的主题，《极花》的叙事方式也具备着非常独特的“全息性”特征。这些特征可归纳为“重感官式叙述”“意象化叙述”“互文式叙述”“开放式叙述”。

《极花》第一章第一句：“那个傍晚，在窑壁上刻下第一百七十八条道儿，乌鸦叽里咵嚓往下拉屎，顺子爹死了，我就认识了老老爷。”[①]这一句就是一段，这一段也就包含了上述四种全息性特征，也可以说这一段就奠定全书基调。

小说并不是从头开始的“平铺直叙”，第一句从胡蝶被禁锢在黑家土窑内一百七十八天的时间点开始，然后是顺叙、倒叙、插叙、补叙纷至沓来，而故事主人公胡蝶的叙述方式有独语、呓语、梦幻、玄幻、分身叙述等等，最大限度地进行“感官式叙述”，也可称之为“重感官式叙述”。作为一个极端命运承载者的胡蝶，以“他者”视角意图完成一个既是全方位感官扫描（尽可能地看，最大限度地听，各种气味、味道的浸淫，身体遭受的侵犯，等等），又是陌生化感知（始终处于困惑和迷茫的、信息不对等的地位上，且缺乏足够的理性判断）的过程。小说中若干“重口味”的叙事细节，也是“重感官式叙述”的一种呈现。而每当第一人称的叙述对“感官式叙述”形成了某种限制时，作者就会拆分或打乱时空结构，或是采取分身叙述（主要出现在第三章和第四章），或是采用间接叙述（“黑亮说”“我在想”等等），或是采取倒错时空的方式（回城及返乡亦真亦幻的叙述）。

而在第一句中出现的几个意象词汇——傍晚、乌鸦、窑壁、拉屎、死、老老爷，都是象征、隐喻意味极强的意象词汇，而这些意象自始至终贯穿了整部小说。不仅如此，小说中无论是从章节标题设置、人物姓名、个性身份安排、叙事关键情节发展等等，无一不带有鲜明的“意象化叙述”特点。而这也是贾平凹的一贯写作风格：“建立自己的一个符号体系，一个

---

① 贾平凹：《极花》，北京：人民文学出版社 2016 年版，第 2 页。

意象的世界。"[1]有趣的是,《极花》一出版就受到一些女权主义者的关注和批评,但很少有人注意到《极花》里最常见的这些意象与女性主义文学中常见的一些意象相近。在女诗人翟永明写于20世纪80年代的组诗《静安庄》《女人》中,可以读到一些与之惊人相近的意象群落:

乌鸦站在祠堂头顶
它们生于古代
——《静安庄·第4月》
白昼曾是我生命的一部分
现在被取走
——《女人·生命》
夜里月黑风高
男孩子们练习杀人
粗野的麦田潜伏某种欲念
——《静安庄·第6月》
夜使我们学会享受或忍受
——《女人·人生》
我仍是异乡的孤身人
始终在这个鸦雀无声的村庄
——《静安庄·第12月》
夜还是白昼
全都一样
——《女人·旋转》

还有《极花》结尾,胡蝶在返乡的"黑洞"中,感觉到自己变成了一只蝙蝠,不再怕黑了,而"黑夜""蝙蝠"这一类意象也曾是女性主义文学作品中极热门的意象语汇。不管二者这些相近的意象群落在各自作品中的含蕴所指是否"同途殊归",贾平凹对社会现实的敏感把握,对人性心理的深邃拈取,对语言文字、意象的精细淬炼,都由此可见一斑——他的小说中的语言和意象,常常凝练成诗的精度、符号的力度。而之所以在"意象化叙述"上下如此功夫,正是他结合"感官式叙述"的特点"辩而能讷"的一种追求,是把最朴拙的、"胡摊乱堆"的芜杂日常描述导向"清明透澈"的抽象认知的境界。正如英国的历史学家、艺术史学家西蒙·沙

① 贾平凹、韩鲁华:《关于小说创作的问答》,载《当代作家评论》1993年1期。

玛所说:"从我们习以为常的事物开始,深入层层的记忆和表象,通向深埋于几世纪前甚至几千年前的最初基岩,并再一次激活它,使它重获现代社会的认知。"[①]从这个意义上说,由这些意象群落绘就的女性生态和圪梁村"风景"交织而成的社会文化意蕴是这部小说不可忽视的艺术向度。

"顺子爹死了",是全书"互文式叙述"的开端。从胡蝶被拐被禁锢,引出一连串圪梁村关于"女性稀缺""拐"与"买卖"的故事。后文的訾米姐、麻子婶的故事固然不离此宗,连黑亮爹的营生里面都有雕刻"石女"一项。而"我就认识了老老爷",乍看起来是一句过渡性的句子,因为这句话里没有交代任何与情节直接相关的实质性信息。实则这一开放式的开头一路延伸到最后开放式的结尾:老老爷究竟是什么人?胡蝶与他的"认识"究竟意味着什么?胡蝶究竟是被救回城又返乡了还是这一切只是她的幻觉?她的母亲究竟有没有收到消息并来村口找她?这种开放式的开头与结尾,其实是一种主动邀请读者参与其中的叙述方式。读者流畅的阅读过程受阻之后,不得不中断"故事"阅读而开启"叙事"阅读,并自行由此引发判断与思考,等于是参与了"叙事"创造。在"互文式叙述"与"开放式叙述"过程之中,"故事"之间的界限以及"故事"与"叙事"的界限被双双模糊了,读者被抛向一个更广袤的理解区域,引向一个更深入的思考层面。"故事"没有完结,一时也不会完结;"叙述"这次没有雄"辩",因为作者自身在"两难"之间,唯见芸芸众生人头攒动,而郁郁乡愁浩渺无边。

三

贾平凹在《极花》后记中写下这样一段话:

> 在西方现当代艺术发展过程中,纯粹个体的心理发泄是主要的创作动力,这是现代主义绘画包括后现代主义的观念艺术和装置艺术的主要源泉。而在中国,动力是另一个,就是对人格理想的建构,而且是对积累性的、群体性的人格理想的建构。但它不是只完善自我,而是在这个群体性、积累性的理想过程中建构个体的自我。[②]

---

① 【英】西蒙·沙玛:《风景与记忆》,胡淑陈、冯樨译,南京:译林出版社 2013 年版,第 16 页。

② 贾平凹:《极花》,北京:人民文学出版社 2016 年版,第 209 页。

这段话是他记录下来的一段美术论坛上别人的发言,但也正是他"如是我闻"的,恰也可以说明他自己的一种美学观念,可以称之为"全息美学观"。贾平凹始终关注的是不是作为"原子化个体"的自我,而是一种群体性、积累性人格理想的建构;因之在主题设置和审美风格上,处处体现出一种把个体的个性与命运浸润在整个民族文化心理发展过程中来探究的特点,处处追求着一种既有时代性、地域性的鲜明烙印而又能沾溉着贯通古今、超越地域的"大时空氛围"的"语感"和"文气"。更进一步说来,诚如《极花》中上通天文、下晓地理、中测人事命运的"老老爷"这一乡村传统伦理权威人物形象的设置,贾平凹在面对"现代理性与传统伦理短兵相接"这一时代难题的时候,他思想和审美的天平在"两难"之中,或多或少地仍倾向于"传统"一极。这个传统,正是"辩而能讷"的儒家哲学和"大辩不言"的道家哲学等传统哲学、美学的综合体。

这种对传统哲学、美学的倚重,使作家在面对现代理性和传统伦理之间的冲突的时候,选择了"讷"的回应方式,在胡蝶这个第一叙述人的背后,作为隐含作者的作家的价值判断立场是含混的,甚至可以说是缺失的。作者把这个沉重的任务交给了他笔下的女主人公胡蝶。胡蝶在老老爷不动声色的传统伦理教导下、在黑亮一家原始朴拙的"善待"里、在麻子婶凝聚着生命泼辣与荒凉两极色彩的"空空树"剪纸艺术的慰藉下,最终选择做一个"土窑里的神",而放弃了做一个具有现代主体意识的人的权利。但作为一个生存在 21 世纪的、个体极端命运承载者的弱女子胡蝶,真的能够或是应该承担起整个时代文明发展进程中的错位重负,以及解决连作家都回避"雄辩"的、两难的难题么?这是小说中一个隐藏的逻辑罅隙,一个令人困惑的悖论。这造成了小说在"废乡"与"乡愁"这个原本如此厚重深邃的主题下,少了一些读者期待的锋芒与穿透力。同样地,也造成了本可臻于纯熟完善的叙事艺术上的一些缺失:人物个性、主体性的不够明朗,以及情节发展的环节、链条不够圆转灵动。这一点在小说的第四章、第五章最为明显。

小说第四章,在被关押、被强暴并且怀孕数月之后,还在苦闷和沮丧中苦苦挣扎的胡蝶却与黑亮有了第一次主动性爱,并且体验到了性的欢悦:

> 这是我第一回真正知道了什么是做爱,当我坐了起来,坐在黑亮的怀里,他在说:这会不会对孩子不好?我看着我的身子,在窗纸的朦胧里是那样的洁白,像是在发光,这光也映得黑亮有了光亮,我

看见了窑壁上的架板，架板上的罐在发光，方桌在发光，麻袋和瓮都在发光，而窑后角的凳子上爬着了一只老鼠，老鼠也在发光。[①]

看到这里，恐怕不管有没有女权意识，许多读者都会感到无法言喻的懊恼和苦涩：如何能够？何以可能？仅仅是几个月前，黑亮还是胡蝶眼中的"埋了还没死的人"，并且用极为野蛮、残酷的方式强暴了她，在众人七手八脚的帮忙下、在众目睽睽之下，把她捆在一条长凳上，"他是端着枪寻他的新娘，刺刀在不停地捅……然后就是吐痰，抹鼻涕，大小便"，把胡蝶"变成了一个厕所和垃圾场"[②]。而此刻，却仅仅因为胡蝶在老老爷的循循善诱下，终于在白皮松上空看见了两颗星，于是就转了心念，土窑里便一派良夜春宵情景，连老鼠"也在发光"？这算是圪梁村版的"是几时孟光接了梁鸿案"，还是21世纪的"斯德哥尔摩综合征"？

同样明显令人困惑的情节还出现在第五章。胡蝶生下了孩子。黑亮在硷畔上种下一棵何首乌，何首乌蔓生两支，昼分夜合，相交相偎。黑亮说："它像不像一家人，孩子是根茎，蔓藤就是我和你吧。"而胡蝶的反应是"扭头看见西边坡梁上有了一片火红的山丹花"。[③] 而不久胡蝶便总结出"我睡在哪儿瞌睡了都在夜里"的人生逻辑。她"知道了乌鸦乐意着乌鸦，它们在白皮松上有说不完的话，而何首乌的枝条和何首乌的枝条交接了也开花生香"[④]。这意味着胡蝶进一步放弃自我，不仅从身体上，也从心理上接受黑亮了。

作家在《极花》后记结尾处特意提到两句旧诗："沧海何尝断地脉，朱崖从此破天荒。""乐意相关禽对语，生香不断树交花。"[⑤]不必去细察这两句诗出处的语境、原义，这两句诗的字面含义，对应正文中相关内容情节的含义，已足以传递出作者的写作意图或隐含作者的一种价值立场：这种立场和主人公胡蝶的叙述立场是保持一致的，是一种客观的、跳脱局部情境和个体生命意识的立场，是着眼于整个民族文化心理（对胡蝶来说是整个圪梁村的命运）在时代巨变中的伤痛与无奈，以及在伤痛、无奈中别寻自我慰藉、自我修养的代偿——以牺牲个体性、主体性人格价值，而获得与之具有既依赖又反哺之复杂关系的群体性人格价值的代偿。

① 贾平凹：《极花》，北京：人民文学出版社2016年版，第125页。

② 贾平凹：《极花》，北京：人民文学出版社2016年版，第69页。

③ 贾平凹：《极花》，北京：人民文学出版社2016年版，第154页。

④ 贾平凹：《极花》，北京：人民文学出版社2016年版，第166页。

⑤ 贾平凹：《极花》，北京：人民文学出版社2016年版，第212页。

这固然是一种让人怅惘的困局,而胡蝶缺乏突破这种现实困局的想象力。

乡愁浩渺无边,随万物生长;文章辩讷有知,应时节而发。《极花》是恳切而厚重的,也是让人寥落而彷徨的。或者,那个问题一直还萦绕在每个人的耳边,包括作家自身:是做一个土窑里的神?还是做一个大千世界中的人?

第二节 悖论式意象叙事:苏童的冲淡反讽

苏童的小说写作,从最初的《第八个是铜像》一直到《黄雀记》,已然迈过了三十余年的光阴。在这三十余年间,苏童在当代文学长廊里留下了一幅幅笔触精微而境界幽远、艺术个性可辨性极强的江南画图。而这些画图的背后,是一种复杂圆融的叙事美学。具体来说,苏童小说的叙事美学特点,并非单纯的"颓废"或者"诡艳""虚无"这样的字眼所能尽述;与其说其表现暴力、情色、颓败,不如说这是一种淡化这类字眼本义的、反讽意味浓烈的叙事美学追求。

何谓反讽?从修辞格意义上的"言此意彼",到强调事实与表象相"对照"的叙事策略,再到哲学和美学意义上对人类存在困境、精神症结的总体书写,反讽似乎可以包容一切。反讽的实质就是一种怀疑、否定的精神,是在现代乃至后现代语境中对人类生存悖谬性的一种透视与反思。但就具体的作家作品而言,反讽是一个既可以精细考察又可以全面衡量其艺术质地的角度,因为它"既有表面又有深度,既暧昧又透明,既使我们注意力关注形式层次,又引导它投向内容层次"。[①] 考察反讽这一文学现象不离如下几个要素:"自信而又无知(真正的或佯装的)、表象与事实的对照、喜剧因素、超然因素和美学因素",而这些因素显然在具体的作品中呈现出"有所交叠"的复杂样貌,尤其是喜剧因素、超然因素和

① 【英】D. C. 米克:《论反讽》,周发祥译,北京:昆仑出版社 1992 年版,第 7 页。

美学因素似可“归并在一起”。[①]

考之以苏童的小说艺术，可以从故事、叙事、文体等几个层面清晰地耙梳出反讽的质地：它们分别体现在东方世界之“他者”的故事、“回忆”中“不可靠性叙述”的话语以及凸显“悖论式意象”的文体三个层面。而把所有这些反讽因素集结在一体的，是一种“冲淡”的美学内核，它作为整个苏童反讽叙事艺术的底板，既显色为一种超然和美学因素，又浸润了整个小说叙事主题、修辞、策略与结构。这样的反讽叙事，既“内容”又“形式”，既“抽象”又“具体”，既属于这个时代，更属于作家个人。

正如苏童自己所言：“成功的作品总是带有强烈的个性风格，透过作品可以窥视作家的整个意识领域。”[②]作家通过“冲淡反讽”的小说叙事艺术，在这个杂语喧哗、阵痛跌宕的历史转型时期，表达一种超验哲学：伫立在东方的地平线上向世界瞭望；从世俗性的角度向神圣性致敬。

一　故事里的反讽：东方世界的“他者”

小说就是虚构的艺术，“虚构不仅是幻想，更重要的是一种把握，一种超越理念束缚的把握，虚构的力量可以使现实生活提前沉淀为一杯纯净的水”[③]。那么，苏童沉淀的是一杯怎样的“水”呢？

苏童所讲的“故事”的背景，多发生在“腐败而又充满魅力的南方”。这里并无“江南好”的臻美景致，而是集杂乱、糜烂、阴暗、衰朽于一体；而对应的人性写照，也充斥着暴力、性、猥琐、狂躁和最深沉的迷茫、最幽暗的孤独。这些人性的载体，又可分为两类：成长或蜕变中的男人——包括少年和成年——与永远无法自我完成的女性。在苏童笔下，老子所云的“吾有大患，为吾有身”是一切故事开始的源头，一切颓废、衰朽的缘由，甚至也是一切文明开始和终结的渊薮。

深具东方语境色彩的，如一枚印章有阴阳之分，苏童刻出的这枚“中国印”或者“江南印”，全是“阴文”。印文印于纸上只有红白实虚二色，红的是生命，白的是死亡；实的是命运，虚的是灵魂。苏童显然更在意的是“白”和“虚”的那一面。换言之，对南方之魅、人性之魂，苏童通过那些最日常、沉溺、仓皇、痴缠的人情世态，以及烟雨迷离、烟火沧桑的江南背

---

① 【英】D. C. 米克：《论反讽》，周发祥译，北京：昆仑出版社 1992 年版，第 70—71 页。

② 苏童：《虚构的热情》，南京：江苏人民出版社 2003 年版，第 258 页。

③ 苏童：《虚构的热情》，南京：江苏人民出版社 2003 年版，第 219 页。

景,把“负价值的东西撕碎给人看”。

于是在苏童笔下,有了过程曲折却又无一例外“经由飞翔而跌落”的这样一个群落:香椿树街头的少男少女,枫杨树乡野的芸芸众生,深宅浅院里的各种女性,故事神话中的似人非人……他们毋庸讳言都是这片东方土地上的、不假修饰的世故心、利欲人,最平凡又不甘于庸常的人,最朴拙也最泼蛮的人,面对这个体积庞大、如山沉重的世界“主体”,他们是一群弱小迷茫、不带任何“理想”色彩的“他者”,用种种奋力往往徒劳、可悲复又可叹的姿态做出意义暧昧的自我抗争、面目模糊的自我认证。

这是一个东方地平线上的“他者”群落。“他者”的“他性”和“此在”,以及二者的相对和互为。苏童的各种系列小说,其实都在讲着这同一个故事。“他者”相对于“自我”和“主体”而言,描述了一种边缘、弱势的情境。而文学中的“他者”形象,也多半与混乱失序、放纵背德、恐惧莫名、迷茫无助等因素关联在一起。一方面相对于具体的主体,“他者”是一个处于弱势的、异己的、危险的“他人”;另一方面,“他者”自身作为一个分裂性的主体,种种僭越常规的任性使气、沉沦堕落、恐惧迷茫又并非完全出自所谓的本能,其无意识其实被所处环境的权力话语潜在地规约和刺激着。简言之,我们看到的是具体“此在”的“他者”与“在之中”的环境话语之间不可回避的缠绕与互渗,以及不可调和的冲突与矛盾。而看似偶然和突如其来的毁灭和死亡往往就成了不可避免的结局。

苏童笔下最为出彩的少年、女性,城乡之间的贱民、移民、船民等诸种人物,正是这种典型意义上的他者。苏童曾把这些他者称之为“不以社会分工标准来判断”的“小人物”,因为“小人物之所以‘小’,是他的存在和命运与社会变迁结合的特别敏感,而且体现出对强权和外力的弱势。”[①]他们都是“他者”,然而作为故事主体的“他者”,却对这一点并不清醒,或者说就是“无知”的,从这种“无知”之中展现出个体在历史之中的有限性以及悖谬性生存真相。这是苏童所有故事的核心内容。正因如此,苏童的暴力、血腥、情色、颓败也就有了浓郁的反讽意味,而不再是这些字眼的本义所能包孕的了。

以《妻妾成群》为例。当颂莲第一次以“满脸尘土疲惫不堪的女学生”的“他者”形象出现在陈府,女佣们都不禁掩嘴嗤笑:

颂莲瞟了雁儿一眼,她说:“你傻笑什么,还不去把水泼掉?”雁

---

① 周新民、苏童:《打开人性的皱折——苏童访谈录》,载《小说评论》2004年第2期。

儿仍然笑着，说："你是谁呀，这么厉害？"颂莲搡了雁儿一把，拎起藤条箱子离开井边，走了几步她回过头来说："我是谁？你们迟早要知道的。"[①]

颂莲很"自信"如何去攫取和维护一个"主人"身份，这从她看待另一个"他者"雁儿的眼光中清晰地显示出来：

颂莲猜测雁儿在外面没少说她坏话。但她也不能对她太狠，因为她曾经看见陈佐千有一次进门来顺势在雁儿的乳房上摸了一把……颂莲想，连个小丫头也知道靠那一把壮自己的胆，女人就是这种东西。[②]

在这里，小说勾画出一条男权秩序中女性的命运悖论，女性要改变"他者"身份，获得一种主体地位，就必须依附、取悦于男性；而依附了这个男性，实际上就被以一种"阳具话语权"所控，臣服于一种"绝对他性"……只要颂莲不能做到彻底"无我"，就必然走向悲剧的宿命。所以颂莲一出场就是"秋日"时分，她注定深陷恐惧和迷茫，她的青春之花只能以任性绽放的姿态迅疾凋落。

这就是苏童笔下活脱脱的"东方女性"，她们都是黏附在地平线上，保持"日常状态"，不曾被拔高、美饰过的"女性他者"。然而谁又能说，把这类女性描绘得如此入木三分的苏童，不是借此一步演推更具普范意义的人性，那整个东方语境中大千世界的茫茫经纬、芸芸众生的漫漫晨昏？那些"少年他者""移民他者""贱民他者""身份不明他者""傻子他者"亦可皆作如是观。因为"他者"，才有了故事，有了故事的厚度和锐度；因为"他者的故事"，这个世界的主体轮廓才在反讽的意味里有了明暗对比的层次感和清晰度。这也是苏童讲故事最精彩的地方：他总能最细腻传神地把握"他者"与所处的"环境话语"叠加那一刻的人性之暧昧幽微之处，并用这种反讽的方法揭开"日常生活"这柄看似平静或无常的盖子下超越具体历史、文化背景的人性褶皱、世态秘密乃至史运沧桑。

二　话语中的反讽："回忆"中的"不可靠叙述"

为他者"立传"的苏童，在叙事上也有着独特的话语模式。作家用一

---

① 苏童：《苏童作品精选》，武汉：长江文艺出版社 2009 年版，第 3 页。着重号为笔者引用时所加，下同。

② 苏童：《苏童作品精选》，武汉：长江文艺出版社 2009 年版，第 9 页。

种轻灵的方式进入日常生活的衢巷深处,以及世态人心的曲折背光地,演绎出种种的“边缘叙事”。而这种“边缘叙事”,苏童更多地借助一种“回忆”的姿态来完成:“在明亮的灯光下世界多么幽暗,而在回忆的眼光中世界是多么广阔。”[①]在小说中,读者处处看到回忆之光:

> 我十五岁的时候,发现自己长大了。男孩长大的第一件事是独立去澡堂洗澡……
>
> ——《桑园留念》[②]
>
> 从前当我还是个爱好幻想的少年时,多少次我站在桥头,朝茶馆那贴满旧报纸的西窗窥望……
>
> ——《南方的堕落》[③]
>
> 后来火车就呜呜地开走了。小萼跟着又一个男人去了北方,这是1954年的事。
>
> ——《红粉》[④]

对于苏童来说,“回忆”能最大限度地燃烧“虚构的热情”,完成小说呈现“另一种现实”的可能。

首先,“回忆”作为连接历史与现实、虚构与真实、集体记忆与个体经验的时空隧道,如同一枚可以有多重切面的钻石,给作家提供多向度、多层次的叙述视角。在苏童的小说中,很少存在一个恒定视角,即便是有一个第一人称“我”的叙述人的存在,“我”也有诸多可疑之处:不管“我”是亲历还是仅仅见证了故事,“我”都仅仅是在“讲述”,而非“评述”;即便是“讲述”本身也是若即若离的,“我”在回忆的时空隧道里往来穿越,或者自由变身,于是整部小说的声音看起来是不连续、不完整的,常常出现无“自我”多“他者”的和弦。而在第三人称小说中的回忆和不可靠叙述,除了视角转移,更多地借助神话、幻想、悬疑、梦境、内心独白、隐含作者旁白、自由间接引语等非逻辑、无意识、复调声音的因素来呈现。

以《舒农》为例。小说的中的“我”是一个故事见证人。故事是在“我”断断续续的回忆里以及夹叙夹议的旁白中向前推衍的。“我”有时处在回忆之中,有时处于回忆之外,有时又在回忆之中化身为“他”或“她”了。故事的叙述从一开始“我”的视角次第变为舒农、涵丽、舒工、涵

---

① 苏童:《关于现实,或者关于香椿树街》,载《青年文学》2005年第7期。

② 苏童:《三盏灯》,北京:新华出版社2010年版,第121页。

③ 苏童:《苏童作品精选》,武汉:长江文艺出版社2009年版,第109页。

④ 苏童:《苏童作品精选》,武汉:长江文艺出版社2009年版,第74页。

贞以及“香椿树街”的视角……每当读者浸入“回忆”而几乎淡忘了“我”的时候,“我”又出现了:“这是走向户外的季节,我们都来到了街上。印象中这是1974年,某个初秋的傍晚”,镜头会再次拉远。在议论性旁白里,“我”有时出现以“我”的名义,比如“我要说的也许不是故事而是某种南方的生活”。有时又以“我们”的名义,比如“起初我们不知道这个秘密,秘密是涵贞泄露出来的”。有时又干脆隐去,以“香椿树街”的名义,比如“香椿树街有一种说法,说舒工和涵丽就是这样开始谈恋爱的……我们只能相信香椿树街,就这么回事。”“这就是南方景色,为什么有人在河岸边唱歌?为什么有人在这儿看见了高挂桅灯的夜行船呢?香椿树街不知道,河岸边的香椿树街一点也不知道。”[①]

可以说,“我”之所以存在,正是用一种“佯装无知”的方式来展现事实与表象的多重对照——也就是为了多角度、多层次地呈现“他者”的世界。叙述人“我”其实是种种“他者”的自由变形,在他貌似诚恳的叙述中包含着疏离和伪饰——而这直接导致叙述人和隐含作者在价值判断上的辗转腾挪、参差错位。也可以说,隐含作者的价值判断、隐含规范恰恰是通过这种“腾挪”“错位”的方式来婉曲隐晦地呈现的,是以缺写全、以无写有、以虚写实的,它需要读者的想象力和知解力来与之对话并填充。在这种多方位的交流里,《舒农》通过一个少年背负着种种扭曲、畸形的世态人情的压抑而最终“杀父弑兄”的极端叛逆行为,折射出作家穿透具体历史氛围而对整个人类文明充满了忧伤的讽喻和反思。

其次,值得注意的是,在苏童小说里几乎必然会出现的偶然、突发事件,与这种“回忆”的姿态和“不可靠叙述”话语结合在一起,更凸显了“他者”族群在历史、环境话语面前的黯淡荒谬生存,从而烛照出一种在日常生活中常常被遮蔽掉的历史纵深感。萨特在讨论人的“存在”时,“偶然”是其中的一个关键词:人存在于这个“匮乏”的地球上是偶然和荒诞的;同时,人自身的活动也是为了摆脱这些偶然性而奔向自由的努力。在小说《恶心》中,“偶然”被主人公清醒地点明:“这是真的,我始终意识到自己没有权利存在。我的出现纯属偶然,我像石头、植物、细菌一样存在。”[②]“偶然性不是伪装,不是可以排除的表象,它是绝对,因此就是完美

① 苏童:《苏童作品精选》,武汉:长江文艺出版社2009年版,第158—167页。

② 【法】让-保尔-萨特:《萨特读本》,桂裕芳等译,北京:人民文学出版社2012年版,第8页。

的无动机……当你意识到这一点,你感到恶心……"[①]而在苏童的小说里,在这些偶然、突发事件中,作者常常赋予"他者"一种无知、狭隘的内聚焦视角,在不完整、不清晰的回忆中做出一种近乎懵懂的叙述。

《伞》中的少女锦红遭遇了一场意外的强暴。锦红"起初不知道发生了什么事情,她竭力想看清楚包围她的幽暗的房间,依稀看见春耕家的那个笨重的五斗橱,五斗橱上的台钟,一只玻璃花瓶里插着一束塑料花,还有春耕父母的一张结婚照"[②]。茫然的视角,平淡的口吻,平静的表象里却包裹着巨大的刺痛感——一个少女一生的美好就此完结,而"强暴"事件只是这悲剧的诱因之一。而这一切并非发生在"万恶的封建时代",启蒙运动、妇女解放、人性自由、法制平等之类的字眼也早成旧闻。但主人公此刻尚未知觉,甚至在此后的二十年里也未清醒。这样的偶然、突发因素,正揭示出了一个事件与情境、表相与真实互为忤逆和反讽的世界,直指人性之中无法随着文明的脚步前进的矛盾和悖谬。正如米兰·昆德拉所说:"在福楼拜关于愚蠢的思想中,最让人震惊、最令人愕然的是:愚蠢面对科学、进步、现代性并不遁去,相反,它水涨船高地随着进步一起进步!"[③]因而看似不可靠和局限的叙述,却尖锐地刺穿了一种必然、内在的真实:美是如此脆弱,如此容易损毁。而那损毁的真正方式,不在远方,就在身边的日常生活里。甚至可以说,那原本就是生命自身的一部分。在作家眼中,"生命中充满了痛苦,快乐和幸福在生命中不是常量,而痛苦则是常量。我倾向于苦难是人生的标签这种观点"[④]。

苏童借助回忆的方式、灵动的视角,从个体的生命经历延展到人类共通的生命体验,这种生命体验既可以穿透历史的雾障云烟而直逼当下情境,反之也可以由个体、当下反渗到更久远的"从前"和"集体无意识"。或许这二者在苏童看来,原本没什么两样:"我对这个世界人生的看法确实有一种循环论色彩,从远处看,世界一茬接一茬,生命一茬接一茬、死亡一茬接一茬,并没有多少新的东西产生……"[⑤]在这样的貌似冷酷实则体贴的纵深感里,与其说看到了作家的虚无主义、怀疑主义、悲观主义,

---

① 【法】让-保尔-萨特:《萨特读本》,桂裕芳等译,北京:人民文学出版社 2012 年版,第 51 页。

② 苏童:《三盏灯》,北京:新华出版社 2010 年版,第 70 页。

③ 【捷克】米兰·昆德拉:《小说的艺术》,董强译,上海:上海译文出版社 2004 年版,第 204 页。

④ 苏童、王宏图:《苏童、王宏图对话录》,苏州:苏州大学出版社 2003 年版,第 121 页。

⑤ 林舟、苏童:《永远的寻找——苏童访谈录》,载《花城》1996 年第 1 期。

毋宁说我们更深刻地领会到作家那渗透纸背的温情与悲悯、郁结与忧伤。

三 文体间的反讽:悖论式意象与日常中国

以“回忆”的话语来讲述“他者”的故事,还不足以成就苏童的江南画卷,它们是结构、线条,而最后的晕色点染才是传神之笔。这晕色点染的工夫就是苏童自成机杼的文体风格。苏童博取中西、杂裁古今,熔铸诗歌和小说两种文体的特点,创造出一种特色鲜明的悖论式意象写作,赋予了他的故事、叙事以诗性灵魂——鲜活地复现一个浸润在混沌氛围中的日常中国。

对于苏童的“意象写作”,已有学者给予敏锐论述。如王干认为苏童“创造了一种小说话语,这就是意象化的白描,或白描式的意象化”[①]。而葛红兵则指出苏童“以意象性为基本特征的小说语式”,“以对时间的非线性认识”,“以一种书画同源的风格拓展了中国现代小说的表现空间”。[②] 这些观点极具启发意义,而笔者拟进一步探讨的是,在苏童的这种“意象写作”中凸显出浓郁的悖论、反讽意味和富于张力的诗意。

新批评理论家布鲁克斯认为,诗歌的语言就是悖论的语言。原因在于悖论有着“惊奇”和“反讽”的力量,能“赋予日常事务以奇妙的魔力”[③]。而D.C.米克在《论反讽》中则指出“一个悖论罗列着两种真实,并非由一种真实去矫饰一种虚假”[④]。概言之,悖论往往指在同一语境内互为矛盾、对立的等值力量交汇、抗衡,而生成丰富张力的一种范式。在诗歌中,它常常表现于语言、意象和隐喻,强调内涵与外延的冲突;在小说中,我们则常常看到叙事中期待与结局的反差。而这种冲突和反差,就造成了新异和反讽的艺术效果。

曾经狂热于诗歌创作,后来又主攻小说写作的苏童,恰恰融合了诗歌和小说两种文体中的悖论艺术——他擅长以悖论式意象嵌入或主宰小说叙事,既助推出极大的叙事期待与结局的反差,同时也为小说氤氲出暧昧、含混、丰富的诗意和张力。几乎可以说,悖论式意象是苏童小说

---

① 王干:《苏童意象》,载《花城》1992年第6期。

② 葛红兵:《苏童的意象主义写作》,载《社会科学》2003年第2期。

③ 【美】克林斯·布鲁克斯:《精致的瓮》,郭乙瑶等译,上海:上海人民出版社2008年版,第14页。

④ 【英】D.C.米克:《论反讽》,周发祥译,北京:昆仑出版社1992年版,第46页。

的心脏，苏童小说的魂。

所有读过苏童小说的人，眼前都会流淌着一条南方的“河”。它从桑园的石拱桥下流出，流经香椿树街、枫杨树乡的每一个角落，也流过颂莲所在陈家花园的那口井，流过东亮和慧仙的油坊镇……以《南方的堕落》为例，这条河乍看纯美如斯：“正是雀背驮着夕阳的黄昏，和尚桥古老而优美地卧于河上，状如玉虾，每块青石都放射出一种神奇的暖色……”宁谧、温馨，满溢了生机与活力，仿佛是一首中世纪的田园牧歌。但细看又令人疑虑丛生：“被晚霞浸泡过的河水泛着锈红色，水面浮着垃圾和油渍，向下游流去。河的尽头依稀可见一柱高耸入云的红色烟囱。”[①]梦境般的祥和其实是短暂的碎片，人们赖以呼吸、生长的生命之水、生存之流，早已被人类不断膨胀的文明进程自我污染，自我异化。

这是一条充满了悖论色彩的河，而河水汤汤，也正是人性黏滞与世态沧桑的写照。“河流”意象在苏童的小说里是一个“悖论式母意象”，它把两股矛盾力量拧绞在一起，激弹出丰沛的诗意和张力。读者还可注意到由此引发的河与岸、城与乡、水与火、生与死、欲与罪等相关联的悖论式意象。如在《河岸》中，我们除了看到熟悉的“河”，还看到一个热火朝天的“岸”，岸上有“东风八号工程”，有“社会主义样板镇”，有代表着时代话语权力的“综合大楼”：

> 大楼顶上红旗飞舞，彩灯闪烁，无数巨大的横幅像红色瀑布飞流直下三千尺，船民们仰起了脸痴痴地望着红色瀑布，无论是老人愚昧的黝黑的脸，还是孩子天真的求知的脸，都被一片巨大的红光映红了。[②]

还有花岗岩雕成的邓少香烈士纪念碑。与石碑密切相关的东亮父子把河与岸联系起来，把火与水、生与死、荣与耻等一系列悖论交织在一起。在苏童这里，我们看到的火是有水的印渍的，水是有火的灼痕的：“文明”的火光映红了什么呢？要么是船民老人愚昧的脸，要么是孩子天真的脸；而那条“河”，则包容了用绳索捆绑在一起的、曾经肆意燃烧“革命浪漫主义激情”而后又自我阉割的库文轩，和那座饱享人间香火的烈士纪念碑。

由“河流”的悖论式母意象发散开来，读者可以看到苏童一系列闪耀

---

① 苏童：《苏童作品精选》，武汉：长江文艺出版社 2009 年版，第 108 页。

② 苏童：《河岸》，北京：人民文学出版社 2010 年版，第 77 页。

着悖论之光的意象群落。比如那些总是集天真与世故、敏感与冷漠、欲望与虚无为一体的女性意象，以及相关的悖论式自然、环境和物质意象。又如在少年视角系列的作品中，总有一些深具怀旧感的意象：回力球鞋、滑轮车、照相馆……然而这些意象的所指，却远非“青葱岁月”“淡淡惆怅”那么简单。回力球鞋在20世纪70年代的小镇生活中，是一种稀缺物品，暗示着物质工业文明、时尚体面生活等含义，然而在苏童笔下，这些永远只是悖论之一面。另一面呢？在《舒农》中，舒农的父亲送给舒农一双崭新的回力球鞋，他穿上后“一切都轻捷起来”，但就在当晚，作为得到这双鞋的条件，他被父亲用绳子捆缚塞在床底做为掩人耳目的工具，而他的父亲就在咫尺之遥与女人偷情造爱。舒农的“灵魂像背负火焰的老鼠一样凄凉地叫着”①。在《回力牌球鞋》里，回力球鞋更是成了少年欲望、市侩、暴行的导火索。拥有回力球鞋的少年陶最初是兴奋的：“人像鸟儿一样有飞行或者漂浮的感觉”，但很快他就在同龄人的嫉妒反应后开始颓然，最终这双鞋不翼而飞，而事件也升级为血腥的暴力袭击。之后，陶变成了一个有着扭曲笑容、猥琐目光的人：“不管走到哪里，陶总是喜欢观察别人的脚，观察别人脚上穿的鞋子。”②同样地，那既有着梦幻色彩又引起世态乱象的金鱼(《金鱼之乱》)，那为见证美丽、友谊却引发猜忌和恶意的相片(《像天使一样美丽》《茨菰》)，那盏从不曾点亮却主宰了慧仙整个青春的道具铁皮红灯(《河岸》)……都充满了浓郁的悖论意味。

苏童的小说中，悖论式意象可谓春花遍地，俯拾即取。作家正是通过这些悖论式意象同时点亮小说的感性色彩与叙事逻辑，诗意与哲思：这是深怀敌意和审视的回忆——美丽的绽放，或少年的成长，总是以主体性的加速分裂、他者所处环境之话语印痕不断加深作为代价的。然而苏童并不会在这种“弱”上施以泛滥的情感。“悖论”强调的就是两种力量、两种“真实”的“抗衡”，通过质疑、挑战来探寻存在的真相。

正因如此，苏童的笔墨是高度节制的，用以烘托悖论式意象的是简练、虚实结合的白描手法和客观、内敛的“冷叙事”语言。就连标点符号也高度简化，大量的自由间接引语也淡化或复杂了语气。米兰·昆德拉认为：“如果说，小说有某种功能，那就是让人发现事物的模糊性……小

① 苏童：《苏童作品精选》，武汉：长江文艺出版社2009年版，第180—181页。
② 苏童：《苏童作品精选》，武汉：长江文艺出版社2009年版，第195—203页。

说家应该描绘世界的本来面目，即谜和悖论。”[①]苏童正是用这种简淡笔法、冷静语言和含蕴复杂、充满张力与张势的悖论式意象相结合的文体方式，来晕染“他者”的故事、燃亮“回忆”的话语，诗意地还原出一个近可抚触而又远接千古的、深于“氤氲氛围”“雾化语境”的后现代日常中国的“混沌世界”。

四 一种“冲淡”的美学内核

D. C. 米克在分析“反讽”包含的基本特点时，指出其中一点为“超然因素”，并罗列了一串相关词汇，如“detachment”（超然）、“distance”（距离）、“serenity”（安详）、“urbanity”（文雅）[②]等等。如果我们将米克的“超然因素”（以及“美学因素”）置换到中文语境，选择一个最适合苏童式反讽叙事的近义词来描述其美学特征，那应该是“冲淡”。晚唐司空图的《二十四诗品》里，这样描述“冲淡”之品：

素处以默，妙机其微。饮之太和，独鹤与飞。

犹之惠风，荏苒在衣。

阅音修篁，美曰载归。

遇之匪深，即之愈希。脱有形似，握手已违。

概言之，“冲淡”的要旨在于“默”“微”“希”，“默”是静观宇宙、横亘古今之素朴宁谧之心；“微”是细腻犀利、体察幽微之眼光；而“遇之匪深、即之愈希”则近乎老子的大音希声、大象无形——冲淡绝非是为闲适而说平和，而恰恰是在最险恶处语造平淡，在最激烈处淡出声音，而不是刻意表现之、勉强求索之。此外，司空图的冲淡又有空灵之美，讲究“韵”“味”“意境”，因而直言理路不及意象、意境的不可实求、“握手已违”。

纵观苏童小说的故事、话语、文体的反讽机制，可以说处处都折射出冲淡的美学精神。苏童对人性世态细腻犀利的刻画，超然物外的审视，淡然清虚的笔调，灵动不拘的想象，虚实结合的手法，恣睢开合的视角，尤其是那种无羁和“破执”——打破“主体”（“自我”）与“他者”、善与恶、美与秽、是与非、真与幻、雅与俗、重与轻等固有观念与局限，而达到一种真正抵达个体生命、性灵的观照与透视，并以突出悖论式意象的文体风

① 【法】安·德·戈德马尔：《小说是让人发现事物的模糊性——昆德拉访谈录》，见《小说的艺术》，北京：社会科学文献出版社 1999 年版，第 76 页。

② 【英】D. C. 米克：《论反讽》，周发祥译，北京：昆仑出版社 1992 年版，第 51 页。

格来激发小说的叙事张力和思想张势，在故事和叙事之外渲染出无尽的“韵外之致”“味外之旨”，都深得司空图“冲淡”美学的三昧。

苏童坦率地谈过很多外国作家作品对自己的影响，但很少谈到具体的古典文学对自己的影响，他只是一再笼统地提到古典或传统在自己作品中的分量，如“以古典精神或生活原貌填塞小说空间”是他发现的“小说的另一种可能性”①；如在转型期选择了“往后走”，“而往后走是走到传统民间的大房子里”②。这种对古典和传统的认取，如果仅从语境来看似是指对故事和人物的重视，以及写实手法，但结合对作品的仔细研读，在故事、人物、写实手法之上，还包含有一种对现实和人性冷静超然的观照态度和审美方式。也许“潜移默化”四个字更能解释苏童这个典型的江南作家在反讽叙事中对“冲淡”这一古典精神的“意会”与“笔传”。

值得指出的是，D. C. 米克之所以在对反讽的描述中提出“超然因素”这一特点，是暗示以一种超脱的态度、强大的精神力量来抵抗生存的黑暗和无意义，而并非对生活的严肃和沉重视而不见。超然所必定包含的怀疑主义因素、虚无主义精神必须在对现实极为透彻、审慎的关注和反思中才具有强悍的力量，反之，则难免流于轻浮和虚妄，导致文本意义的涣散、弱化和庸常。所以韦恩·布斯有一个颇具争议的观点：作者意图在反讽中应该被强调和在阐释中应该受到重视。

而在中国古典诗学中占有独特地位的“冲淡”，也正是这样一把精彩的双刃剑：一方面，“冲淡”美学的发生、发展本身就是对现实的一种深切讽喻与应对；另一方面，“冲淡”强调空灵审美，个体心灵自由想象、人性向内向深处弥散的一面。这二者需要紧密结合才能酿出韵味醇厚的“冲淡”，集绵柔和力道为一体，而稍有偏颇则有火候不到、生涩寡淡之嫌。

苏童在过往的三十余年里做过各种尝试：故事的、话语的、文体的多样拓展。但在如何把反讽艺术与现实剖析结合得更为深刻紧密这一点上也难免有用力过猛或者火候不到的地方。王德威曾就此对苏童提出过婉转的批评：苏童对南方“民族志”的描述是“暧昧”的，“南方的堕落是他叙事的结论，但更奇怪的，也是命题”③。

应该说，“以古典精神和生活原貌填塞小说空间”是或明或暗、或深或浅地贯穿苏童整个创作生涯的一种小说艺术探索，它开辟了一种东方

① 苏童：《虚构的热情》，南京：江苏人民出版社 2003 年版，第 214 页。

② 周新民、苏童：《打开人性的皱折——苏童访谈录》，载《小说评论》2004 年第 2 期。

③ 王德威：《南方的堕落与诱惑》，载《读书》1998 年第 4 期。

式后现代艺术特点的冲淡反讽的叙事美学。通过故事、话语、文体三个层面的冲淡反讽，苏童的一幅幅江南画卷辐辏出一个能揭示时代、个体与传统、文化之种种隐秘关系的日常中国。这种种努力里面或有“力有不逮”之处，但的确显示出了苏童个人的艺术特色：以诗性的方式关注现实和人性，从而意图在世俗性和神圣性之间搭建一座可能性的桥梁，这也许是苏童能够穿越“先锋”形式主义实验的丛林一直走到沉潜现实、关注历史之当下的重要原因。

第十章

博物绘城：《繁花》中的物与诗

上海是中国最城市化的地方，因此对比和细分太强烈，它一直是一座大森林……太深邃了。

——金宇澄[1]

人们共同合作，发挥集体智慧，日复一日劳作，修建起各色建筑，构成了我们的城市。所以城市是社会的一面镜子，是经济的一个部分，是环境的一种要素；更为根本的是，集体合作能力对于人类生存不可或缺，而城市正是衡量此项技能的一个重要指标。当我们端详城市的时候，看到的其实就是我们自己。

——约翰·伦尼·肖特[2]

① 钱文亮：《"向伟大的城市致敬"——金宇澄访谈录（上）》，载《当代文坛》2017年第3期。

② 【英】约翰·伦尼·肖特：《城市秩序：城市、文化与权力导论》，郑娟、梁捷译，上海：上海人民出版社2015年版，第6页。

第一节
“博物”何以“诗学”

博物学与文学之间的关系，是一个既古老又新鲜的话题，尤其在当下的“博物学”研究复兴中具有独特的意义。不过细察之，今天与“博物文化”相关的学术类目，至少包含以下几种：中国传统文化背景下的名物学、西方博物学、博物馆学以及作为博物学分支之一、辅助手段的博物画(或称之为博物学插图)。简要地从上述不同向度进行异质性、综合性辨析，显然比笼统地谈“博物学”这个概念，更有利于精准而透辟地探讨“博物文化”对于文学潮流、文学创作的影响。简言之，上述几种向度既有重合又有交叉，并由此塑造了一种本深末茂的“博物诗学”。

参照扬之水的观点，中国传统的“名物学”大致有两个主要特征。

第一，多识而杂——不仅仅局限于“鸟兽草木”范畴的植物与动物，而是“自天文地理，宫室器用，山川草木，鸟兽虫鱼，靡一不具”[①]，因而从一开始就带有多识博闻、校名述异的广义博物学色彩。参照今天的科学分类体系，大概包含了植物学、动物学、天文学、地理学、矿物学、建筑学、服饰学、器物学、医药学、考古学、人类学、社会学、历史学、哲学、文学、语言学等，是一个非常宽泛的“博物学”概念，在不同的历史阶段中又往往带有注释经典、训诂文献、考订语言的“经学”“小学”特征。而其中“述异博奇”这一特性又与经史子集之“子部”中“小说”类存在密切关联，譬如《梦溪笔谈》《山海经》中对神话传说、奇禽异木的浪漫主义描述。这些都决定了“名物学”芜杂原生地兼具(同时也是不彻底地呈现)自然主义、人文主义和浪漫主义色彩——一方面仅从现代科学分类体系、启蒙的意义上来讲是有逻辑缺陷的；另一方面又因此包罗万象、体类繁多、引人遐思。

第二，托讽比兴——博识多闻、校名述异的目的，说到底是“通诗人之旨意，而得其比兴之所在”[②]。感物言情、寄物陈思、格物见史，是“名物学”中“博”以通诗、赋物以“名”的内在枢机。

西方博物学(natural history)的概念，更多地偏重对自然科学规律的

---

① 扬之水:《棔柿楼集·卷一:诗经名物新证》,北京:人民美术出版社 2016 年版,第 2 页。

② 扬之水:《棔柿楼集·卷一:诗经名物新证》,北京:人民美术出版社 2016 年版,第 2 页。

探索。其中“history”一词，并非“历史”之意所能涵盖，“而是 inquiry、description、studies 的意思，大约相当于中文的探究、志、描写”①。其主要表现为对自然界的观察、描述、分类，因而也被看成是现代科学的基础。影响广泛的如 18 世纪瑞典博物学家卡尔·林奈，他在著作《自然系统》中，开创了一种“属名”加“种名”的对动植物进行严格分类的“双命名法”。又如 18 世纪法国博物学家布封关于自然百科的著作《自然史》。19 世纪则有英国博物学家达尔文和他几乎无人不知的《物种起源》。但注重科学性、客观性的西方博物学也并非全无人文色彩，18 世纪英国博物学家吉尔伯特·怀特的《赛尔彭博物志》、18 世纪法国哲学家卢梭的《植物学通信》等博物学著作又兼具哲学、文学特点，对后世影响深远。

与博物学伴生的一种绘画艺术“博物画”，其诞生的本意是为了“图示说明”博物文献中的物种，所以其功能性大于艺术性，注重“百科全书”式的知识描述性，并且强调用平面化（这种平面化或有利于物种的各部分细节在二维空间里“剖面式”展示如植物的根、茎、叶，或便于在二维空间里展示物种的历时性发展如植物的蓓蕾、开花、结实等不同阶段，或大量罗列同一种属的不同物种个体以突出其类型化和多样性特征）的图案尽可能精细地展示物种的类别性、丰富性、差异性。这样一种贯穿着科学精神的艺术，肇始于“功能性”目的而不局限于“功能性”结果，它在精微的细节展示和生动的还原表现中，一种自然主义的独特魅力被激发出来并浸润到其他文艺门类之中。

而博物馆，则可谓是对上述各类“博物”之“物”，体现了某种意识形态和艺术法则的“历史性展示与呈现”的场馆。国际博物馆协会对“博物馆”的 2007 年版定义为：

> 博物馆是一个为社会及其发展服务的、向公众开放的非营利性常设机构，为教育、研究、欣赏的目的征集、保护、研究、传播并展出人类及人类环境的物质及非物质遗产。②

从这个定义可以清晰地看出，博物馆之“博物”兼具东方“名物”及西方“自然博物”的意义；同时因其是历史性、地域性的选择、鉴赏与展示，博物馆所展现的“真实”带有局部时间、空间概念的“建构的真实”“历史的截面”的色彩，是自然主义和人文主义的结合体。

---

① 刘华杰：《博物学文化与编史》，上海：上海交通大学出版社 2015 年版，第 13 页。

② 崔波、杨亚鹏：《博物馆定义大盘点》，载《中国文物报》2017 年 10 月 25 日。

综上所述,“博物文化”实则有着不同的切面:人文的、自然的、科学的、艺术的、历史的……它以“自然主义”精神为核心,在不同时期、不同角度带有广义的人文主义和浪漫主义色彩。所有这些切面造就了一系列物启万象、博以深思的符号和形式,反映在文艺创作中,形构出一种闳意眇指的“博物诗学”。反映在叙事手法上,往往强调一种带有强烈自然主义色彩的对社会现实各种人、事、物的客观细节的真切把握、再现与耙梳;反映在叙事线索上,则可表现为扁平化的、跨时空设计的、多线并行的网状叙事结构。在此基础之上,叙述者实则要表达一种人文历史博物馆式的“物-人-史”的内在叙事伦理。

那么,金宇澄的小说《繁花》,是否确实具备从上述不同的“博物文化”向度渗透进文学创作的精神谱系和文体特征,经由“博物”视野而衍生出一种独特的“诗学”特性?

答案是肯定的。作者很明显是在广义的、更具备东方“名物学”色彩(但同时又剔除了“名物学”的传统经学意义)的跨越自然和人文的双重视野下,进行了一种带有浓郁自然主义色彩的、注重真实客观性手法的“博物绘城”——通过近 35 万字“散点透视”的叙事文字和 20 幅说明诠释性的、广义的“博物画式插图”的双重呈现,同时又通过“双时空交替互文”的叙事结构,赋予城与人“人文历史博物馆”式的展示——集邮式的人物群像在不同生存背景、不同人生阶段中交错互见,“寄物诠性”,在时代更迭、历史潮汐中“城市橱窗”式地“陈物志史”。甚至,诸多论者都注意到的标点简化以及特色高频词“不响”的匠心运用,都是一种博物精神外化的文体表现。《繁花》正是一部由内而外洋溢着“博物诗学”的“不响之响”的作品。《繁花》万花筒似的叙事线索,让“一万个好故事争先恐后地起跑、冲刺向终点”[①]。在此过程中,“上帝不响,像全由我定”——“上帝”虽然不响,但他“造就”万物生长,令《繁花》生长出“十几部诗集都难以表达的诗意”。[②]

而这一切,也许都隐隐滥觞于金宇澄少年时的一个梦想——做一个植物学家。在他和钱文亮的访谈中,他提及小时候:“经常逃学,到处游荡,喜欢一个人玩,包括收集植物标本,做些乱七八糟的事”,并且“有过做植物学家的梦,收集过不少植物标本。现在我都觉得在苗圃工作是最

① 张屏瑾:《日常生活的生理研究——〈繁花〉中的上海经验》,载《上海文化》2012 年第 6 期。

② 张定浩:《拥抱在用言语所能照明的世界——读金宇澄〈繁花〉》,载《上海文化》2013 年第 1 期。

好的”。[1] 对一个“大器晚成”的作家来说，一个植物学家的未竟梦想究竟有着怎样的意味？《繁花》又究竟是如何在这个梦想的滋养下跨越了几十年的光阴而迤逦“绽放”的？

第二节
城之绘：“石头”森林

在《繁花》的扉页，金宇澄写道“独上阁楼，最好是夜里”，譬如电影《阿飞正传》结尾梁朝伟在电灯下数钞票、摸牌、梳头、关灯，“这半分钟，是上海味道”。而这种“上海味道”，在《繁花》中又有两重时空演绎：20世纪60年代是“澹雅胜繁华”，“风里一丝丝苏州河潮气，咸菜大汤黄鱼味道”；80年代是小饭店阁楼林立、“肉腿”高悬，通风不良的“油镬气”里掺杂着“莺声燕语”。在这样的双时空交叠辉映的夜色中，作者引古罗马诗人之言“不亵则不能使人欢笑”。

这不禁令人想起理查德·桑内特对西方文明中身体与城市关系进行探讨的著作《肉体与石头：西方文明中的身体与城市》之中的观点：从亚当和夏娃被逐出了伊甸园，有了耻感意识并开始去探索世界万象之后，人类身体“所感受到的种种被压抑的以及不快乐的经验”便与各种石头建筑物林立的城市空间的发展、演变一路纠结交缠，反复地用“身体疼痛”来试图触摸“意识上更高心灵层次的表现”。因城市正是这样一个所在：

> 城市将各式各样的人结合在一起，它加深了社会生活的复杂程度，也让人与人相处宛如陌生人。都市经验所带来的各个方面——差异、复杂和疏离——造成了支配的困难。这个崎岖而困难的都市地理学，构成了独特的道德承诺。它为那些自伊甸园流亡而来的人提供了栖身之所。[2]

这段话几乎可以为《繁花》做注，因为上海在金宇澄眼中就是这样一

---

① 钱文亮：《“向伟大的城市致敬”——金宇澄访谈录（上）》，载《当代文坛》2017年第3期。

② 【美】理查德·桑内特：《肉体与石头：西方文明中的身体与城市》，黄煜文译，上海：上海译文出版社，第12—13页。

座充满了“差异、复杂和疏离”经验的“石头”森林,而形形色色浮沉于其中的“市民”们即是一树树的肉体“繁花”。“石头森林”与“肉体繁花”的对照,是金宇澄对“上海味道”的一种带有浓郁博物诗学色彩的把握和隐喻。因为在他看来:“上海是中国最城市化的地方,因此对比和细分太强烈,它一直是一座大森林……太深邃了。”①

为了致敬这种“太深邃”,金宇澄的《繁花》叙事用他自己的话来表述,是一种“位置极低的说书人”的叙事艺术;但换种眼光看,这分明就是一种博物学式的“分类式观察”、“描述型探究”与“扁平化展示”。不妨看看金宇澄对幼时上海这座由各种“石头”建筑构成的“大森林”的描绘:

> 这一代的邻里,基本结构是公寓、独立洋房、联排别墅;所谓中产阶级、大小资本家、大公司职员、外国侨民等等住户,但即使是法租界的规划,附近也夹杂有本地房子的小弄堂,包括上海先住民的中小黑瓦的民居,老式石库门建筑犬牙交错,不少街区的内核,就是这样的……住房的条件,参差不齐,形成大森林那种复杂的生态,植被都很不一样,处处有特征和差别,说起来都是上海。②

以“大森林那种复杂的生态”及其饱蕴丰富性和差异性的“植被”为整体隐喻的思路来作为对城与人描绘的蓝本——这恐怕是那个年少时有着植物学家梦想的作家内心深处最根本的文体意识:“博物绘城”——在一种跨越了人文和自然的、兼具东西方博物学色彩的“博物诗学”的视野下描绘上海的城与人。

而城与人之间的具体关系又是如何体现的?在凯文·林奇的城市分析框架中,“城市精神”是核心。“城市精神显现于城市的物质、制度、技术和日常生活的各个层面,是一个特定城市的精神支柱……也是一个城市的市民所共同遵从的核心价值观念和具体行为准则,体现了一个城市的活力、生命力、凝聚力和感召力。”③概言之,城之“物质与精神”影响人之“行为与价值”。为了系统性、客观性地描绘“大森林”的“上海味道”,金宇澄在《繁花》的小说人物塑造上几乎采用了一种近似于林奈《自然系统》对自然生物进行科学分类的“双命名法”——小说中经常出现这样的“地名”加“人名”的人物标识:“绍兴阿婆”“弄堂里的资产阶级小姐

---

① 钱文亮:《“向伟大的城市致敬”——金宇澄访谈录(上)》,载《当代文坛》2017 年第 3 期。

② 钱文亮:《“向伟大的城市致敬”——金宇澄访谈录(上)》,载《当代文坛》2017 年第 3 期。

③ 徐国源:《空间性、媒介文化与城市造像:文化诗学与城市审美》,上海:上海人民出版社 2015 年版,第 120—121 页。

淑婉”“茂名路邻居姝华”“思南路堂兄、堂姐姐”“弄堂兰兰”“外区阿飞”“香港哥哥”“叶家宅拳头师父”……人物名称的前缀并不仅仅代表一个地名，而是寓意着一种“生态环境”，以及由环境而带来的“群体特征”。虽然这种“群体特征”并不能完全呈现具体“名字”后面的人物个性，但二者之间的关联与差异，正是小说叙事得以启程的、在“石头森林”之中的“坐标点”。

《繁花》故事的群体主人公阿宝、沪生、小毛等人生存成长、命运转徙的交汇之地卢湾区(1960—2000)，就是典型的这样一片“石头森林”。小说中三位主人公各为一个故事起叙核心，相关人物叙事渐次展开，构成可以无限扩展之“圆”。而三个“扩展圆”又是“交叉圆”，如果说“交叉圆”部分是一种“母叙事”的话，这期间三个“扩展圆”部分分布着无数平面化的“散点透视”子叙事。并且这些“母叙事”和“子叙事”又更迭分布在两重时空：一重是20世纪60—90年代(实则偏重于20世纪60—70年代，80—90年代是“快进”式叙述)，另一重是20世纪80—90年代(实则偏重于20世纪90年代，80年代是“回溯”式叙述)。而统筹、连接这些子叙事的强大内核不是别的，正是“大森林那种复杂的生态”，那种广义博物学视野下的客观性、真实性的都市空间刻绘：“……是小说里一百多人，一个带一个出来……人物的活动都有具体地点……人走到哪一条马路，在什么弄堂里，虚构里带有非虚构的那种真实感。”[①]

概言之，小说叙事的结构也是建立在“分类式观察”“扁平化展示”的“博物诗学”基础之上的。从微观来看，《繁花》的每一章有三至四节，采用“时空并列”的叙事方式，分述阿宝、沪生、小毛等不同类型主人公的各个故事线；从宏观来看，单数章回的20世纪60—90年代叙事和双数章节的20世纪80—90年代叙事交叉递进构成的“时空穿越式互文”，实则是类似于博物画风格般将植物的不同种属、不同部位及不同生长阶段罗陈于二维空间的“扁平化展示”。

不妨回溯一下单数章回20世纪60—90年代线的故事脉络，正是上海“森林地貌”缓缓展开、“复杂生态”渐次明晰的一个过程。阿宝的“资产阶级”祖父一家住思南路独栋洋房，自己和因出身及“情报工作履历”受牵连的父母居住在“假三层”。楼下邻居是知识分子家庭，少女蓓蒂与钢琴须臾不离，常伴身边的是绍兴阿婆。因阿宝孃孃是沪生的小学老

① 钱文亮：《“向伟大的城市致敬”——金宇澄访谈录(下)》，载《当代文坛》2017年第4期。

师,阿宝与沪生偶然相识;沪生是空军干部家庭出身,先后住茂名路洋房和石门路拉德公寓,邻居南昌公寓姝华,雅好诗书,二人之间是"青梅竹马"的关系。沪生在国泰电影院买电影票的队伍里偶遇小毛,言谈投锲而结识。小毛是工人阶级家庭,寻常的"弄堂人家",家住沪西大自鸣钟附近,并引出一群与之相关的弄堂邻居诸人。小毛结识沪生之后,因其"读诗"和"练武"的"不寻常"之处,先后与阿宝、蓓蒂、姝华结识并成为好友。在这个过程里"假三层"、花园别墅、石库门、电影院、淮海路"伟民"集邮店、皋兰路尼古拉斯东正教堂、红房子西餐馆、锦江饭店、茂名路展览橱窗、长寿路邮政局、武宁路上钢八厂、城隍庙、复兴公园、24 路电车、大自鸣钟西康路弄堂、理发店、草鞋滨、药水弄、叶家宅、苏州河、黄浦江等各种城市空间鳞比展示、毫末毕现。

三个叙事"扩展圆"初次交叠于第五章,沪生、阿宝、蓓蒂、姝华齐聚于沪生家里为小毛庆生,小毛喜出望外的同时也初悟到各人生活层次的不同,这也是小说中的第一个高潮——近似于《红楼梦》中"寿怡红群芳开夜宴"的意义——一群少年"成长之路"上"盛极而衰"的一个转折点。紧接着而来的是第七章,1966 年的剧变。第十一章,阿宝一家迁往沪西曹阳新村。第十三章,失去了钢琴的蓓蒂和绍兴阿婆在"假三层"离奇失踪。第十五章,阿宝、小毛做了工人,沪生做了采购。去吉林务农数年的姝华写了最后一封信给沪生,言及自身"支离破碎",并从此决裂。第二十一章,小毛与银凤私情泄露,不得已与莫干山路老弄堂春香结婚,并从此与沪生、阿宝绝交。沪生家中变故搬进武定路旧公房。第二十三章,春香难产母子俱亡。第二十七章,阿宝和雪芝因"家庭背景"原因黯然分手。第二十九章,已"绝交"十余年的阿宝、沪生与病损的小毛再次相见,20 世纪 60—90 年代线的故事与 20 世纪 80—90 年代线的故事在这一章里重合。尾声里,小毛在多年众友的环绕下辞世。两周后的苏州河畔,阿宝和沪生在一起,阿宝接到一个电话,来自雪芝。小说在这里结束了。

同样地,在双数章回 20 世纪 80—90 年代线的叙事里,人物的出场、情节的发展仍然与各种"城市空间"紧密关联。不同的是,在单数章回 20 世纪 60—90 年代线的叙事中,这种城市的"复杂生态"表现得极为细腻丰富,不仅见证着人物的"成长""创伤",同时也映射着一座城跨越四十年的文化生态、经济生态、政治生态的转徙演变。城与人都是叙事主角,互为诠释;而在 20 世纪 80—90 年代的叙事线里,这种对城市空间"石头森林"的表现淡化为一种背景(正如小说中这时期里的人物"出身"与"成分”不再作为一种鲜明的标签），小说中各类茶馆、咖啡馆、舞厅、饭店、酒店、宾馆……更多的是作为群体交际性场所出现的，围绕着成年以后的阿宝、沪生、小毛在各种生意场、交际场上“饮食男女”“酒色财气”等“肉体之痛”“欲望之殇”的主题，与之相关的各类人物出场更多、频率更快，而人物的塑造、故事的发展往往是以大段对话来表现。故事发生地不仅限于“上海”，也扩及周边的余杭、苏州、常熟、昆山等地。显然，20 世纪 60—90 年代城与人共同的“成长”与“创伤”主题与 20 世纪 80—90 年代的“肉体疼痛”主题在作者笔下成为一种交叉性“互文”。故事的结局，几乎所有在 20 世纪 80—90 年代叙事线中才出现的肉体“繁花”纷纷凋零或沉寂：小琴坠楼，梅瑞破产，汪小姐怀了怪胎，李李出家，等等——“绝财、绝色、绝意”，留下了阿宝、沪生，在苏州河畔夜色凉风里。

与之相佐证的，是《繁花》中 20 幅具有鲜明功能性的“博物画”风格的插图。金宇澄曾强调说这些插图不是装饰，而是一种说明，是与内容有着“互文”性作用的。所以，不论从插图的类型、风格还是其功能体现上，这些插图都完全可以看成广义上的“博物画”：其中有 4 幅城市地图、4 幅器物与服饰的细节、9 幅各类建筑及风景和房屋内景，只有 3 幅图略带抽象风格（第十二章的“十六铺 4 号码头图”、第二十七章的“群蛇出缸图”与尾声里的“黄浦江畔图”），是对文意的概括性诠释而不是完全的具象性“说明”，但因其与内容的高度贴合，也可以看作艺术性大于科学性的另类“博物画”，而作者图文并茂的意旨为：

> 文字表述不清的方面，画图可以表达……《繁花》写楼上楼下是什么结构，怎么写都是不清楚的，看图容易知道。①

文字有所指，图示更为鉴。这再一次印证了《繁花》最根本的文体意识在于“博物绘城”。而从这些插图的分布来看，其中有 16 幅所描绘的街区地貌、建筑、风景、服装、物件，都是旨在为 20 世纪 60—90 年代叙事做客观性、真实性注脚的；只有 4 幅（第十二章的“十六铺 4 号码头图”、第二十二章的“楼阁听书图”、第三十章的“《繁花》的地图‘1960—2000’”、尾声里的“黄浦江畔图”）是对 20 世纪 80—90 年代叙事的诠释与补充。作者虽然看似在文字比重上均分了 20 世纪 60—90 年代和 20 世纪 80—90 年代的两条时空线索的叙事分量，但是其侧重点显然不在于一个荤段子接一个荤段子的“身体叙事”“日常叙事”“市民叙事”，而是

① 钱文亮：《“向伟大的城市致敬”——金宇澄访谈录（上）》，载《当代文坛》2017 年第 3 期。

在一座城市跨越四十年的历史演变和当下日常的“肉体疼痛”的交叉互文中,写活“上海”这座“石头森林”,从而用隐含而犀利的笔锋,指向混沌又鲜明的人性,那些不同层次乃至“更高层次的心灵表现”。

—— 第三节 ——
梦之邃:街心繁花

在《繁花》中,用“博物绘城”的文体意识,作者把散点透视的、“位置极低的说书人”之“宁繁勿略、宁下勿高”[①]的传统叙事与双线时空交错互文的现代叙事结合起来,一共涉及一百多位小说人物性格、命运的塑造,可以说是一种集邮式的人物群像呈现,一种万花筒似的叙事结构探索。然而读者在阅读过程中并不会觉得无序、乏味,反而在一种客观克制的文字叙述中,体会到一种贯穿始终的抒情性、一次次暗涌的叙事高潮、一股力透纸背的“十几部诗集都难以表达的诗意”。这种抒情性、诗意是如何炼成的?

答案仍在于“博物诗学”在小说人物个性塑造、命运发展乃至人性探讨中的全方位渗透——也可以将之概括为“寄物诠性”。金宇澄如是说:

> 城市比农村丰富太多,从发展角度讲,迟早一天是城市化的。农村的文化抒情越来越弱,城市则越来越丰富,人际方面最复杂的表现都在城市里。[②]

“大森林”般的城市里,有着“人际方面最复杂的表现”,因而也有着最丰富的“文化抒情”。而雷蒙德·威廉斯关于“文化”的观点或有助于诠释这种广义的“博物”概念与“文化抒情”之间的关系。他从人类学的角度定义“文化”,认为其既可以代表一种“等级观”、一种“社会的整个生活方式”,也可以“被看作某种物质或物化形式(例如工艺品、文件、文化作品、表演和创造性记录)的创造性产出”,后者意味着“文化产品”可以代表“少数群体的情感和天分”。在这样的“文化产品”中,“人类思想和

---

① 金宇澄:《繁花》,上海:上海文艺出版社 2013 年版,第 444 页。

② 钱文亮:《“向伟大的城市致敬”——金宇澄访谈录(上)》,载《当代文坛》2017 年第 3 期。

经历得到了丰富多样的仔细记录”①。

在《繁花》中，“人际方面最复杂的表现”的确是借助广义“博物”视野下的各类城市之“物”来启动、延展，并由此“寄物诠性”的。《繁花》看似纷繁复杂的叙事结构、人物之间“一个带出一个”的出场、“一万个好故事”齐头并进的发展脉络，都与博物之“物”有关。作者用具体、个别之“物”隐含抽象之“情”与一般之“性”，读来看似平淡自然、信手拈来，实则处处精雕细镂、匠心考究，予人以细节还原的空间真实感、寥廓灏淼的时间纵深感。这种借由“博物”媒介而精确放大的“时空”触点密集地存在于小说中，成为无数隐秘按键，用“不响之响”的方式或升华为抒情与诗意，或诠释了复杂人性。

《繁华》是两重时间线索交织递进叙事的：一条是 20 世纪 60—90 年代单数章回各类人物在“成长”阶段，个体性（或少数群体性）的“情感和天分”之精神层面上追求的创伤与记录；另一条是 20 世纪 80—90 年代双数章回各类人物在“成年”阶段，更多地在“社会的整个生活方式”之物质欲望层面上经历的沧桑与反思。因而在这两条叙事线索中，虽然对“物”的刻绘都是无处不在、“满坑满谷”，着力点却是各有偏倚。

在 20 世纪 60—90 年代的单数章回叙事线中，对物的描写往往联系着人性中“空灵”、浪漫主义的一面，因此对人物个体、个性的关注，以及由此带来的抒情和诗意倾向更为突出。阿宝、蓓蒂、沪生、小毛、姝华等人的相识、遇合与命运发展，多因钢琴、书、信、明信片、邮票、花、树、电影票等“文化物质”之媒介而或现实促成，或抽象隐喻。对这些“物”以及“人与物”关系之精彩描绘，几乎承包了小说中所有最感人的篇章段落，造就了一次又一次叙事高潮和抒情爆点。

弄堂小毛在小说中是一个连接了上海所谓“上只角”与“下只角”的焦点性、复合型人物，城市空间的“复杂生态”正是借由他的一次次身份“越位”和“抽离”而造成的多重视角不断迁衍、辐射开来的。而种种的“越位”与“抽离”，皆因“物”媒而起。

小毛与沪生结识，是在一次偶然替邻居去买电影票的队伍里——沪生因为票数限购而与小毛搭讪，二人因书而攀谈并互通姓名。小毛人生中第一封也是唯一的信，就是不久后接到沪生来信而回复了一张两分明

① 【英】贝拉·迪克斯：《被展示的文化——当代“可参观性”的生产》，冯悦译，北京：北京大学出版社 2012 年版，第 27 页。

信片。小毛的生活半径从此突破了原本的"弄堂人家"范围,还因而被母亲骂"脚骨硬了""到处去野"。而沪生当时买的电影票,有三张是为了和刚认识不久的阿宝、蓓蒂一起去看。

出身知识分子家庭的蓓蒂似乎永远和钢琴、音乐与童话联系在一起,有着"资产阶级祖父"的阿宝则是一个集邮迷,经常带着蓓蒂一起去集邮店游荡,而他最喜欢的邮票主题就是各种植物花卉。小说的第五章对此有不吝笔墨的大段精彩描写,呈现出一片葳蕤绚烂的"繁花"世界:

> "伟民"橱窗里摆出的植物邮票,有一套三十八枚,十字花科匈牙利邮票,百姝娇媚,鲜艳逼真。植物种类邮票,发行品种满坑满谷……花卉专题,更是缤纷夺目。南洋、菲律宾,泰国常推兰花,颜色印刷一般。朝鲜有几种金达莱,单张,两张一套,样子少,纸质粗,有色差。日本长年"每月一花",集不胜集。中国 1960 版菊花全套十八枚,画工赞。[①]

这简直是 20 世纪 60 年代的"万国植物花卉邮票博览会",虽然是邮票品类风格描绘,却信息量颇多。更精彩的是阿宝和蓓蒂关于"私印邮票"的想象和谈话:

> 阿宝说,上海好看的花,是啥呢。蓓蒂说,我欢喜栀子花。阿宝说,树呢。蓓蒂说,法国梧桐树吧。阿宝说,马路卖的茉莉花手圈,一小把栀子花,一对羊毫笔尖样子白兰花,可以做三张一套的邮票……蓓蒂笑笑说,阿宝种花,我就做蝴蝶。阿宝说,嗯。蓓蒂说,其实我就是蝴蝶。阿宝说,我喜欢树。蓓蒂说,嗯,蝴蝶最喜欢花,喜欢树,喜欢飞。[②]

两人越说越投锲,仿佛就可以这样繁花密叶、岁月静好下去。然而就在这一章的第二节,历史的节点出现:

> 当时,制造局花神庙一带,有花草摊贩。上海新老两个城隍庙,南京西路,徐家汇有花店。陕西南路,现今的"百盛"马路两面,各有双开间玻璃花房,租界外侨多,单卖切花,营业到 1966 年止。蓓蒂提到花树的年份,思南路奥斯丁汽车已经消失。[③]

前文是繁花满树,童言说五彩梦;后文是实地实景,冷笔录黑白史——作者已不需再多书一字,人物自呈,人性自现,一股由"物"之铺绘

---

① 金宇澄:《繁花》,上海:上海文艺出版社 2013 年版,第 65 页。

② 金宇澄:《繁花》,上海:上海文艺出版社 2013 年版,第 66—67 页。

③ 金宇澄:《繁花》,上海:上海文艺出版社 2013 年版,第 67 页。

而引发的地脉暗流式的“试遣愚衷”，欲说还休、不说不休。

同样动人至深的章节，在小毛与姝华初见时。一开始，姝华对小毛显然是冷淡而不感冒的，但一本《现代诗抄》改变了一切：

> 小毛立起来，预备走了。姝华面无表情，拆开旧报纸，见上面一本旧版破书，是闻一多编《现代诗抄》，姝华面孔一红。此时沪生也立起来，准备告辞。姝华说，再坐一歇。小毛不响。姝华翻到穆旦的诗，繁体字……姝华不响，眼神柔和起来。小毛说，我随手拿的。姝华笑说，还随手，肯定明白人。[①]

年少的生命都有着“向上”成长为“明白人”并相互交流的欲求冲动，企求着触摸到最好的“文化产品”，来伸展自己的生命宽度与高度，这种精神向度上的追求用语言表达反而苍白，更适合在“不响”中以“物”相寄。但不久以后，蓓蒂在历史的风暴中失去了等同她生命意义的钢琴，小说用近似《山海经》述异博奇的方式、浪漫主义的手法处理了她的归宿：和绍兴阿婆一起，变成池子里的两条鱼，并被猫（其中关于“猫”的浪漫主义描写在姝华之疯、小毛之死的章节中再三出现）叼去了黄浦江，以“物化于自然”的方式，“逃”了。“蓓蒂”来不及开成花，否则她就是另一朵被雨打风吹去、零落污淖中的“姝华”。

在20世纪80—90年代双数章回叙事线上，作者对“物”刻绘更多集中于具体的“衣食住行”这些“日用消费品物质”，联系着阿宝、沪生、小毛等人的成年、中年时期，更多地表现出被“生态环境”规训后、熟谙了各种“游戏规则”的人物群体特征以及人性中“黏滞”的、实在主义的一面。小说在这条叙事线上几乎是一段饭局连着一段酒局，须臾不离“饮食男女”。写餐饮食物如：

> 按计划，先去菜场……汪小姐买土鸡。宏庆买塔菜、河虾、春笋、春韭。康总买了酒，等摊主劈开花鲢头，身边的梅瑞，已经拎了鸡蛋、鳝筒、粉皮、双林豆干，水芹两把。[②]

写人物服饰如：

> 礼拜天下午，梅瑞预备与康总约会，头发指甲已经做好，穿新丝袜，换戒指，项链，大镜子前面，横挑竖拣，再替换淡灰细网丝袜，Ann Summers 蕾丝吊袜带，玄色低胸背心，烟灰套装，稍用一点粉

---

① 金宇澄：《繁花》，上海：上海文艺出版社 2013 年版，第 70—71 页。

② 金宇澄：《繁花》，上海：上海文艺出版社 2013 年版，第 30 页。

饼,配珍珠耳钉。[①]

写建筑环境如:

> 丁老板介绍,此宅原属大地主的家产,祖上二品官,原来还有一进,大门有旗杆、石狮,公社阶段拆除,徐总置换以后,数度装修,成为最标准的"四水归堂"宅第,收觅旧构件,移花接木,大门影壁从安徽弄来……三进房子,过道青砖铺就,角角落落杂莳花草、盆景点缀。所到之处,案几不少,厅堂,隔窗,花窗,走廊转角,清供大小青铜器。[②]

诚如作者在这一类"物"的描绘中"微言大义"所示的:这些精心挑选令气氛"活跃"的饮馔百味、着意设计反复"再替换"的华服媚妆、"数度装修"而成的古今中西大杂烩式罗陈万物的豪宅阔邸……"活跃"的,是一时性情趋之,转瞬即灭、须臾又起;"再替换"的,是梅瑞式都市男女既朝秦暮楚式随性又朝乾夕惕式投入的情感追求、生存经历;而"数度装修""移花接木"的各种时间与空间,已经令人难辨真假美丑、今夕何夕(这座"宅第"中的大部分青铜器藏品,在小说后半部分被证明是"赝品")。

在两条叙事线交集后的"尾声"里,作者借由阿宝和沪生在小毛濒死之际,三人谈到一对法国电影人芮福安夫妇租房之事,因"电影"二字又勾起一场关于少年时代蓓蒂与姝华记忆的谈话,从而将这两类"物"与"性"用"Chinese box"的方式嵌套互文起来:

> 小毛说,蓓蒂,一直是小姑娘样子,一声不响,眼睛乌亮,姝华讲过,小姑娘是让铁路上这种野猫,衔到黄浦江边……小毛说,人的脑子,讲起来一团血肉,其实是一本照相簿,是看无声电影,黄浦江边日晖港,两根猫尾巴,两根鱼尾巴,前面是船坞,起重浮吊,天空阵云迅走,江面上盘了一只鸟,翅膀不动,黑白片效果……我就醒了,我等于看旧电影,姝华,一直是当初女青年好相貌,眼神幽静,一身朴素打扮,电影里一声不响,一动不动,我就醒了。[③]

此后,沪生、阿宝去找芮福生夫妇。芮福生和安娜说起要拍一部关于苏州河的电影,而小毛是"一个很丰富,很有性格的人","很可惜"。在他们的讲述中,小毛提供了一个故事蓝本,他和一个陌生的纺织女工夜半私会,而女工凌晨即坐上出租车离去的情节。而这个情节在第二十九

---

① 金宇澄:《繁花》,上海:上海文艺出版社 2013 年版,第 83 页。

② 金宇澄:《繁花》,上海:上海文艺出版社 2013 年版,第 103—104 页。

③ 金宇澄:《繁花》,上海:上海文艺出版社 2013 年版,第 429—430 页。

章里小毛的讲述中被证明是真实存在过的。

这是一个非常典型的嵌套互文型结构：濒死的小毛回忆从前那个买不起电影票的少年时代，那个时代里的姝华和蓓蒂，回忆中的姝华讲述着关于蓓蒂消逝于黄浦江的"无声电影"镜头，而小毛又在梦境中看着仿佛在旧电影中讲述"无声电影"的"当初女青年好相貌"、"眼神幽静"的姝华……而当小毛故去，阿宝和沪生找到芮福安的时候方悟：当初那个买不起电影票的小毛，却已经成了法国电影人眼中有故事的人。

芮福安并因此发表一番"弃独木"而"取森林"的电影结构观：

> 电影，早不是一棵树的结构，总的线索，分开，再分开……任何形状都可以做，比如灌木，同样有强健的生命活力，密密麻麻，短小的，连在一起，分开的，都可以……①

在这种网状的"森林结构"中，芮福安想象中的电影也好，作为小说的《繁花》也罢，在尾声中的这个"Chinese box"中，金宇澄再一次深度诠释了"寄物诠性"："任何形状"的、"强健的生命活力"的表现，在于"博物"视野下百科全书式的、自然的、客观详尽的、时空互文的对"物"之"丰富性""细节还原"的记录，而任何太过人为的"剧本""底片""放映"都会破坏它的完整性、客观性与真实性。在这样的由尾声之尾声集结并发散开来的"嵌套性互文"叙述中，"石头森林"中的"肉体繁花"们，伸展、缠绕出了不可穷尽、不可剪辑的绵邈深邃之梦。

—— 第四节 ——
物与史：城市橱窗

《繁花》贯穿了"博物诗学"之符号与形式的辞章，不只是诠释"上海味道"的"博物绘城"，也不仅关乎人物个体、群落的"寄物诠性"。更为重要的是，这种"博物诗学"还深深地影响、镌刻了整部小说的叙事模式，进而造就了小说"物-人-史"的内在叙事伦理，一种对城市记忆、历史迁衍的"陈物志史"的小说旨归。

① 金宇澄：《繁花》，上海：上海文艺出版社 2013 年版，第 441 页。

前文已述及,《繁花》的叙事时空结构为"散点透视"的传统叙事与"双线时空交替互文"的现代叙事相结合,并因此呈现出"博物诗学"的注重客观性、丰富性等特点,总体上来讲自然主义叙事特征较为突出,但也表现出不同程度的浪漫主义、人文主义叙事的特点。而讨论人文主义这四个字的核心意义,实际上涉及对人文语境的时间性、历史性还原。而在这种人文历史语境的还原过程中,小说两重时空线索 20 世纪 60—90 年代、20 世纪 80—90 年代的交织递进互文,最终将故事集结于小毛的死、终结于诸多人物的悲剧性结尾——"讲得有荤有素,其实是悲的"[①]。那么作者要表达的,究竟是怎样的一种"悲"? 如何在历史的情境中解读《繁花》的悲剧意识?

作者选择表达的方式仍然是"不响之响"——站在一个很低的位置,观察、描绘、记录:"等于一座森林,个人只能看到周围的一小块植被,怎么知道它的全部?"[②]

但《繁花》的"不响"并非"沉默"的同义词。卡尔维诺在《看不见的城市》中的一段话,可以看作是对此的精警提示:

> 构成这个城市的……是她的空间量度与历史事件之间的关系……城市就像一块海绵,吸汲着这些不断涌流的记忆的潮水,并且随之膨胀着。……然而,城市不会泄露自己的过去,只会把它像手纹一样藏起来,它被写在街巷的角落、窗格的护栏、楼梯的扶手、避雷的天线和旗杆上,每一道印记都是抓挠、锯锉、刻凿、猛击留下的痕迹。[③]

在金宇澄的《繁花》里,城市的记忆、历史的"抓挠、锯锉、刻凿、猛击",都被一一"物化",陈列在"城市橱窗"里。在《繁花》的第三章,有这样一段关于城市"展览橱窗"的描写:

> 茂名路,以后花园饭店到地铁口的围墙,其时只是一长排展览橱窗,曾经拍进《今天我休息》结尾。男主角解开水果篮,苹果骨碌碌从远处滚向镜头,紧接着夜景,茂名路一排展览橱窗,长排夜灯。男主角背朝镜头,骑脚踏车,朝淮海路远去,音乐起来,字幕出现

---

① 金宇澄:《繁花》,上海:上海文艺出版社 2013 年版,第 416 页。

② 钱文亮:《"向伟大的城市致敬"——金宇澄访谈录(上)》,载《当代文坛》2017 年第 3 期。

③ 【意】伊塔洛·卡尔维诺:《看不见的城市》,张密译,南京:译林出版社 2012 年版,第 8—9 页。

"完"，影院大亮，四周噼里啪啦翻坐垫，一切模糊，成为背景。[①]

这段描写出现在阿宝和蓓蒂父亲关于电影、文学、历史的一段闲谈之后，而对话最后的落脚点是"历史与人性"，此后每当阿宝经过这段"城市橱窗"，就会想起这段对话。对话背景中和电影中"长排夜灯"闪烁下的"展览橱窗"显然都具象征性，其时的阿宝迷离在"难以逾越的年龄障碍"里，不能细味。而作为叙述者的作者也未明叙，他的选择是，把一切，"城市生活中各式各样的物化形式：城市地理景观、人造物，以及一些非物质文化遗产，如诗歌、小说、戏剧、历史编纂、图画、雕塑、建筑等"，这些"城市历史文化记忆的载体"[②]，一一放进这个"城市橱窗"里，用一种近乎"人文历史博物馆"的方式，"陈物志史"。

小说贯穿着当代史上非常重要的一些历史事件，但作者关乎历史的叙事既未采取宏观视角，也不是任何一种完整的、微观的个体视角，而始终是在一种"多声部对话""低视角观察"的前提下，对各种城市"物化形式"之沧海桑田的详尽陈列、展示。

譬如在20世纪60—70年代叙事中，"城市拉开了拉链，那个时代全部的内囊都翻开来给人看"[③]。这种"看"来自不同视角——阿宝的视角，沪生的视角、姝华的视角、小毛的视角……所有这些不同视角的"观看"汇聚起来，共同折射出一列长长的"城市橱窗"。虽然从广义上来讲，一切"物"都与"史"相关联，但在《繁花》中，作者特别表现出与政治、经济、文化之生态演变密切关联的两类"物化形式"：一是明确反映出历史变迁动态过程的城市景观或物事；二是深刻着时间烙印的、反映特定历史时期城市记忆的、在当下业已消失或成为"遗产"的产物。而为重点表现这两类"物化形式"，作者皆配以"博物画"式插图。

阿宝视角展现出的"特定时代产物"，首先是曹杨工人新村的"两万户"。这种"两万户"最大的特点是"到处是人"，房前窗后、从早到晚、楼上楼下、人声不断，个体隐私、尊严自是无处遁藏，至于马桶间里的龌龊、"腻心"更是"不可描述"。从"假三层"里迁移而来，"吃了夜饭，万家灯火，阿宝走出一排排房子，毫无眷恋"，悲苦难言。作者在插图中精细描述了"两万户"的房屋结构尤其是马桶间的构造。然而这还不是阿宝不

---

① 金宇澄：《繁花》，上海：上海文艺出版社2013年版，第43页。

② 徐国源：《空间性、媒介文化与城市造像：文化诗学与城市审美》，上海：上海人民出版社2015年版，第122页。

③ 钱文亮：《"向伟大的城市致敬"——金宇澄访谈录（上）》，载《当代文坛》2017年第3期。

能忍受的,令他最心痛的是蓓蒂,随着她钢琴的消失也消失了,因而他一次又一次走进"淮海路国营旧商店",试图寻找蓓蒂的钢琴:

……满眼是人,店堂宽阔,深不见底,钢琴摆满后门内外,以及附近弄堂、过街楼。店里的营业员,精通种种旧家具,方台子叫"四平",圆台叫"月亮",椅子叫"息脚",床叫"横眠",屏风叫"六曲"……时常有东张西望的顾客,也许跟阿宝一样,寻觅自家或亲朋的家当,看到了,当然不可能赎回,但可以紧盯不放,或是长长一瞥,眼神发呆,摸一摸,问一句卖价,离开。[①]

阿宝于此间流连徘徊,然而"望穿秋水,也寻觅不见",他只"感觉到痛,怅然闭阖"。作者配插图并文字说明:"时称'远东最大旧货商店',上海淮海路国营旧货商店,开门迎来千年难得寄售旺季,据说常有盗贼匿于橱柜,乘夜窃物,店方养一狼狗,务必每夜巡逻。"

沪生与姝华在运动初期,尚未受到大的冲击,两人经常结伴"出门乱走""荡马路"。在"路上",看到了瑞金路长乐路转角天主教堂的"拆平",也看到了一个中年男人撞向 41 路公共汽车的血溅五步的惨烈,还看到了 1967 年独特的街头时尚:

车到曹家渡,上来两男一女,两男是高中或技校生,一人是蓬松的火钳卷发,留J形鬓角,军装,大裤管军裤,身背"为人民服务"红字绒绣的军绿挎包。另一男戴军帽,蓝运动衫,红运动长裤,军装拎于手中,脚穿雪白田径鞋,照例抽去鞋带,鞋舌翻进鞋里,鞋面露出三角形的明黄袜子……女生的领口,竟然露出里外三层,亮晶晶铝制拉链,极其炫耀,下穿黑包裤,裤管只有五寸,脚上是白塑底,黑布面的松紧鞋,宝蓝色袜子,如果是寒冬,这类男女的黑裤管下端,会刻意露出一寸见宽的红或蓝色运动裤边……[②]

作者在此节配图里仔细画出了衣帽鞋袜的具体穿搭方法。这是彼时上海最"摩登拼贴"、最"精心考究"的样本,上海的"浪蕊浮花"。沪生对此的态度是"不议论"。接下来看到"满园萧条、秋叶飘零"的长风公园,看到大字报占据的华东师范大学的后门,"满眼荒凉"的大学天文台,"碎纸乱转"的教学楼。另一次"荡马路",沪生与姝华一起,去寻找正好 100 年了的、"华东最大、还是远东最大的法国梧桐",两人走进中山公园,

---

① 金宇澄:《繁花》,上海:上海文艺出版社 2013 年版,第 167 页。

② 金宇澄:《繁花》,上海:上海文艺出版社 2013 年版,第 198 页。

寻了许久，“总算于荒芜中，见到了这棵巨大梧桐，树皮如蟒，主干只一米高，极其壮伟，两人无法合抱，虬枝掩茎，上分五杈，如一大手，伸向云天”。姝华说“100 年的荒凉”。[1] 此后姝华去吉林务农，几年后方给沪生写一信来，言及“花鸟之寓目，自信心中粗”，表明“二者见解并不相同”，“不必再联系了”，“人和人，无法相通”，“人生是一场荒凉的旅行”。[2]

工人阶级家庭出身的小毛，“看”到的是另外一种特定时期历史记忆的“物化形式”。学校放假，上不成学了，小毛就去叶家宅找拳头师父练武。拳头师父紧跟形势，新做了“文攻武卫”的一批武器——石锁、石担，让小毛练好了，学堂里不受人欺负。金宇澄为此做的插图里，除了石锁、石担之外，还有角铁、洋圆、金属螺帽弹弓、自来水管和钳工所用的三角刮刀焊接起来的标枪，等等。然而师父有他的想法，他的“义”和原则，只教拳，不参加“搞七捻三事体”。转眼到了 20 世纪 70 年代，小毛做了钟表厂钳工，他的师父樊师傅是八级钳工，一位精工好手，可以做出一种当时上海民间盛行的“自制不锈钢汽水扳手”：

> 图案有孙悟空、天鹅、海豚、奔马、老鹰与美女，扳手两面，可以用精密磨床加工，亮可鉴人，也可用金工刮刀，手工刮铲各种花式的金属隐花，就如镜面上，出现星星点点小花图案，太阳一照，相当别致，每一只扳手的咬口，设计的各不一样，另留小圆孔，可以挂进钥匙圈。[3]

作者在此节配图下的文字里形容道：手法精湛，拙笔实难表现于万一。不仅如此，樊师傅更有一番“生活经”：

> 手里做的生活，就是面孔，嘴巴讲得再好听，出手的生活，烂糊三鲜汤，以为大家不懂，全懂，心里全懂……如果天生笨，懒，最后眼高手低，只能偷偷摸摸去开会，搞花头，搞组织，捧大腿，拍马屁……有啥好讲呢，只能瞎卵搞了。[4]

小毛曾爱读书，更潜心学武，精心学艺，然而一生并不顺利，更勿论时迁势易，石锁、石担、“DIY”扳手，都已成“历史遗迹”。他内心是悲的，在身染沉疴时，对阿宝和沪生转述一句姝华对他的评价：我这辈子，是空有一身武功。但他内心又终是暖的——弥留之际他对着一屋子亲朋好

① 金宇澄：《繁花》，上海：上海文艺出版社 2013 年版，第 197 页。
② 金宇澄：《繁花》，上海：上海文艺出版社 2013 年版，第 197 页。
③ 金宇澄：《繁花》，上海：上海文艺出版社 2013 年版，第 193 页。
④ 金宇澄：《繁花》，上海：上海文艺出版社 2013 年版，第 195 页。

友总结道:"'上流人必是虚假,下流人必是虚空',我这句不相信,我不虚空……只想再摆一桌酒饭,请大家,随便吃吃谈谈。"①

要对金宇澄这种"其实是悲的"的"陈物志史"做出一种恰切的评价和归纳,不妨选取一种更为开阔的视角:文学本来就不是一个短时期的人类行为,将之归于人类文明史中的一种现象,或许能得到一些简要的提示。弗莱曾经指出过,亚里士多德的《诗学》"就像一名生物学家解释生物体系那样解释着诗歌,从中便认出它的类和种"②。而弗莱正是受他"依自然的顺序""从首要的原理开头"之批评原则的启发,写出了研究文学的"整合的原则"、既见"树木"更见"森林"的《批评的解剖》。

按照弗莱对文学作品的归纳化批评原理,《繁花》叙事大抵可以看作是兼具秋季叙事原型、带有"怜悯和恐惧"抒情色彩的"悲剧"和冬季叙事原型、"排除一切明言或暗示、武断的成分"的"讽刺与反讽"的结合体,结合这二者的正是其"博物诗学"文体特征本身所蕴含的"低模仿特质"——其要点是小说主人公"模仿现实生活中的普通人",这样的主人公"既不优越于别人,又不超越自己所处的环境"③,概言之,是一种"低模仿型的悲剧性成熟讽刺"。

有趣的是,弗莱在《批评的解剖》中特意举了一个例子,来说明什么是"讲故事时不带说教"的"低模仿的讽刺"的反面:"笛福过分地强调自己的行文,在其上加添了着重号、破折号、感叹号以及其他一些足以暴露他在有意识进行讽刺的东西,仅仅由于这一点,它那颇为微妙的风格便变得太粗俗和刺眼了。"④而《繁花》几乎通篇都是最简单的逗号和句号,通篇是各种人物话语在心理解剖的立体层面上和叙述者潜在声音的"不响",其"扁平化"的"如实叙述"、"自然"和"成熟复杂"是不言而喻的。《繁花》的"陈物志史",更是作者有意为之,其根本实质是用一种克制近自然的"物-人-史"的、"悲剧抒情与反讽相结合"的内在叙事伦理,对城市"丰富化"与人性"复杂化"在特定历史时期进行客观反思的、现代性的文明批判。也正因"陈物志史",这种"讽刺与反讽"虽然克制,但并非纯粹

---

① 金宇澄:《繁花》,上海:上海文艺出版社 2013 年版,第 437 页。

② 【加】诺斯罗普·弗莱:《批评的解剖》,陈慧、袁宪军、吴伟仁译,天津:百花文艺出版社 2006 年版,第 20 页。

③ 【加】诺斯罗普·弗莱:《批评的解剖》,陈慧、袁宪军、吴伟仁译,天津:百花文艺出版社 2006 年版,第 46 页。

④ 【加】诺斯罗普·弗莱:《批评的解剖》,陈慧、袁宪军、吴伟仁译,天津:百花文艺出版社 2006 年版,第 59 页。

的“零度写作”，而是有悲悯抒情的成分在，有作者的温度在，因为“物”关乎城之记忆、史之轮廓，更关乎人之情性。

关于这一点，除了上文所述种种具体的“陈物志史”——对群体性人物及其生存环境、城与人历史互鉴的全方位高保真的细节还原，作者还在很多细节上做了铺垫和隐喻。“尾声”里的“李李出家”一段，其中有一句点睛之笔：雀入大水为蛤。“雀入大水为蛤”，古谚中指的是寒露这一节气的第二候，此时秋深冬近，露重水寒，飞鸟难觅，古人认为是“飞物化为潜物”，故有“雀入大水为蛤”的说法。而这个“秋冬交接之际”的“雀入大水为蛤”在《繁花》中绝不仅是李李个人运命的隐喻。小毛临终，与沪生阿宝谈及姝华，谈及她讲述的、想象中蓓蒂消失的画面：黄浦江边日晖港，两根猫尾巴，两根鱼尾巴，前面是船坞，起重浮吊，天空阵云迅走，江面上盘了一只鸟，翅膀不动，黑白片效果……而为此段文字所做的插图（也是全书最后一幅插图）“黄浦江畔图”，画面上有江、有港、有船、有浮吊、有黑白二猫，独独就是没有那只“鸟”。作者如是般解释：“文中提到一动不动的江鸥，我始终找不准位置，画在哪里才好，最后，就这样了。”这又是作者的“不响之响”。结合故事中蓓蒂“化鱼入江”的情节，以及书中反复提及的蓓蒂是“蝴蝶”的譬喻，可见作者是用这个画面再一次演绎了“飞物化为潜物”——大千万物，生生不息；与时而化，应变有常。

“雀入大水为蛤”，这种“秋冬之际”之“寒露”节气的隐喻，不仅是对小说中一批悲剧性人物命运的隐喻，也是《繁花》对历史、现实批判的一种视角，弗莱所说的“秋季叙事”“冬季叙事”相混合的整体隐喻，一种既冷静透辟又饱含了悲悯情怀的观照。需要指出的是，自始至终，作者笔锋关注的从不是一时一地一己一私之个体，而是永远对“群体”开放，对“时代”开放，对“文明”开放。因为作者也如约翰·伦尼·肖特所表述、坚持的那样，内心深处“仍然深藏着对于人类借以创造文明的集体合作能力的深深信仰”，所以，作者其实是抱着这样宏远的愿景在博物、绘城、写人、志史，并向“城市”致敬：

> 人们共同合作，发挥集体智慧，日复一日劳作，修建起各色建筑，构成了我们的城市。所以城市是社会的一面镜子，是经济的一个部分，是环境的一种要素；更为根本的是，集体合作能力对于人类生存不可或缺，而城市正是衡量此项技能的一个重要指标。当我们

端详城市的时候,看到的其实就是我们自己。[①]

博物绘城、寄物诠性、陈物志史——概言之,《繁花》的"博物诗学"文体意识并非异军突起、谱系乏陈。从《红楼梦》《金瓶梅》等古典章回小说中的对万物"百科全书"式的铺陈刻绘,到《海上花列传》散点透视的叙事笔法,到广义海派——旧海派"鸳鸯蝴蝶派"的情与欲之描写,以茅盾为代表的"社会剖析派"对阶级差别、资本分析的层剖缕析,新感觉派对都会物欲的精雕细镂,再到张爱玲、钱钟书的丰富物象、精警譬喻、透辟又克制的自我个体发现,以及西方现代小说的多重时空交错、复调叙事、零度写作等手法,《繁花》广采博收,有上述历历影响的影子却又能与之各别,从现代中国出发,静气凝神地再度扩展文学对"物"的发现,深化文学与博物学之间的关联,对"城与人"的刻画更加从容徐舒,从而铸就了一种兼具自然主义、人文主义和浪漫主义特征的,呈现出浓郁"博物诗学"色彩的文体特色。而其冷静宏阔的历史视野、敏锐透辟的时代触角、细致入微的人性呈现,可以说是21世纪都市文学中一部个性鲜明的作品。

也许,在作者眼中,"不响"的"上帝"与"我",不过都是理查德·桑内特所说的纯粹为了把事情做好的愿望而工作、在物质现实中找到归宿、"能够通过他们制造的物品去了解自身"[②]的"匠人",这样的"匠人",其实也是"诗人"。前者造物命名,后者沉浸其中——"定"其可"定","响"其"不响"。而"繁花",在高低起伏的"石头森林"中,虬根蟠柢,静静生长。

---

① 【英】约翰·伦尼·肖特:《城市秩序:城市、文化与权力导论》,郑娟、梁捷译,上海:上海人民出版社2015年版,第6页。

② 【美】理查德·桑内特:《匠人》,李继宏译,上海:上海译文出版社2015年版,序章第11页。

参考文献

Reference

一、文学作品

[1] 谢冕. 中国新诗总系[M]. 北京:人民文学出版社,2009.

[2] 洪子诚,奚密. 百年新诗选[M]. 北京:生活·读书·新知三联书店,2015.

[3] 唐晓渡,张清华. 当代先锋诗三十年:谱系与典藏[M]. 南京:江苏文艺出版社,2012.

[4] 张清华. 中国当代民间诗歌地理[M]. 北京:东方出版社,2015.

[5] 蓝棣之. 现代派诗选[M]. 北京:人民文学出版社,1986.

[6] 彼德·琼斯. 意象派诗选[M]. 裘小龙,译. 桂林:漓江出版社,1986.

[7] 冯至. 十四行集[M]. 北京:华夏出版社,2011.

[8] 戴望舒. 戴望舒诗全集[M]. 北京:现代出版社,2015.

[9] 戴望舒. 望舒草[M]. 北京:人民文学出版社,2000.

[10] 戴望舒. 戴望舒译诗集[M]. 长沙:湖南人民出版社,1983.

[11] 戴望舒. 戴望舒诗集[M]. 成都:四川人民出版社,1981.

[12] 穆旦,等. 九叶派诗精编[M]. 武汉:长江文艺出版社,2014.

[13] 穆旦. 穆旦诗精编[M]. 武汉:长江文艺出版社,2014.

[14] 卞之琳. 卞之琳集[M]. 北京:中国社会科学出版社,2009.

[15] 卞之琳. 十年诗草:1930—1939[M]. 增订本. 合肥:安徽教育出版社,2007.
[16] 卞之琳. 散文钞:1934—2000[M]. 合肥:安徽教育出版社,2007.
[17] 卞之琳. 卞之琳文集[M]. 合肥:安徽教育出版社,2002.
[18] 卞之琳. 雕虫纪历[M]. 北京:人民文学出版社,1979.
[19] 波德莱尔,等. 西窗集[M]. 卞之琳,译. 合肥:安徽教育出版社,2007.
[20] 王国维. 人间词话[M]. 北京:中华书局,2012.
[21] 梁宗岱. 屈原[M]. 桂林:华胥社,1941.
[22] 梁宗岱. 水仙辞[M]. 上海:中华书局,1933.
[23] 王小妮,谢有顺. 半个我正在疼痛[M]. 北京:华艺出版社,2005.
[24] 王小妮. 月光[M]. 北京:东方出版社,2016.
[25] 臧棣. 骑手和豆浆——臧棣集 1991—2014[M]. 北京:作家出版社,2015.
[26] 臧棣. 期末考试入门[M]. 人民文学,2018(1).
[27] 臧棣. 最简单的人类动作入门[M]. 南宁:广西人民出版社,2017.
[28] 欧阳江河,李陀,吴晓东. 凤凰(注释版)[M]. 北京:中信出版社,2014.
[29] 欧阳江河. 长诗集[M]. 南京:江苏凤凰文艺出版社,2017.
[30] 伊塔洛·卡尔维诺. 看不见的城市[M]. 张密,译. 南京:译林出版社,2012.
[31] 安徒生. 海的女儿[M]. 叶君健,译. 北京:北京燕山出版社,1999.
[32] 穆时英. 上海的狐步舞[M]. 北京:中国文联出版社,2004.
[33] 贾平凹. 极花[M]. 北京:人民文学出版社,2016.
[34] 苏童. 苏童作品精选[M]. 武汉:长江文艺出版社,2009.
[35] 苏童. 三盏灯[M]. 北京:新华出版社,2010.
[36] 苏童. 河岸[M]. 北京:人民文学出版社,2010.
[37] 金宇澄. 繁花[M]. 上海:上海文艺出版社,2013.
[38] 管锡华. 尔雅[M]. 北京:中华书局,2014.
[39] 赵在翰. 七纬(附论语谶)[M]. 北京:中华书局,2012.

二、学术专著

[1] 亚里士多德. 诗学[M]. 朱光潜,译. 北京:商务印书馆,1996.

[2] 亚里士多德.尼各马克伦理学[M].廖申白,译.北京:商务印书馆,2003.
[3] 康德.判断力批判[M].宗白华,译.北京:商务印书馆,1964.
[4] 康德.实用人类学[M].邓晓芒,译.重庆:重庆出版社,1987.
[5] 康德.纯粹理性批判[M].蓝公武,译.北京:商务印书馆,1997.
[6] 席勒.美育书简[M].徐恒醇,译.北京:中国文联出版公司,1984.
[7] 席勒.审美教育书简[M].张玉能,译.南京:译林出版社,2009.
[8] 尼采.悲剧的诞生——尼采美学文选[M].周国平,译.北京:生活·读书·新知三联书店,1986.
[9] 海德格尔.海德格尔选集[M].孙周兴,译.上海:生活·读书·新知上海三联书店,1996.
[10] 海德格尔.在通向语言的途中[M].孙周兴,译.北京:商务印书馆,1997.
[11] 汉斯-格奥尔格·伽达默尔.真理与方法[M].洪汉鼎,译.北京:商务印书馆,2007.
[12] 罗兰·巴特.文之悦[M].屠友祥,译.上海:上海人民出版社,2002.
[13] 萨特.萨特文学论文集[M].施康强,等,译.合肥:安徽文艺出版社,1998.
[14] 让-皮埃尔·韦尔南.神话与政治之间[M].余中先,译.北京:生活·读书·新知三联书店,2001.
[15] 蒂费纳·萨莫瓦约.互文性研究[M].邵炜,译.天津:天津人民出版社,2003.
[16] 罗杰·加洛蒂.论无边的现实主义[M].吴岳添,译.天津:百花文艺出版社,2008.
[17] 查尔斯·查德威克.象征主义[M].周发祥,译.北京:昆仑出版社,1989.
[18] D.C.米克.论反讽[M].周发祥,译.北京:昆仑出版社,1992.
[19] 威廉·燕卜荪.朦胧的七种类型[M].周邦宪,王作虹,邓鹏,译.杭州:中国美术学院出版社,1996.
[20] 乔治·艾略特,等.小说的艺术[M].张玲,等,译.北京:社会科学文献出版社,1999.
[21] 卡罗琳·考斯梅尔.味觉[M].吴琼,叶勤,张雷,译.北京:中国友

谊出版公司,2001.
[22] 特雷·伊格尔顿.二十世纪西方文学理论[M].伍晓明,译.北京:北京大学出版社,2007.
[23] 贝拉·迪克斯.被展示的文化——当代“可参观性”的生产[M].冯悦,译.北京:北京大学出版社,2012.
[24] 西蒙·沙玛.风景与记忆[M].胡淑陈,冯樨,译.南京:译林出版社,2013.
[25] 约翰·伦尼·肖特.城市秩序:城市、文化与权力导论[M].郑娟,梁捷,译.上海:上海人民出版社,2015.
[26] 威尔·贡培兹.现代艺术150年[M].王烁,王同乐,译.桂林:广西师范大学出版社,2017.
[27] 迈克尔·波兰尼.个人知识——朝向后批判哲学[M].徐陶,译.上海:上海人民出版社,2017.
[28] 韦勒克,沃伦.文学理论[M].刘象愚,等,译.北京:生活·读书·新知三联书店,1984.
[29] 勒内·韦勒克.批评的诸种概念[M].罗钢,王馨钵,杨德友,译.上海:上海人民出版社,2015.
[30] 叶维廉.叶维廉文集[M].合肥:安徽教育出版社,2004.
[31] 叶维廉.中国诗学[M].北京:人民文学出版社,2006.
[32] 布鲁姆.误读图示[M].朱立元,陈克明,译.天津:天津出版社,2005.
[33] 布鲁姆,等.读诗的艺术[M].王敖,译.南京:南京大学出版社,2010.
[34] 布鲁姆.西方正典[M].江宁康,译.南京:译林出版社,2011.
[35] 布鲁姆.如何读,为什么读[M].黄灿然,译.南京:译林出版社,2011.
[36] 理查德·桑内特.肉体与石头:西方文明中的身体与城市[M].黄煜文,译.上海:上海译文出版社,2006.
[37] 理查德·桑内特.匠人[M].李继宏,译.上海:上海译文出版社,2015.
[38] J兰德.庞德[M].潘炳信,译.北京:中国社会科学出版社,1992.
[39] 安敏成.现实主义的限制——革命时代的中国小说[M].姜涛,译.南京:江苏人民出版社,2001.

[40] 克林斯·布鲁克斯.精致的瓮[M].郭乙瑶,等,译.上海:上海人民出版社,2008.
[41] 赫伯特·马尔库塞.单向度的人——发达工业社会意识形态研究[M].刘继,译.上海:上海译文出版社,2016.
[42] 佐亚·科库尔,梁硕恩.1985年以来的当代艺术理论[M].王春辰,何积惠,李亮之,等,译.上海:上海人民美术出版社,2010.
[43] 杜威.经验与自然[M].傅统先,译.北京:中国人民大学出版社,2012.
[44] 约翰·赫伊津哈.游戏的人:文化中游戏成分的研究[M].何道宽,译.广州:花城出版社,2007.
[45] 柯雷.精神与金钱时代的中国诗歌:从1980年代到21世纪初[M].张晓红,译.北京:北京大学出版社,2017.
[46] 小尾郊一.中国文学中所表现的自然与自然观[M].邵毅平,译.上海:上海古籍出版社,2014.
[47] 米兰·昆德拉.小说的艺术[M].董强,译.上海:上海译文出版社,2004.
[48] 诺斯罗普·弗莱.批评的解剖[M].陈慧,袁宪军,吴伟仁,译.天津:百花文艺出版社,2006.
[49] 列奥纳多·达·芬奇.芬奇论绘画[M].戴勉,译.北京:人民美术出版社,1979.
[50] 弗洛伊德.图腾与禁忌[M].杨庸一,译.台北:志文出版社,1985.
[51] 什克洛夫斯基,等.俄国形式主义文论选[M].北京:生活·读书·新知三联书店,1989.
[52] 豪尔赫·路易斯·博尔赫斯.博尔赫斯谈诗论艺[M].陈重仁,译.上海:上海译文出版社,2008.
[53] 陶东风.文体演变及其文化意味[M].云南:云南人民出版社,1994.
[54] 胡适.胡适学术文集·哲学与文化[M].北京:中华书局,2001.
[55] 废名.论新诗及其他[M].沈阳:辽宁教育出版社,1998.
[56] 废名,朱英诞.新诗讲稿[M].北京:北京大学出版社,2008.
[57] 黄子平,陈平原,钱理群.二十世纪中国文学三人谈[M].北京:人民文学出版社,1988.
[58] 闻一多.闻一多全集[M].北京:生活·读书·新知三联书

店,1982.
[59] 北京大学哲学系美学教研室.西方美学家论美和美感[M].北京:商务印书馆,1980.
[60] 马奇.西方美学史资料选编[M].上海:上海人民出版社,1987.
[61] 张载.张载集[M].北京:中华书局,2006.
[62] 钱钟书.七缀集[M].北京:生活·读书·新知三联书店,2002.
[63] 朱自清.诗言志辨[M].桂林:广西师范大学出版社,2004.
[64] 伍蠡甫.现代西方文论选[M].上海:上海译文出版社,1983.
[65] 黄晋凯,等.象征主义·意象派[M].北京:中国人民大学出版社,1989.
[66] 胡有清.文艺学论纲[M].南京:南京大学出版社,1992.
[67] 叶舒宪.性别诗学[M].北京:社会科学文献出版社,1999.
[68] 李振声.季节轮换[M].上海:学林出版社,1996.
[69] 李振声.梁宗岱批评文集[M].珠海:珠海出版社,1998.
[70] 梁宗岱.诗与真·诗与真二集[M].北京:外国文学出版社,1984.
[71] 翟永明.纸上建筑[M].上海:东方出版中心,1997.
[72] 尹康庄.象征主义与中国现代文学[M].广州:暨南大学出版社,1998.
[73] 卞之琳.人与诗:忆旧说新[M].北京:生活·读书·新知三联书店,1984.
[74] 冯文炳.谈新诗[M].北京:人民文学出版社,1984.
[75] 何其芳.何其芳文集(第2卷)[M].北京:人民文学出版社,1982.
[76] 何其芳.何其芳文集(第5卷)[M].北京:人民文学出版社,1983.
[77] 刘勰.文心雕龙注[M].北京:人民文学出版社,2006.
[78] 江弱水.卞之琳诗艺研究[M].合肥:安徽教育出版社,2000.
[79] 江弱水.抽思织锦——诗学观念与文体论集[M].北京:北京大学出版社,2010.
[80] 江弱水.诗的八堂课[M].北京:商务印书馆,2017.
[81] 孙玉石.戴望舒名作欣赏[M].北京:中国和平出版社,2002.
[82] 孙玉石.中国现代诗歌艺术[M].武汉:长江文艺出版社,2007.
[83] 王小妮.随手[M].北京:北京大学出版社,2014.
[84] 王小妮.世界何以辽阔[M].天津:百花文艺出版社,2001.
[85] 陈世骧.中国文学的抒情传统[M].北京:生活·读书·新知三联

书店,2015.
[86] 谢榛,王夫之.四溟诗话 姜斋诗话[M].北京:人民文学出版社,1961.
[87] 宗白华.宗白华全集(第2卷)[M].合肥:安徽教育出版社,1994.
[88] 陈超.个人化历史想象力的生成[M].北京:北京大学出版社,2014.
[89] 冯雷.理解空间[M].北京:中央编译出版社,2017.
[90] 郑毓瑜.引譬连类[M].北京:生活·读书·新知三联书店,2017.
[91] 王瑾.互文性[M].桂林:广西师范大学出版社,2005.
[92] 许智宏,顾红雅.燕园草木[M].北京:北京大学出版社,2012.
[93] 洪子诚,刘登翰.中国当代新诗史[M].北京:北京大学出版社,2005.
[94] 臧棣.诗道鳟燕[M].西安:陕西人民教育出版社,2017.
[95] 徐冰.我的真文字[M].北京:中信出版社,2015.
[96] 欧阳江河.站在虚构这边[M].成都:四川文艺出版社,2018.
[97] 扬之水.棔柿楼集·卷一:诗经名物新证[M].上海:人民美术出版社,2016.
[98] 周瓒.彷徨于飞——徐冰〈凤凰〉的诞生[M].北京:文化艺术出版社,2012.
[99] 沈从文.抽象的抒情[M].上海:复旦大学出版社,2004.
[100] 沈从文.龙凤艺术[M].北京:北京十月文艺出版社,2010.
[101] 苏童.虚构的热情[M].南京:江苏人民出版社,2003.
[102] 苏童,王宏图.苏童、王宏图对话录[M].苏州:苏州大学出版社,2003.
[103] 刘华杰.博物学文化与编史[M].上海:上海交通大学出版社,2015.
[104] 徐国源.空间性、媒介文化与城市造像:文化诗学与城市审美[M].上海:上海人民出版社,2015.
[105] 吴晓东.二十世纪的诗心——中国新诗论集[M].北京:北京大学出版社,2010.
[106] 陈旭光.中西诗学的会通——20世纪中国现代主义诗学研究[M].北京:北京大学出版社,2002.
[107] 霍俊明.新世纪诗歌精神考察[M].保定:河北大学出版社,2014.

[108] 唐晓渡.唐晓渡诗学论集[M].北京:中国社会科学出版社,2001.
[109] 蓝棣之.现代诗歌理论:渊源与走势[M].北京:清华大学出版社,2002.
[110] 蓝棣之.现代诗的情感与形式[M].北京:人民文学出版社,2002.
[111] 杨匡汉.中国新诗学[M].北京:人民出版社,2005.
[112] 许霆.中国新诗自由体音律论[M].上海:复旦大学出版社,2016.
[113] 陈仲义.中国前沿诗歌聚焦[M].北京:中国社会科学出版社,2009.
[114] 陈仲义.语言张力论[M].武汉:长江文艺出版社,2012.
[115] 於可训.新诗文体二十二讲[M].武汉:武汉大学出版社,2012.
[116] 王佐良.王佐良文集[M].北京:外语教学与研究出版社,1996.
[117] 张桃洲.现代汉语的诗性空间[M].北京:北京大学出版社,2005.
[118] 王毅.中国现代主义诗歌史论 1925—1949[M].重庆:西南师范大学出版社,1998.
[119] 耿占春.失去象征的世界——诗歌、经验与修辞[M].北京:北京大学出版社,2008.
[120] 罗振亚.朦胧诗后先锋诗歌研究[M].北京:中国社会科学出版社,2005.
[121] 王珂.两岸四地新诗文体比较研究[M].北京:知识产权出版社,2015.
[122] 王光明.诗歌的语言与形式:中国现代诗歌语言与形式学术研讨会论文集[M].北京:社会科学文献出版社,2014.
[123] 刘福春.中国新诗编年史[M].北京:人民文学出版社,2012.
[124] 赵敏俐,吴思敬.中国诗歌通史·当代卷[M].北京:人民文学出版社,2012.
[125] 翁文娴.变形诗学[M].北京:北京大学出版社,2013.

后记

这部书稿的写作前后跨越了十年时间，而这十年也正好是 21 世纪的第二个十年。站在 2020 年这一矗立于第二个十年的终点也是第三个十年的起点、注定要浓墨重彩载入史册的一年的年末深秋之际，回望这十年的历史：毋庸置疑，这是在全球领域内充满了种种利益和价值冲突并不断发生重大历史事件的十年，也是在文艺创作领域内不断地生发出新的观念模式、话语范式的十年，更是人类开始自觉地意识到作为地球命运共同体，去面临以席卷全球的新冠肺炎疫情为突出表征的、前所未有的生态环境之严峻挑战的十年。如果一个时代有背景音，那么这十年的背景音一定是嘈杂的、多声部的，甚至越到后来越有几分是急迫的、刺耳的。所以在这样的十年里，写这样一部《词与物的互文》，对我而言意味着什么？也许它意味着：在工作的加速忙碌中求一丝保持匀速写作的宁静，在生活嘈杂的日新月异中求一点坚持素朴审美的慰藉。

对文学的理解，随着年岁的渐长肯定有着重心的偏移。但对我而言有一点自始至终不变：文学是艺术门类中的一种，虽然它所采纳的表达媒介是语言文字，但一部文学史对应的不仅是一部政治经济史、一部日常生活史、一部语言文字史，更对应着一部艺术史。它以“艺术史的一部分”的方式参与创造着人类的精神文明发展史。从这个意义上去看“白纸黑字”的语言文学，它便不再是一角为“格子”所能束缚的“半亩方塘”，而是能得到无限“源头活水来”的、最为葳蕤和广袤的艺术森林、天空和海洋。

但艺术是从哪里来的呢？艺术之“艺”，原本有“种植”之意，它从“种植”这一人类与自然之间最初对话交流的技术开始，经过漫长的“筚路蓝缕、以启山林”，一步步走向自觉的审美之路。比如田垄上的一株救荒野豌豆，可能蕴藏了整个人类跨越时空和种族的悲欢。这悲欢本来难以名状，但它以最朴素的方式摇曳在春日的阳光里，伸展柔韧青翠的枝叶，绽开紫色细碎的花序，“薇亦柔止”“薇亦刚止”，于是这份悲欢得以显形并在不同类的人群中具备了互通的魔力。

于是我的写作过程不仅在书桌上，也在植物园里、博物馆和美术馆中，乃至原野上、江河畔、峡谷间。“万物”都成了指引我去理解文学作品之“词语”的光。我在一片花瓣上的纹路里找寻到解读诗人隐秘心音的轨迹；我在一张插画的笔法里摸索出整部小说运行的结构迷宫的密钥。我乐此不疲并为之心醉神驰。加斯东·巴什拉在《梦想的诗学》中，把“词”比喻成“言语海洋贝壳”，因为“在聆听某些词的时候，正像孩子在贝壳中听到大海一般，词的梦想者听到了一个幻想世界的喧哗”[①]。从一枚贝壳中见出大海，寻找它所对应的“词”的意义，这难道不是每一个作者和读者、批评者的“梦想的诗学”么？自觉认识到并重新解析词与物的互文——也许文学的意义正在于此，如同荷尔德林所言：

因此人被赋予语言，那最危险的财富，人借语言创造、毁灭、沉沦，并且向永生之物返回，向主宰和母亲返回，人借语言见证其本质——人已受惠于你，领教于你，最神性的东西，那守护一切的爱。[②]

感谢我的导师何锡章先生，他的博学明辨、慎思笃行的学术信仰和海纳百川、兼容并包的治学态度以及教学风格，给我以极大的人生启发和学术动力，使我能够在华中科技大学这片以理工科为主流学科的学术环境中，从无畏始向无穷进，一步步迈进文学的殿堂，并始终能够坚定地遵循自己内心的声音而走一条适合于自己知识结构、研究兴趣的学术道路。“弱水三千，我只取一瓢饮。”没有导师近十年（本科、硕士、博士）的谆谆教诲，我可能不会坚持走上今天的学术道路。坚持下来了，总会有所收获；这收获虽然谈不上丰硕，但每一步都是扎实和踏实的。

其次要感谢王乾坤先生，与王教授合作完成的华中科技大学自主创新基金科研项目“中国现代文学的‘合法性’研究”，给了我系统地对现代

① 【法】加斯东·巴什拉：《梦想的诗学》，刘自强译，北京：生活·读书·新知三联书店1986年版，第65页。

② 【德】海德格尔：《荷尔德林的阐释》，孙周兴译，北京：商务印书馆2000年版，第38页。

文学概念进行逻辑性梳理的学术训练，这对我以此为基点展开进一步的学术探索提供了莫大的帮助。

还要感谢我在华中科技大学本、硕、博不同阶段求学期间的诸位老师们，以及那些我虽未谋面但在学术著作和期刊上神交已久的各位学术前辈和同仁们。他们各具学术风采和人格魅力，此处不一一致谢了，但每一份指引和启迪，我都会铭记在心，并以写出更多的学术文字的无声方式，表达敬意和谢意。

也要感谢我的硕士研究生们，已毕业的熊岚、魏雯静，以及现仍在读的魏文韬、汪欣瑞、黄咏璨、马莉，他们在我漫长的写作过程中都多多少少参与了文字整理和校对工作，没有他们的帮助，我的书稿不会得以顺利完成。

特别要隆重感谢这部书的相关编辑，适逢疫情期间，编辑出版工作遇到了许多无法想象的困难，而他们在工作上加倍艰辛的付出、对我无私热情的鼓励以及对于出版规范的严谨坚守，促成了这部书稿最后的完形。

最后，感谢我的家人们，感谢他们让我在清静书桌之外收获到人间烟火的温暖，让我每当在学术道路的跋涉中感到疲累和迷茫时，用另一种也许更加疲累但并不迷茫的方式使我重拾文学研究的初衷：活着就要用尽全力，每一天都要创造出而不是去等待着属于自己的人生。

作　者

2020 年 10 月于华中科技大学喻家山下

图书在版编目(CIP)数据

词与物的互文/王书婷著. —武汉:华中科技大学出版社，2020.10
(华中人文学术研究文库)
ISBN 978-7-5680-6714-0

Ⅰ. ①词… Ⅱ. ①王… Ⅲ. ①诗歌研究-中国-现代 Ⅳ. ①I207.22

中国版本图书馆 CIP 数据核字(2020)第 204453 号

词与物的互文 王书婷 著
Ci yu Wu de Huwen

策划编辑：周晓方 杨 玲
责任编辑：苏克超
装帧设计：原色设计
责任校对：张会军
责任监印：周治超
出版发行：华中科技大学出版社(中国·武汉) 电话：(027)81321913
武汉市东湖新技术开发区华工科技园 邮编：430223
录 排：华中科技大学惠友文印中心
印 刷：湖北恒泰印务有限公司
开 本：710mm×1000mm 1/16
印 张：14.75 插页:2
字 数：238 字
版 次：2020 年 10 月第 1 版第 1 次印刷
定 价：129.00 元